Christopher Walther

Lynchmord

AF219971

Christopher Walther

–

Lynchmord

Roman

Impressum

Bibliografische Information der Deutschen Nationalbibliothek:
Die Deutsche Nationalbibliothek verzeichnet diese Publikation in der Deutschen Nationalbibliografie; detaillierte bibliografische Daten sind im Internet über http://dnb.dnb.de abrufbar.

Lektorat: Christopher Walther
Korrektorat: Christopher D. Walther
weitere Mitwirkende: Lord of Glencoe

Herstellung und Verlag: BoD – Books on Demand, Norderstedt

ISBN: 978-3-7543-7493-1

1.

»Bitte... Bitte...« Die Hände des Mannes hingen in Handschellen an einem Fleischerhaken, welcher in der Decke befestigt war. Mit letzter Kraft konnte er aufrecht stehen. Aber er wusste nicht, wie lange er das noch durchstehen konnte. Der Haken war so hoch angebracht, dass es ihn Mühe kostete die Arme über den Kopf zu halten.

»Jetzt lassen Sie mich doch-«, setzte er an.

»Du sollst still sein! Du hast genug angerichtet! Es ist Zeit, dass das ein Ende findet!«

Die scharfe Stimme wurde von einem peitschenden Geräusch durchschnitten. Der Aufprall von Leder auf nackter und massiger Haut erfüllte den Raum.

Gellende Schmerzensschreie entfuhren das Opfer.

»Aber was kann ich denn...bitte sagen Sie mir...endlich was sie wollen?«

Die Anstrengung war ihm deutlich anzuhören. Für einen Mann seines Gewichts war es eine kaum zu bewältigende Anstrengung derart lange in derart unkomfortablen Position zu stehen. Schweiß lief ihm über die Stirn; Blut über den Rücken.

Er hatte bereits vor einigen Stunden das Gefühl dafür verloren, was an seinem Rücken schmerzte und was nicht. Die einzelnen Einschläge hatten sich immer mehr zu einem großen Ball an Schmerzen zusammengefügt und wurden zu einem minütlich anwachsenden Meer aus heißen und gnadenlos brennenden Flammen.

»WAS-« bellte sein Peiniger und ließ sichtlich emotionslos die Gerte auf sein Opfer niederprasseln, »HAST-« ein weiterer Schlag, »DU« und wieder »NICHT; AN; STILL; SEIN;

VERSTANDEN?« Eine rhetorische Frage, auf die er keine wirkliche Antwort erwartete. Es gab nichts, was sein Gegenüber ihm sagen konnte, was ihn von seinem Plan abbrachte. Er war sicher, sein Gegenüber sorgsam ausgesucht zu haben. Er hatte seine Hausaufgaben gemacht.

»Gewalt ist etwas Furchtbares. Ich will das selbst nicht tun.« Er zögerte. »Aber ich bin mir sicher, das weißt du besser als ich.«

»Bitte..!«, begann sein Opfer erneut. Ein Flehen, halb erstickt, halb hoffnungslos. Das Leben wich langsam aus ihm.

Der Peiniger war sich der vollständigen Kontrolle der Lage bewusst. Er genoss den Moment voll aus. Ein wohliges Gefühl breitete sich in seiner Brust aus.

Gerechtigkeit, dachte er.

Er ging um sein Opfer herum und blickte ihm ins Gesicht. Direkt in die Augen.

»Die nächste Stufe.« sagte er kühl aber mit einer gewissen Freude in den Augen.

»Bitte nicht! Nein! Ich kann nicht mehr!« Seine Lebensgeister waren zurückgekehrt, aber nur um irgendwie neuen Schaden von ihm zu wenden. »Bitte! Bringen Sie es einfach zu Ende! Aber bitte nichts Neues mehr! Ich kann nicht..«

Als er realisierte, dass es keinen Ausweg gab erlosch in den Augen des beleibten Mannes jegliche Hoffnung.

Der Überlebenswille war gewichen.

Er machte Platz.

Für Angst.

Vor dem was dort kam.

Dieses Monster stand vor ihm, in seinem Gesicht war kaum Regung zu erkennen. Einzig ein Hauch von etwas, was entfernt nach Freude aussah, war dort zu erkennen.

Dunkle und böse Freude.

Er nahm eine kleine schwarze Schale von dem in der Ecke stehenden Metalltisch. Als sein Opfer erkannte, was sich in dieser Schale befand, durchschoss ihn eine Welle der Energie. Flucht oder Kampf.

In diesem Moment waren alle Schalter umgelegt.

Es war eindeutig Flucht.

Alles was er in diesem Moment fühlte war das Verlangen wegzukommen. Von diesem Ort. Von diesen Schmerzen. Von diesem Monster.

Die Schmerzen waren vergessen, die Kraftlosigkeit, alle Emotionen waren einem Gefühl gewichen. Angst, pure und reine Angst.

»Oh Gott..« war das letzte was er von sich geben konnte.

Bevor sich vor ihm eine Tür in ein Reich voll Schmerzen und Grausamkeit öffnete, die sich hinter ihm schließen würde und ihn nie wieder freigeben würde.

Solange er noch leben würde.

2.

»Also zu diesem Einstand kann man ja echt nur gratulieren, Marquardt!« sagte der Rechtsmediziner.

Frank Püschel strahlte seinem Kollegen entgegen. Er war – wie immer – ein Quell guter Laune. Das war angesichts seines Jobs, als Teil des Spurensicherungsteams des Berliner LKAs umso verwunderlicher. Marquardt konnte sich nur schwer vorstellen, dass man diese Arbeit nicht in Gedanken mit nach Hause nehmen konnte, sondern einfach so, wie die weißen Anzüge, die quasi seine Dienstkleidung waren, einfach abstreifen konnte.

»Wieso denn? Schlimm drinnen?«, gab er an Frank zurück.

Die beiden standen im Berliner Osten, im Stadtteil Lichtenberg, in etwas was früher wohl mal ein Industriegebiet gewesen war. Die Zeit hatte unverkennbar an dem zweigeschossigen Gebäude genagt. Lustlose Graffitis und blanke Zerstörungswut zahlloser und betrunkener Jugendlicher taten ihr Übriges. Es war vermutlich nur eine Frage der Zeit bis ein halbseidener Investor das Grundstück kaufte und darauf Eigentumswohnungen oder eine ironische 90er-Jahre-Bar eröffnete.

»In einer Top 10 des Unappetitlichen dürfte das definitiv einen der oberen Plätze einnehmen.«

Und das sollte wohl etwas heißen. Frank Püschel war bereits seit über 30 Jahren bei der Polizei. *Wenn für ihn noch etwas nennenswert war, will ich es gar nicht erst sehen,* dachte Marquardt.

Marquardt, der eigentlich Thomas Marquardt hieß, aber den alle nur bei seinem Nachnamen nannten, kannte Frank noch aus seiner Zeit aus Hamburg. Damals hatte Frank noch bei der Hamburger Polizei gearbeitet, ist dann jedoch durch

„schicksalhafte Fügungen" wie er es nannte zur Berliner Polizei gekommen. Bei den schicksalshaften Fügungen handelt es sich, glaubte man den Polizei-Flurfunk, um eine recht attraktive 25-jährige Studentin der Polizeihochschule.

Jetzt nach knapp 15 Jahren trafen sich Marquardt und Frank also wieder. Beide in Berlin. Beide waren sie aus unterschiedlichen Gründen hier. Aber irgendwie doch auch aus den selbigen.

Die Krux der Polizeiarbeit besteht natürlich darin, dass sie selten einen Feierabend kennt. Wenn die Arbeit Spaß macht, ist das auch kein Problem. Nicht für einen selbst. Aber für die Familie. Das hatte Marquardt schmerzhaft festgestellt, als er früher als gedacht nach Hause kam. Chris und Katja waren bei Freunden untergebracht und er hatte sich auf einen romantischen Abend mit seiner Vera gefreut. Romantisch war es auch, nur nicht für ihn. Wohl aber für Vera und seinen Arbeitskollegen Bernd.

Marquardt hatte den Anstand besessen die beiden nicht in flagranti zu erwischen. Er wartete bis Bernd eine halbe Stunde aus seinem Haus kam. Dann stellte er Vera zu Rede. Keine sechs Monate wurde seinem Versetzungsgesuch von Hamburg nach Berlin entsprochen.

Deutlicher hätte er die von ihm initiierte Trennung nicht unterstreichen können als mit diesem räumlichen Wechsel. Wenn da nicht Chris und Katja wären. Sie banden ihn nach wie vor an Vera, aber auch an seine Heimatstadt Hamburg.

Doch nun musste er nach vorne blicken und sich bei seinem Einstand nicht die Blöße geben.

Als er unter dem Flatterband hindurch schlüpfte, rutschte ihm seine etwas altmodische Clubmaster-Brille fast von der Nase. Er schob sie mit dem Finger wieder zur Nasenwurzel hoch. Bereits vor Wochen wollte er deswegen zum Optiker. Auch hierzu hatte ihm die Zeit gefehlt.

Durch die notdürftig zugenagelten Fenster drang kein natürliches Licht in den Raum, der sich vor ihm auftat. Die Spurensicherung hatte überall tragbare Flutlichter aufgestellt. Aber um das Hauptaugenmerk hätte es keines Lichts bedurft. Marquardt stieg unweigerlich ein schwerer Geruch von Metall in die Nase. Das fand seinen Grund in den Unmengen an menschlichem Blut mit denen der Boden gewissermaßen verziert war.

»Was wissen wir schon?«, fragte Marquardt während er von hinten an seine Kollegin herangetreten war, die vor dem Opfer kniete und es inspizierte.

»Das Opfer heißt Frederik Huckele. Ausweis im Geldbeutel. Ende 30. Deutlich übergewichtig. Offensichtlich.«

Charlotte Ackermann – sie sah mit ihren rötlichen und stark nach hinten frisierten Haaren ziemlich streng aus – und sie sprach auch so. Hinter ihren beinahe maskenhaften Gesichtszügen und dem stakkatoartigen Herunterrasseln kühler kalter Fakten, verbarg sich eine herzensgute Person. So hatte er gehört. Er hatte sie bisher nur kurz kennengelernt, aber sie wirkte als wäre ihr nichts fremder als Emotionen oder gar Empathie. Vielleicht war das ihre Art mit diesem Job fertig zu werden, dachte Marquardt während er seine Kollegin kurz musterte.

»Wie wurde er gefunden?«, fragte er.

»Ein Obdachloser. Kam hier lang, stellte fest, dass das Tor zur Straße unverschlossen war. Dachte es gäbe hier eine warme Übernachtungsmöglichkeit«

Es war Oktober. Mancherorts war das Anlass für einen goldenen Herbst. Berlin sah das irgendwie anders. Oktober war dort Vor-Winter. Zumindest temperaturlich. Der ohnehin permanent vorhandene Wind pfiff jetzt, aufgrund der

Eiseskälte besonders unerbittlich.

Marquardt schloss nun auch den obersten Knopf seines dunkelblauen Trenchcoats.

»Verstehe. Details zum Tatherrgang?«

»Unschön. Er wurde an der Decke hängend gefunden. Die Händen waren in den Handschellen. Diese über einen Haken in der Decke festgemacht. Das Opfer war bis auf die Unterhose ausgezogen. Er wurde wiederholt auf den Rücken geschlagen. Vermutlich ein Schlagwerkzeug oder eine Peitsche. Eine immense Kraftentfaltung.«

Wiederholt auf den Rücken geschlagen war eine sehr wertfreie Beschreibung, dessen was er vor sich sah. Der Mann musste unvorstellbare Schmerzen durchlitten haben. Marquardt erschauderte bei dem Gedanken daran, wie viel Kraftanstrengung nötig war um einen Menschen derart zu verunstalten.

»Bei der Menge an Blut, die sich auf dem Boden befindet, wurde der Mann hier verhältnismäßig lange festgehalten bevor er gestorben ist.« stellte Marquardt fest.

»Korrekt. Anhand der Druckmarken an den Handgelenken ist von mindestens 24 Stunden auszugehen. Die Menge und die Tiefe der Verletzungen am Rücken des Opfers lassen auf einen Overkill schließen.«

»Einen Overkill?«

»Wenn der Täter weit mehr als das zur Tötung erforderliche Maß an Kraft, Brutalität oder Grausamkeit verwendet.«

Es lief ihm kalt den Rücken herunter. Er hatte sich den Einstieg im neuen Dezernat zwar schwer vorgestellt. Was ihm hier jedoch begegnete ließ seine Befürchtungen jedoch geradezu naiv wirken. Marquardt kam von der Hamburgischen Dezernat für sogenannte White-Collar-Kriminalität. Dort ging es selten körperlich brutal zu. Sein

Klientel war deshalb nicht weniger außerhalb der rechtschaffenen Gesellschaft stehend, aber es war deutlich weniger blutig. Er erschauderte während er seine nächste Frage stellte.»Und das heißt konkret?«

»Bereits wenige Schläge hätten wohl aufgrund der Schmerzen zur Ohnmacht geführt. Wenn Schmerzen für das Gehirn zu stark werden, ist der Schutzmechanismus des Gehirn, dass es den Betrieb herunterfährt« erklärte seine Partnerin.

»Und warum war das hier nicht der Fall?«

»Der Täter hat aktiv dagegen gearbeitet. Wir haben in der Ecke eine zerbrochene Ampulle Riechsalz gefunden. Wir vermuten, dass der Täter das Opfer damit wach hielt.«

»Das ist grausam.« Eine inhaltlich unnötige, aber kathartische Feststellung.

Marquardt mustert das Opfer. Ihm fielen vereinzelte weiße Rückstände in mitten des blutigen Rückens auf.

»Was ist das?«, fragte er und zeigte in eine besonders tiefe Wunde am Oberarm des Opfers. Er traute sich nicht zu fragen, hatte jedoch das ungute Gefühl, dass die Wunde bis auf den Knochen reichte. In ihr waren Rückstände eines weißen Pulvers zu sehen.»Drogen? Hat der Täter bei der Tat Drogen genommen?«

»Das war nicht für den Täter. Sondern für das Opfer.«, gab Charlotte zurück.

»Wie..-«

»Natriumchlorid.«

»Noch mehr Riechsalz? Wozu?«

»Vermutlich handelsübliches Speisesalz. Anhand der Wischmuster in der Wunde« war Frank Püschel eingesprungen »gehen wir davon aus, dass der Täter dem Opfer sprichwörtlich Salz in die Wunden gerieben hat.«

3.

Wenn die Stühle so bequem wären, wie sie vermutlich teuer waren, würde Katrin hier nicht mehr aufstehen wollen. Leider war das Gegenteil der Fall und sie war höchst erfreut als ihr der großgewachsene und schlanke Mann im Maßanzug die gut manikürte Hand darbot.

»Frau von Eigen, es freut mich sehr Sie kennenzulernen. Bitte, folgen Sie mir in mein Büro.«, sagte mit einem wohlklingenden Ton in seiner Stimme.

Er hielt vor der Bürotür an und hielt seine Linke einladend in den Raum. Seine Umgangsformen waren exzellent, höflich und nicht zu sehr gestellt. Sie mochte das. Auch wenn es hier ohnehin nicht um persönliche Vorlieben ging.

Sein Büro war ein gewisser Gegensatz zu den eher exzentrischen Möbeln im Rest der Kanzlei. Sein schwerer dunkler Schreibtisch war eingerahmt von 3 deckenhohen Bücherregalen in gleichem Farbton. Es wirkte alles sehr stimmig, sehr geordnet. Katrin fühlte sich auf Anhieb wohl.

»Bitte haben Sie vielen Dank Herr Dr. Frank, dass sie sich so kurzfristig der Sache annehmen konnten.«

Es lag eine ehrliche Dankbarkeit in ihrer Stimme. Nachdem sie diese Zeitschrift im Arbeitszimmer ihres Mannes gefunden hatte, musste sie diese Angelegenheit klären lassen. Sie hatte kein gutes Gefühl gehabt und würde gleich erfahren, ob sie damit richtig lag.

»Nun es ist so Frau von Eigen, leider muss ich sagen, hatten Sie hier in der Tat ein gutes Bauchgefühl.«

Er rückte kurz auf dem Stuhl. Es war nur ein Hauch, aber in diesem Moment las sie, dass er sich zumindest nicht gänzlich wohl fühlte ihr das folgende zu sagen. Womit sie wiederum wusste, was er ihr gleich sagen würde, noch bevor er es

16

eigentlich gesagt hatte. »Aber der Reihe nach. Ich habe mir Ihren Ehevertrag angesehen. Der von Ihnen genannte Abschnitt stellt sich tatsächlich als sogenannte 'Heidelberger-Eheklausel' darstellt. Diese Klauseln sind in der Erb- und Familienrechtspraxis ein Fluch und Segen zugleich. Wenn sie angewendet werden oder angewendet werden können, führt das im Falle einer Erbschaft einer Ehepartei dazu, dass der anderen Partei die Hälfte des Vermögenswertes bereits zu Lebzeiten zuwächst. Spätestens natürlich jedoch mit deren eigenem Versterben.«

»Was bedeutet das konkret?« Katrin hatte bereits eine Ahnung, aber sie wollte es unmissverständlich hören. Sie musste wissen, ob ihr Mann wirklich dazu fähig gewesen war. »Das bedeutet konkret, wenn Sie das Ihnen angetragene Erbe Ihrer Tante annehmen, hat Ihr Mann ab dem Zeitpunkt der Annahme des Erbes Anspruch auf die Auszahlung der Hälfte des Vermögenswertes.«

Es fiel ihr schwer bei diesen Worten und den dadurch hervorgerufenen Emotionen ihre Fassung zu bewahren. »Ist das nicht...« Stotterte sie. »Unfair.. wie sagen Juristen noch gleich? Sittenwidrig?«

»In der Tat, Sittenwidrigkeit ist zumindest ein Argument, das immer wieder in der Diskussion angeführt wird. Das neuerliche erschiene Urteil des Bundesgerichtshof, doch immerhin das höchste deutsche Gericht in Familien- und Erbangelegenheiten, urteilte, dass obwohl die Klausel ein erhebliches Übergewicht zu Lasten einer Partei birgt, diese dennoch zulässig sein kann. Es komme dabei immer auf den Einzelfall an. Das Urteil zitiert die gegenständliche Klausel, die es für gerade noch wirksam erachtet hat. Die Klausel in Ihrem Ehevertrag deckt sich mit dieser wortgleich. Wer auch immer das verfasst hatte, wollte kein Risiko eingehen.«

»Aber.. Wie konnte das passieren? Ich meine, ich hatte doch seinerzeit selbst einen Anwalt. Hätte er das nicht kommen sehen müssen? Ist er dafür nicht haftbar?«, fragte sie in bereits leicht gereiztem Ton. Sie tat schwer daran ihren aufkeimenden Zorn zu kontrollieren. Mit jedem weiteren Wort, mit jedem weiteren Gedanken an diese Situation, an ihren Mann, an die Folgen. Es kochte in ihr.

»Nun, grundsätzlich ist das denkbar. Wenn der Anwalt falsch berät, muss er dafür gerade stehen, insbesondere natürlich finanziell. Allerdings führt das Urteil auch aus, dass dazu dem Anwalt auch zumindest Fahrlässigkeit vorgeworfen werden können muss. Also er muss einen Fehler gemacht haben. Da diese Klauseln jedoch stets ausgelegt, also an den jeweiligen Lebenssachverhalt angelegt werden müssen, sah das Gericht perspektivisch bereits die Notwendigkeit klarzustellen, dass es einen Rückgriff zum Nachteil des beratenden Rechtsanwalts zwar nicht ausschließt, aber an ausgesprochen hohe Hürden knüpft.«

»Das ist unglaublich. Was hätte ich denn dann tun können, um mich vor dieser Situation schützen zu können?«

Es war nicht so, dass sie bereits den Abschluss eines zweiten Ehevertrags plante und für die Zukunft vorsorgen wollte. Aber das, was ihr ihr Rechtsanwalt da sagte, machte sie fassungslos. Zwar erklärte ihr der Rechtsanwalt noch, was sie hätte tun können. Im Grunde hörte sie jedoch bereits nicht mehr zu. In ihr ratterten bereits die Rädchen. Sie brauchte eine Lösung.

»Und gibt es hier keinen Weg für mich heraus? Durch eine Scheidung? Oder kann ich den Ehevertrag nicht aufkündigen?«, fragte Katrin.

Dr. Frank lehnte sich zurück. Seine Körpersprache legte nahe, er wolle sich von seinen folgenden Ausführungen innerlich distanzieren.

»Das dürfte schwer werden.«, sagte er nach einer kurzen Bedenkzeit. »Wenn sie sich scheiden lassen hat zum Zeitpunkt des Erbanfalls ein Ehevertrag bestanden, sodass dieser auch Anwendung findet. Eine einseitige Kündigung des Vertrags ist indes nicht möglich, es gilt der allgemeine noch aus dem römischen Recht entspringende Grundsatz *pacta sunt servanda* oder zu Deutsch *Verträge sind einzuhalten*. Das gilt auch beim Ehevertrag. Es wäre zwar grundsätzlich denkbar den Vertrag anzufechten, aber der Erfolg dessen, dürfte gegen Null gehen.« Er machte eine Pause, die sich wie ein Schleier über das Gespräch legte, bevor er hinzufügte: »Es tut mir leid.«

Sein Tonfall ließ sie zweifelsfrei erkennen, damit war es endgültig. Der Hammer war gefallen, sein Urteil war gesprochen.

So langsam sickerte es in ihr Bewusstsein. Dieser Mann, mit dem sie mittlerweile seit über zehn Jahren Haus und Hof teilte, hatte sie über den Tisch gezogen. 'Drum prüfe, wer sich ewig bindet' fiel ihr unpassenderweise dieses Schiller-Teilzitat ein. Wie konnte er ihr das nur antun? Wo war dabei seine eigene Berufsehre als Anwalt? Sie hatten sich alles was sie hatten gemeinsam aufgebaut. Die Wohnung in bester Lage im Herzen Berlins, den gesellschaftlichen Status, die Ehe, alles..

Sie hatte gedacht, sie beide sind durch etwas Einzigartiges verbunden. Hatten sie doch beide ihre Eltern viel zu früh verloren. Beide auf so unglückliche und wirklich unnötige Art. Sie dachte, das würde immer Bestand haben. Wie ein Seelenverwandter sah sie ihn damals dort sitzen, abseits und doch war er direkt das Zentrum ihrer Aufmerksamkeit. Sie hatte nur auf Anraten ihrer Freundin überhaupt an diesem Selbsthilfetreffen für Vollwaisen teilgenommen. Sie wollte eher ihr den Gefallen tun als sich selbst und war doch sofort hin und weg.

»Haben Sie und Ihr Mann Kinder?«, fragte Dr. Frank in die eingetretene Stille hinein.

»Was?«, schreckte Katrin hoch. »Kinder? Oh Gott – Nein!« Die Augen ihres Gegenüber weiteten sich ein Stück. Wenig, fast unmerklich. Jedoch genug, damit sie es registrierte. Die Frage hatte sie aus ihren Gedanken gerissen.

»Wir haben keine Kinder. Bisher waren wir beide sehr auf unseren Beruf konzentriert und da..«

Sie machte eine Pause. Das war einer der Gründe.

»Ich dachte nur,« setzte der Anwalt an, um seiner Mandantin die hörbare Peinlichkeit der Situation zu nehmen. »wenn Sie Kinder gehabt hätten, hätte es vielleicht noch einen Ausweg..«

Ein Traum zerbrach in ihrem Kopf wie ein Glas, welches auf den harten Boden der Realität knallte. Sie hörte ihrem Anwalt nicht länger zu. Sie hatte alle Informationen die sie benötigte. Sie wünschte sich gerade nichts mehr, als dass sie diese Zeitschrift nie gefunden hätte. Sie hatte ihm einfach nur von der freudigen Nachricht erzählen wollten, hatte gehofft, nun doch noch den ganz großen Sprung zu schaffen. Die Erbschaft ihrer bis dato unbekannten Tante war so verheißungsvoll. Und nun...

Sie sammelte sich, bedankte sich und verließ anschließend erhobenen Hauptes die Kanzlei.

Ihr Mann würde sich noch wundern.

3 Monate später

4.

Durch die warmen Temperaturen im Wageninnern begann er zu schwitzen. Er hatte die Heizung angeschaltet, für einen Tag im Januar war es zwar erfrischend mild, aber immer noch kühl genug, sodass es in den Abendstunden ungemütlich wurde. Außerdem war er aufgeregt. Zumindest glaubte er das. Nicht freudig aufgeregt, auf eine andere Art. Immer wenn er seinen Plan ausführte, überkam ihn dieses Gefühl. Er wusste, dass es nicht richtig war. Aber er wusste, dass es nötig war. Anfangs konnte er das alles nicht einordnen. Diese geballte Explosion an tiefen und intensiven Gefühlen.

Eigentlich verabscheute er Gewalt. Er hatte gesehen, wohin diese führen kann. Er spürte es. Jeden einzelnen Tag. Auch am eigenen Leib.

Und doch, er kam nicht davon los. Es war, wie wenn man die bereits brennende Zündschnur austrat und die Bombe nicht detonierte. Dort würde doch auch niemand demjenigen der auf die Zündschnur trat Gewalt vorwerfen. Vielmehr war es eine Heldentat, weil man bevorstehendes Leid und Trauer verhindert hatte.

Er rückte sich seine Brille wieder zurecht. Das kleine Model, bei dem die Gläser gerade groß genug waren um seine Augen zu bedecken, rutschte.

Er saß in seinem beige-farbigen Mazda und beobachtete jetzt schon seit einiger Zeit den Seiteneingang des Supermarktes. Es standen nur noch einige wenige Fahrzeuge auf dem Parkplatz. Der Supermarkt hatte seit nunmehr 45 Minuten bereits geschlossen. Es war dunkel. Einzig die spärliche gesetzten Laternen erhellten das Gelände.

Er blickte auf den Beifahrersitz. Dort lag seine Umhängetasche. Er hatte alles was er benötigte fein säuberlich geordnet. Er ging seinen Plan im Kopf immer und immer wieder durch. Er wusste, dass er nahezu perfekt war und er wusste, dass er auf sich vertrauen konnte. Und doch, wurde er eine gewisse Restanspannung und auch ein Fünkchen Erregung nicht los.

Das Schepperchen, die Spritze, das kleine Fläschchen, der Sender – was man heutzutage nicht alles über das Internet herausfinden und dank Online-Apotheke beschaffen konnte, dachte er zufrieden.

Er hatte sich jede Einzelheit über dieses Monster eingeprägt. Gleichwohl konnte er nicht davon lassen. Wie ein Trainer in der Kabine einer Fußballmannschaft, hielt er innerlich eine Motivationsrede, die ihn zu Höchstleistungen motivieren sollte.

Der Mann war ein Schwein. Verabscheuungswürdig – demütigte seine Frau und zumindest mittelbar auch seine Tochter. Es ist nur eine Frage der Zeit, bis es eskaliert. Es war bereits kurz davor. Die Zündschnur brannte. Weiter und immer weiter. Aber er würde ihnen helfen. Ein wohlig warmes Gefühl breitete sich tief in ihm aus.

Die Seitentür des Supermarktes ging auf. Sein Blick ruhte auf ihm. Auf dem Mann, der selbst nach Feierabend noch die firmentypische Kleidung der Filialleitung trug. Die Einheitsgrößen waren für seinen groß gewachsenen und schlanken Körper nicht gemacht. Er sah lächerlich damit aus. Die Sachen hingen an ihm, wie an einer Schaufensterpuppe. Zu groß, unpassend. So wenig Respekt hatte er für sich selbst, dachte sein Beobachter.

Diese dämliche Grinsen mit dem er seinen Angestellten in den Feierabend verabschiedete. Es lag etwas subtil feindseliges darin. Er zog die Spritze in dem kleinen Fläschchen auf. Dabei ließ er sein Ziel nicht eine Sekunde länger als nötig aus den

Augen.

»Bis morgen in aller Frische, Frau Lankwitz«, rief er offenbar seiner Mitarbeiterin zu.

Diese abgegriffenen Sprüche, dachte er sich in seinem Auto.

Er konnte es kaum abwarten.

»Ebenfalls Herr Gedeon, bis morgen.«, gab diese weit weniger amüsiert zurück.

Es ging los.

Er drehte am Rädchen des kleinen schwarzen Kastens, den er aus der Umhängetasche gezogen hatte.

Das Signal war aktiviert.

Herrn Gedeons Kollegin stieg ins Auto. Die Scheinwerfer leuchteten auf. Thomas Gedeon stand vor seinem Wagen und winkte ihr zum Abschied nach. Mit einem Griff in seine Aktentasche, die er unnötigerweise mit sich führte, fingerte er die Autoschlüssel heraus. Der Filialleiter betätigte die Taste zum Entsperren des Autos.

Der Mann in dem Auto konnte den Unglauben seines Opfers sehen und genoss die Verwirrung. Immer wieder betätigte dieser die Fernbedienung. Da das Auto auch keine Türschlösser hatte, war damit der einzige Weg ins Innere seines Autos verwehrt.

Das verschaffte ihm Zeit.

Das Auto der Kollegin war bereits vom Parkplatz gefahren.

Mit schnellen Schritten und exakt entlang des Weges, den er sich zuvor erdacht hatte, bewegte er sich. Geschmeidig und flink. Ungewöhnlich wenn man seine Körpermaße bedachte.

In seiner Brust pochte das Adrenalin. Aber er wurde nicht unruhig.

Das Gegenteil.

Fokussiert.

Sein Ziel.

Nichts würde sich dazwischen drängen.

Ein verhaltenes Fluchen war zu hören, das Signal war noch aktiv. Er hatte es auf 30 Sekunden gestellt. Sein Opfer sollte nicht aus Sorge, die Fernbedienung habe den Geist aufgegeben, den Pannendienst oder schlimmer noch die Polizei rufen. Oder überhaupt das Handy benutzen.

Er war hinter dem Auto seines Opfers angekommen – es stand nur wenige Meter auf der anderen Seite des unnötig großen Geländewagens. Er griff in seine Tasche. Die Metallbecken des Schepperchens segelten über den SUV.

Die eingetretene Stille auf dem Parkplatz wurde schlagartig durchbrochen. Die Becken des Schepperchens knallten einige Meter hinter seinem Opfer zu Boden. Er hatte sich bewusst hierfür entschieden. Nicht nur, dass es eigentlich für die Hundeerziehung gedacht war und deshalb schrecklich einfach und unauffällig zu besorgen war. Der Klang, wenn es auf dem Boden aufschlug, war derart sonderbar. Nicht ohne Grund wurde es dazu genutzt, Hunde aus ihrer Konzentration zu reißen und wieder abrufbar zu machen. Bei Menschen hatte das einen ähnlichen Effekt. Der blecherne Klang. Der Moment bis man das Geräusch und den Ursprung lokalisieren und einordnen kann. Das war mehr als er brauchte.

»Ach du meine-«, gab Thomas Gedeon noch von sich, da hatte die Spritze ihr Ziel in seinem Hals schon gefunden.

Das Medikament wirkte binnen Sekunden.

Der Schreck war seiner Stimme deutlich anzuhören. Dann war bereits nichts mehr von ihm zu hören. Und das würde auch für alle Zeit so bleiben.

5.

Wenn sie etwas beherzter geworfen hätte, hätte die Vase ihr Ziel nicht verfehlt. So aber zerschellte die Vase nur knapp neben dem Kopf ihres Ehemannes. Sie wollte ihn nicht wirklich treffen. Sie wollte ein Zeichen setzen.

So konnte es nicht weiter gehen.

Das konnte sie sich nicht länger bieten lassen. Wenn Sie nicht Acht gab, ließ sie sich noch gänzlich die Butter vom Brot nehmen, wie ihr Mann in seiner ach so lustig-bourgeoisen Art zu sagen pflegte. Vermutlich ein weiterer Versuch jedem zu signalisieren, wie sehr er doch am Boden geblieben war und das trotz seines nicht zu leugnenden beruflichen Erfolgs.

Katrin von Eigen war Antiquarin. Von Kindesbeinen an hatte sie einen Faible für „altes Zeug", wie Christian es manchmal verächtlich nannte. „Vergangene Erinnerungen" würde Katrin sagen. Noch in der Schule machte sie ein Praktikum in einem Antiquariat. Sie sah sich in ihrer Leidenschaft bestätigt. Schon der Geruch erfüllte sie, auch heute noch, mit einem wohligen und heimeligen Gefühl. Aber viel mehr noch, wenn sie beim in den Händen halten der Stücke darüber nachdachte, wer alles diese Dinge schon berührt und mit ihnen gelebt und aus ihnen gelehrt hatte. Wie viel Arbeitsstunden in die Fertigung geflossen sind. Wo überall auf der Welt dieses Stück schon gewesen war. Und welches Glück es bedeutete, dass sie es in ihren Händen halten konnte. So kam dann irgendwann eines zum anderen und sie entschied sich mit Mitte 20 an ihre abgeschlossene Ausbildung zur Buchhändlerin noch ein Studium der Kunstgeschichte zu hängen. Sie bereute es nicht einen Tag. Im Gegenteil. Sie blühte in ihrem Beruf noch mehr auf. Wurde selbstständiger, versierter. Kollegen sowie ihr Chef sagten ihr einen ausgezeichneten Sachverstand nach.

»Katrin, bist du noch bei Sinnen?! Es ist das eine, wenn du mir so einen Blödsinn unterstellst. Aber es ist etwas anderes, wenn du jetzt handgreiflich wirst.«

Christian rückte sich seine blaue Seidenkrawatte unnötigerweise zurecht – sie war keinen Millimeter verrutscht. Katrin hatte ihm diese geschenkt, sie hatte so schön zu seinem grauen Anzug gepasst – damals. Das schien heute wie aus einer anderen Zeit. Oder aus einer anderen Beziehung.

»Handgreiflich? Ich habe doch nur die Vase versehentlich fallen lassen. Außerdem war es meine Vase. Ich denke also, dir ist kein Schaden entstehen, oder?«, funkelte sie ihn mit einem bös-feixenden Blick an.

Katrin war eine Frau für die das Wort adrett erfunden worden zu sein schien. Ihr Äußeres war stets von einer Makellosigkeit, dass es beinahe unwirklich wirkte. Gleichwohl war es nie zu steif, sondern hatte immer auch eine Prise Lockerheit. Die gleiche Lockerheit mit der sie ihre halblange Lockenpracht trug, zwar stets gebändigt aber doch auch einen Hauch verspielt. Kontrollierter Kontrollverlust. Ebenso gebändigt war ihr Temperament – meistens. Christian wusste, dass es zwar manchmal unter der Oberfläche brodelte, aber zumeist blieb Katrin betont ruhig.

Außer jetzt gerade.

Mehr noch überschlug sich ihre Stimme selbst bei diesen wenigen Worten hörbar. Sie spürte wie ihr Kopf unter Druck stand, wie das Blut ihr heiß in den Kopf und in die Wangen schoss.

»Das ist vollkommener Quatsch und das weißt du. Was hat dich denn so sehr daran gestört, dass ich mit einer Arbeitskollegin Mittagessen gegangen bin? Du kennst Natascha doch. Wir haben über ein gemeinsames Mandat gesprochen. Mehr nicht.«

Er war bei den Worten von seinem Schreibtischstuhl aufgestanden und hatte sich sein Jackett gegriffen. Er fuhr sich in einer Übersprungshandlung durch die seitengescheitelten blonden Haare.

Ruhig atmen, dachte sich Katrin. Und im nächsten Moment: *Ach was solls?*

»Ja, ich kenne sie und ich kenne Frauen-«

»Du hast mir doch gesagt, dass du einverstanden bist, und dass es für dich kein Problem ist-«

»Darum geht es doch nicht!«

Christian blickte sie fassungslos an. Er schüttelte den Kopf, wie um aus einem Traum zu erwachen.

»WORUM DENN DANN?« brüllte er schlagartig.

Er war als Anwalt schon von Berufswegen schwer aus der Ruhe zu bringen. Jahrelanges praktisches Training nicht sein Temperament zu verlieren oder es überhaupt zu zeigen, hatten ihm bei seiner Karriere geholfen. Aber diese Frau schaffte es dennoch, dass Innerste in ihm zum Vorschein zu bringen. Was nicht nur zu seinem Vorteil gereichte. Zwar traf es auch auf positive Eigenschaften zu, aber eben auch auf deren Kehrseite. Und so verlor er sich gerade in dem Gedanken seinem mittlerweile seit Wochen, wenn nicht gar Monaten, aufgestauten Frust, Luft durch Lautstärke zu machen.

Er schrie.

»WAS ZUR HÖLLE IST DENN DEIN PROBLEM? DU SAGST MIR ES IST OKAY, DANN MACHE ICH ES GENAU WIE DU ES WOLLTEST UND DANN IST ES DOCH WIEDER NICHT OKAY?«

Er spürte wie sich seine Schultern entspannten und absanken. Der Druck hatte gerade ein Ventil gefunden. Vielleicht kein gesundes, aber ein Ventil war besser als kein Ventil.

»Darum geht es doch nicht!«, gab Katrin zurück.

»Zum Glück haben wir keine Kinder, Katrin«, gab Christian zusammenhangslos zurück.

Wollte er es einfach nicht verstehen, fragte sie sich. Natürlich hatte Sie kein Problem, wenn er mit irgendeiner Kollegin zum Mittagessen ging. Aber sie hatte die beiden erlebt und was sie sich dort in den letzten Wochen entwickeln sah, bereitete ihr Unbehagen. Dabei half es sicher nicht, dass sich ihre eigene Beziehung in den letzten Wochen, wenn nicht gar Monaten, in eine Richtung entwickelte, die mit explosiv wohl noch sehr euphorisch beschrieben war.

Zudem kannte sie Frauen. Für Manche ist ein Ehering dabei kein Hindernis. Vielmehr eine offene Herausforderung.

»Ach du, Christian. Wenn du es nicht verstehen willst, dann belassen wir es dabei.«, moderierte sie dieses sinnlose Gespräch resigniert ab.

»Vielleicht sollte ich doch einfach nach Frankreich gehen-« setzte er noch an, doch er sah bereits nur noch ihren Hinterkopf. Sie ließ ihn einmal mehr mitten im Gespräch stehen.

Im nächsten Augenblick fiel die Haustür ins Schloss.

6.

»Und dann bist du einfach gegangen?« Wie um ihre
Ungläubigkeit zu unterstreichen warf Maggy den Kopf mit
ihren dicken hellroten Locken nach hinten.

»Was hätte ich denn noch tun sollen?«, fragte Katrin zurück.

Maggy stand immer auf ihrer Seite wenn es Probleme mit
Christian gab. Und meistens hatte sie auch wirklich gute
Ratschläge auf Lager. Ironischerweise waren es doch meistens
die Menschen, denen selbst in der Liebe so viel Pech
zuteilwurde, die sich scheinbar am besten damit auskannten.

Doch in dieser Sache war selbst Maggy eine innere
Zurückhaltung und Ratlosigkeit anzumerken. Sie stand zwar
auf ihrer Seite, aber nicht aus Überzeugung, sondern lediglich
aus Loyalität.

»Vielleicht – verrückte Idee – hättest du ihm einfach die
Wahrheit sagen sollen?«

»Du meinst ich hätte ihm sagen sollen, dass Natascha ein
falsches Biest ist, die ihn nur um den Finger wickeln will und
dann fallen lassen wird, nachdem sie unsere Beziehung
zerstört hat?«

Katrin schaute Maggy mit großen Augen feixend an.

»Nicht, dass da gerade noch viel zu zerstören wäre.« begann
ihre Freundin. »Dennoch: Wohl kaum. Ich meine die
Wahrheit-Wahrheit. Und ich glaube, du weißt ziemlich genau
was ich meine. Warum zur Hölle das alles? Du erzählst mir
fast wöchentlich, wie ihr euch wegen irgendeinem banalen
Mist streitet. Und dir kommt nicht die Idee, dass sich eure
Beziehung langsam vergiftet und damit dem Ende neigt?«

»Aber du hättest hören sollen, was er neulich-«

»Nein. Du hättest hören sollen. Mir zuhören sollen. Erzähl ihm
von deinem Termin beim Anwalt. Konfrontiere ihn mit dem

was du weißt. Oder trenn dich. Da letzteres offenbar gerade nicht so richtig in Frage kommt, würde ich vorschlagen du sprichst ihn darauf an.«

Sie hatte immer die besten Tipps, schon immer gehabt. Und dennoch war es ihr selten gelungen, diese selbst umzusetzen. Maggy war trotz ihrer wirklich atemberaubenden Schönheit - und das musste Katrin ohne Neid anerkennen – nie wirklich gelungen, einen Mann über einen längeren Zeitraum an sich zu binden. Ihr großes Herz und ihre Fürsorge wurde von ihren Partnern regelmäßig als Schwäche missverstanden und so kam es, dass sie mit einer gewissen traurigen Regelmäßigkeit von ihnen betrogen wurde.

Wie gut konnten ihre Tipps also schon sein, dachte sich Katrin trotzig.

»Ich kann es nicht. Du weißt warum.«

»Immer noch wegen der Geschichte damals an der Uni? Das ist doch ewig her.«

Ihre großen blauen Augen starrten sie von Minute zu Minute ungläubiger an.

Was wusste sie schon, dachte Katrin. Sie hatte keine Ahnung, wie das war, vor der gesamten Universität gedemütigt zu werden. Und das obwohl sie nichts falsch gemacht hatte.

»Du verstehst es nicht, Maggy. Die Demütigung. Der eigene Name in den Schmutz gezogen. Es gibt einfach Situationen im Leben, da ist besser, wenn man einfach die Füße still hält und die Dinge aushält, wenn man sie nicht ändern kann. Bis der Sturm vorbeigezogen ist.«

Es war eine Party einer Burschenschaft an ihrer Uni. Sie war überraschend eingeladen worden. Die Jungs, selbstverständlich waren es ausschließlich Jungs, luden zumeist nur handverlesene Gäste ein. Sie hatte nicht mal im Traum daran gedacht, dass sie zu diesem Kreis gehören könnte. Und natürlich fühlte sie sich durch die Einladung geschmeichelt. Erst Recht als einer Burschenschaftler ihr am Abend Avancen machte. Ein Wort gab das andere – und schlimmer noch, ein Glas Wein tauschte mit dem nächsten.

Er hatte sie mit ihr auf sein Zimmer im Burschenschaftshaus genommen. Er war nicht von der Sorte übermäßig attraktiv. Also niemand den man seinen Eltern vorstellt – oder seinen Freunden. Aber die Situation gab es her, dass sie sich von ihm angezogen fühlte. Oder zumindest von dem, was er verkörperte.

Doch der Wein machte sich bei ihm bemerkbar. Zwar wollte er Katrin, doch nicht alles an ihm wollte, wie er wollte. Und so fühlte er sich wohl mehr gekränkt als hofiert, als Katrin um das Eis zu brechen, eine scherzhafte Bemerkung dazu machte. Er stürmte mit hochrotem Kopf aus dem Zimmer. Der Abend war damit gelaufen.

Wenige Tage später wurde sie zum Dekan ihrer Fakultät geladen, zufällig ein guter Freund des Vaters ihrer abendlichen Eroberung. Ihr wurde vorgeworfen, den Zitat 'armen Jungen' vergewaltigt zu haben.

Sie schluckte und wusste nicht recht darauf zu reagieren. Sie sollte sich freiwillig exmatrikulieren. Lange hatte sie versucht zu verheimlichen was geschehen war und was daraus folgen sollte. Doch irgendwann als ihr klar wurde, dass es sich dabei um die bittere Realität handelte, erzählte sie es doch ihren Eltern.

Ab da war die Büchse der Pandora geöffnet. Sie hatten sich stante pede aufgemacht, den Dekan und den Jungen zu konfrontieren. Als alte Revoluzzer war es eine Sache der Ehre, sich bei Ungerechtigkeiten mit der Obrigkeit anzulegen.

Die Reaktion blieb nicht aus. Der gesamte Campus bekam Wind von der Geschichte. Sie durfte bleiben, der Junge zog seine Vorwürfe zurück. Der Makel jedoch blieb. Vergewaltigungsvorwürfe hielten sich, ob berechtigt oder nicht, auch bei Frauen als Täterinnen hartnäckig. Die Kommilitonen wendeten sich ab, Freundschaften gingen in die Brüche. Sie ärgerte sich, sie beendete zwar das Studium und immer noch als eine der Top-Absolventen. Aber ihr Ruf war ruiniert. Ihr Name war in den Schmutz gezogen worden. Sie zog aus der Stadt und bereute jeden einzelnen Moment dieses Weges.

»Und was willst du jetzt machen?«, fragte Maggy in einem fast großmütterlichen Ton. So als würde sie ihre Enkelin danach fragen, wie es nach dem Erhalt eine schlechten Schul-Note weitergehen würde.

»Das ist eine gute Frage..« eine wirklich sehr gute Frage.

Sie hatte da vielleicht schon eine Idee.

7.

Der Schweiß rann Thomas Gedeon über seine Halbglatze.

»Aufwachen!«, sprach er mit befehlsgewohnter Stimme.

Das bis eben noch wie ein ermatteter Boxer in den Seilen hängende Opfer schoss durch die schallende Ohrfeige wie vom Blitz gerührt nach oben.

»Hmm mhmmh mhmhhm!«, murmelte er vor sich hin.

Es dauerte einen Moment. Doch Augenblicke später setzte bereits seine Orientierung wieder ein. Er blickte sich um.

Er erkannte nicht, wo er sich befand. Es war dunkel. Roch und sah nach Keller aus. Modrig und muffig. Doch man könnte ihm förmlich dabei zusehen, wie der Groschen fiel. Wie war er hier gelandet?

Der Parkplatz!

Der Supermarkt!

Das seltsame Scheppern.

Dann: Schwärze um ihn herum.

Vermutlich wunderte er sich nun, warum er keinen Laut von sich geben konnte. Belustigt sah ihn sein Gegenüber an.

Was war mit seinem Mund los, fragte sich Herr Gedeon in aufkommender Panik. Er war nicht nur nicht in der Lage zu sprechen. Er konnte den Mund selbst kaum bewegen. Er konnte nicht erkennen, was mit seinem Mund geschehen war, doch er fühlte sich seltsam an. Er spannte übermäßig stark. So als würde etwas daran ziehen.

»Es wird Zeit für deine Lektion.«, sagte er betont kontrolliert. Er ging um ihn herum. Die Hände seines Opfers lagen in Ketten – wortwörtlich. Schwere metallene Ketten umschlungen seine Handgelenke. Der Ring zwischen seinen Händen, die die beiden Ketten verband war über eine weitere Kette an der Wand befestigt.

Vor ihm stand ein u-förmiges Gestell aus Metall. Ähnlich wie ein Fahrradständer. Nur, dass es mitten im Raum stand und auf Hüfthöhe vor Herrn Gedeon endete. Durch den nach vorne wirkenden Zug an seinen Händen und die jähe Begrenzung an seiner Hüfte, wurde sein Oberkörper leicht nach vorne abgekippt.

»Du bist Abschaum. Du hast viele Fehler gemacht.«

Ein weitere schallende Ohrfeige erfüllte den Raum.

Beim Versuch einer Erwiderung fühlt er Widerstand seines Körpers: »Mhmhm hmmm! Hmhmh!«

Seine Zunge stich innen an seine Lippen. Ein brennender Schmerz schoss ihm von der Lippe in Richtung seines Kiefers. Plötzlich konnte er den Schmerz einordnen. Seine Zunge war zwar ebenfalls in Mitleidenschaft gezogen worden und fühlte sich pelzig und irgendwie lapprig an. Doch er spürte es jetzt: Ihm war der Mund zugenäht worden.

Er tastete mit der Zunge weiter an der Innenseite gegen seine Lippe. Soweit er das von noch fühlen konnte, mit recht grobem Garn. Panik flutete seinen Körper. Er spürte wie er zu schwitzen begann.

Gleichzeitig sah er sich in diesem Moment sein Gegenüber zum ersten Mal richtig an. Er kannte ihn nicht, er hatte ihn nie zuvor gesehen. *Was wollte dieser Typ von ihm?*

Er sah dessen Blick an ihm herab wandern. Gedeon folgte seinem Blick und bemerkte plötzlich, dass er bis auf seine Unterhose nackt war. Er hatte bislang nicht gefroren, doch nun umgab die Situation ein eisiger Hauch.

Der Mann ihm gegenüber stand eine Weile regungslos da. Und schaute ihn an. Er stand einfach nur. Und schaute.

Einem unwirklichen Gedanken folgend dachte Herr Gedeon noch, dass seine Chancen hier lebend herauszukommen wohl nicht gerade stiegen, wenn sein Entführer ihm sein Gesicht zeigte.

»Du hast kein Recht hier zu sprechen. Also sei still. Du hast viel Leid angerichtet, weißt du das? Ich bin sicher du weißt das. Aber das endet nun. Mit einer Lektion für dich. Was du nicht willst, das man dir tut. Kennst du dieses Sprichwort?« Die Frage war hörbar rhetorisch gestellt. »Du hast es in deinem Leben fertig gebracht, den Menschen um dich herum den Mund zu verbieten. Ich denke es ist an der Zeit, den Gefallen zu erwidern. Es ist jetzt an dir, endlich zuzuhören.«

Sein Peiniger zog am Ende einer Kette, die an einem Haken in der Wand festgemacht war. Das erhöhte wiederum den Zug, der über die Handgelenke auf Herrn Gedeon wirkte. Sein Oberkörper wurde dadurch weiter nach vorne geknickt, während seine Füße am Boden gehalten wurden. In dieser vornüber gebeugten Haltung war es nicht nur entwürdigend, sondern binnen weniger Sekunden auch ausgesprochen schmerzhaft.

Unweigerlich fiel Herrn Gedeon eine dieser Dokumentationen ein, in denen man veranschaulichte, wie Kühe künstlich besamt wurden. Ihnen wurde dazu ähnlich wenig Bewegungsfreiheit eingeräumt.

Er wollte widersprechen.

Der Schmerz pochte jedoch mit jeder Sekunde stärker in seinem Rücken, seinen Knien und seinen Schultern. Doch sein Protest erstarb nicht nur an seiner Unfähigkeit zu sprechen, sondern auch den Schmerzen, die alles überboten, sobald er es versuchte.

»Wir werden uns Zeit lassen. Damit wir auch sicher sind, dass du verstehst. Bevor es zu Ende geht«

Er stand nun hinter ihm.

Sein Peiniger griff ihm an die Hüfte und zog in einem Rutsch seine Boxershorts zu seinen Knöcheln. Herr Gedeon war nun vollständig nackt. Und wehrlos. Trotz der Schmerzen erhob sich Widerstand in ihm. Sinnloser Widerstand, doch Widerstand.

»Mhhhhhhhhh!« Durch die Schmerzen noch weiter angefacht, brüllte er seine Ohnmacht heraus.

»Du hast Leid über deine Mitmenschen gebracht und nur Gott weiß, wohin dein Weg dich noch geführt hätte. Religion ist für Spinner. Ich glaube vielmehr an die eigene Verantwortung. Ich kann nicht dabei zuschauen, wie du ein anderes Leben ruinierst. Der Zweck heiligt niemals die Mittel, wenn die Mittel Gewalt sind, verstehst du das?«, fragte ihn sein Gegenüber und blickte ihm direkt in die nun tränenden Augen. In seiner Stimme lag ein fast professoraler Ton, so als wäre es ihm wirklich ein Anliegen, dass sein Opfer versteht, was er ihm zu erklären versuchte.

»Gewalt ist verabscheuungswürdig. Gewalt führt immer nur zu mehr Gewalt.« Er machte eine kurze Pause, wie um das Gesagte wirken zu lassen. »Es muss irgendwann ein Ende finden. Notfalls jedoch auch durch Gewalt.«

Der Mann trat aus seinem Sichtfeld, nur um einige Sekunden später wieder dort aufzutauchen. Mit einem Messer in seiner rechten Hand.

Die Situation wirkte auf Herrn Gedeon unwirklich.

Wohl verstand er, dass der Irre vor ihm eine echte Gefahr darstellte. Aber er verstand immer noch nicht das Warum. *Was hatte er falsch gemacht?*

»Du wirst heute dein Ende finden. Aber erst nachdem du gespürt hast, was die Menschen um dich herum gespürt haben.«

Ein reines Meer aus Schmerzen durchfuhr ihn, während die Klinge spürbar durch sein Fleisch fuhr. Der Messer war scharf und drang spielend leicht in die äußere Seite seines linken

Oberschenkels ein. Er konnte sehen, wie die Haut auf beiden Seiten auseinanderklaffte. *Wie der Schmetterlingsschnitt bei einem Steak.* Ein Blitz schoss ihm durch den Kopf.

Der Schmerz hielt an, flachte nach einigen Sekunden sogar leicht ab, als sein Entführer wieder aus seinem Blickfeld entschwand.

Doch eine brennende Sturmflut rollte bereits auf ihn zu. Er spürte wie ihm das Blut den Oberschenkel hinab lief. Spürte wie sein Entführer etwas in die soeben geöffnete Wunde schob. Er traute sich kaum die vor Schmerzen geschlossenen Augen zu öffnen. Doch er tat es. Blickte nach hinten und was er sah, verwirrte ihn vollends.

Sein Peiniger hatte zwei seiner Finger in die Wunde geschoben. Und die Finger schoben sich auseinander. Sie vergrößerten die Wunde und rissen die Schnittkante der Wunde grob weiter auseinander. *Geburt*, schoss es seinem Opfer wahllos durch den Kopf.

Herr Gedeon wollte auf die Knie fallen, doch das Metallgestell verhinderte, dass sein Oberkörper weiter absinken konnte.

In diesem Moment schoss zu den gellenden Schmerzen ein Gedanke. Der Gedanke breitete sich in seinem Kopf aus. Wie der Fluss von Elektrizität, so schnell, dass er plötzlich überall, in seinem Kopf war. Er verstand jetzt das Warum.

Und er verstand auch was als nächstes kam.

Und was als letztes kam.

Sein Tod.

8.

»Du hattest Recht.« stellte Charlotte fest als sie zu Marquardt an den Tisch getreten war. »Es kamen gerade die Ergebnisse von der Rechtsmedizin. Es war tatsächlich der Gärtner.«
Wenn er es nicht besser gewusst hätte, hätte er gesagt, Charlotte hatte ihn gerade angelächelt. In ihrem Blick lag etwas beinahe Schelmisches.
Die beiden Ermittler des Berliner LKA wurden vorgestern zu einem Tatort in bester Lage im Berliner Grunewald gerufen. Der ausgesprochen erregte Hauseigentümer hatte seine Frau tot in der Gartenlaube ihres sehr großzügig geschnittenen Grundstücks gefunden. Der Schrauberzieher steckte noch in ihrem Oberkörper als er sie fand. Da die beiden Ehepartner recht zurückgezogen lebten und im Wesentlichen nur ihre Servicekräfte Zugang zum Grundstück und dem Haus hatten, war der Täterkreis recht schnell eingegrenzt. Zwar gab es Gerüchte, dass die Gattin sich von ihrem Mann habe trennen wollen, aber wie sich schnell herausstellen sollte, hatte dieser jene Liebhaber selbst in Umlauf gebracht, der sich dies einerseits gewünscht hatte und andererseits damit den Verdacht von sich auf den Ehemann lenken wollte. Überführt hatten ihn dann schlussendlich seine Fingerabdrücke am Mordwerkzeug.
»Na dann, Prost!«, sagte Marquardt und hob sein soeben gebrachtes Glas Charlotte entgegen. Diese sah noch dem Kellner hinterher, der soeben zwei große Biere auf dem Tisch vor ihr abgestellt hatte und dann wieder abgerauscht war. »Ich war schon mal so frei und hatte dich auf Bier eingeschätzt. Daneben? Soll ich ihn nochmal rufen, möchtest du was anderes?« sagte Marquardt als er den verwirrten Blick seiner Kollegin sah.

Sie hatten sich bisher noch nicht privat getroffen. Nicht, weil sie das nicht gewollt hätten, aber weil ihre beider Freizeit bereits so schon lächerlich gering war. Gleichwohl hatte Marquardt sich ein Herz gefasst. Er hatte keine romantische Avancen gegenüber Charlotte. Er war es nur satt sich so alleine in Berlin zu fühlen. Es mangelte ihm zu keiner Zeit an Arbeit und meist war er dabei von einer ganzen Batterie von Menschen umgeben. Aber nach seiner Ankunft in Berlin, wollte er hier Fuß fassen. Sich zumindest ein Auch-Zuhause wie er für sich nannte, aufbauen. Ganz würde er nicht von Hamburg wegkommen, aber es schien ihm nach wie vor ein vernünftiger Kompromiss zu sein. Er wollte von Vera weg, konnte aber die Seile hinter sich nicht vollständig kappen. Das hätte er nicht übers Herz gebracht.

»Doch doch«, erwiderte Charlotte. »Ich mag Bier und ich mag den Laden hier.«

»Sehr gut, ich auch. Kurze Wege«, grinste Marquardt nun selbst spitzbübisch um damit anzudeuten, dass seine Wohnung ganz in der Nähe lag und er so fußläufig nach Hause finden würde.

»Wie meinst du?«

»Nicht was du denkst!«, lachte er auf. »Zwei Parallelstraßen in Richtung S-Bahnhof Greifswalder Straße ist meine Wohnung.«

Sichtlich entspannt ließ die Körperspannung Charlotte nach. Gerade hatte sie noch angenommen, er hätte sie eingeladen, um sie jetzt anzubaggern. Nicht, dass sie dazu nicht in der Lage gewesen wäre. Sie war ungebunden, soweit man das bei einer fünfjährigen Tochter sagen konnte. Aber sie hatte bei vielen Kollegen mit angesehen, welches Ergebnis unweigerlich wartete, wenn man – wie der Volksmund sagte – dort aß wo man schiss.

»Cheers«, sie nahm ihr Glas und ließ es gegen das von Marquardt klirren.

»Ich finde wir geben mittlerweile ein ganz passables Ermittler-Duo ab, denkst du nicht?«

Charlotte überlegte. Machte er sie doch wieder an?

»Ich meine, der Fall im Grunewald. Davor den Fall im Prenzlberg. Das hat zwar einiges an Zeit und Überzeugungskünste gekostet. Aber am Ende..«

Er lies den Satz unvollendet. Sie gab ihm innerlich Recht. Sie hatten beide ihre Talente, die sich als Ermittler gut ergänzten. Auch wenn sie für sich noch nicht entschieden hatte, wie sie mit dem umgehen sollte, was ihr Partner lapidar *Überzeugungsarbeit* nannte.

»Du hast schon Recht. Wir machen gute Arbeit.«

Und so verfielen sie in bereits nostalgische Momente in dem sie die größeren und kleineren Erfolge ihrer bisherigen gemeinsamen Arbeit rezitierten und besprachen.

»Denkst du manchmal noch über den Fall in Lichtenberg nach?«, fragte Marquardt dann unvermittelt.

»Öfter als mir lieb ist. Es hat mich ziemlich angezeckt, dass wir in den Fall nicht weiter kamen. Keine Spur führte in irgendeine Richtung.«

Für Charlottes Verhältnisse verbal fast schon ein Gefühlsausbruch. *Das Bier zeigt Wirkung*, dachte Marquardt.

»Ja, es war schon komisch. Seine Partnerin war es nicht. Feinde hatte er keine. Keine Zeugen, die ihn oder irgendwen dort vorher schon einmal gesehen haben. Dazu die besondere Brutalität mit der der Täter vorgegangen ist, es ließ sich einfach keinem anderen Verbrechen zuordnen. Und die Spuren, die wir hatten.. ein paar Verdächtige, aber entweder war ihnen nichts nachzuweisen oder sie hatten Alibis.«

»Ja, manchmal ist die Arbeit echt frustrierend. Aber es war ja nicht so, als hätten wir lange Zeit gehabt, über den Fall zu sinnieren.«

Charlotte zog eine Grimasse und spielte auf einen vertrackten Fall an, den die beiden danach übernehmen mussten, als ihr Fall als sogenannter Cold-Case zu den Akten gelegt wurde.

Sie blickte auf die Uhr.

»Du weißt, so gerne ich auch noch weiter mit dir über die Arbeit quatschen würde, so sehr muss ich dann nach Hause mich um Tanja kümmern. Meine Mutter kann heute nur bis neun auf sie aufpassen.«

In ihrem Blick lag ein Anflug von Schmerz, beim Gedanken daran, dass sie ihr Kind nicht bereits aufgrund der hohen Arbeitsbelastung so viel alleine ließ, sondern sie plagte nun offenbar auch noch ein schlechtes Gewissen, dass sie die spärliche Zeit, die ihr ansonsten noch blieb, bei Bier und Kollegen verbrachte.

Marquardt blickte selbst auf die Uhr. 20:30 Uhr.

»Na gut, hau rein. Ich zahle schon. Wir sehen uns morgen. In alter Frische.«

Charlotte wandte sich zum Gehen. Als sie gerade durch die schwere Tür draußen ins Freie trat, klingelt drinnen Marquardts Handy.

Er lauschte dem Anrufer. Bestätigte zwei-, dreimal und sprang dann auf.

Charlotte hinterher.

»Oder wir brauchen die alte Frische jetzt sofort.«

Charlotte blickte ihn schief sowie fragend an.

»Wir haben einen neuen Fall.«

9.

Er war zwar heilfroh gewesen, dass der Wechsel vom Dezernat für White-Collar-Crime in Hamburg so problemlos geklappt hatte. Aber so langsam stellte sich ein Gefühl in ihm ein, welches sich mit 'vom Regen in die Traufe' gut beschreiben lies.

Das wovor er hier stand verdiente kaum den Namen Haus. Zwar erfüllte es alle Charakteristika, war aber so verfallen, dass er sich wunderte, dass die umher laufenden Kollegen allesamt auf die Standfestigkeit des Gebäudes vertrauten.

Sie waren fast 45 Minuten zum Tatort nach Adlershof gefahren. Hier im südöstlichen Teil Berlins war – zumindest für Berliner Verhältnisse – jede Menge Platz. Und so verwunderte es ihn nicht, dass dieses kleine freistehende Haus abseits einer Kleingartenanlage niemand besonders interessierte. Die Tür verdiente indes ihre Namen ebenfalls nicht. Es war viel eher eine Aneinanderreihung von Latten die in ihrer Summe einer Tür nahe kamen, mehr jedoch nicht. Einer der Kollegen hat sie mit einem Stein festgestellt, sodass sie nach dem Öffnen nicht wieder von alleine zu schwang.

»Idyllisch.«, gab Charlotte von sich beim Blick in die Umgebung.

»Geht so, ich glaube wenn es idyllisch wäre, wären wir nicht hier. Stimmt's?« fragte Marquardt an Frank Püschel gewandt, der gerade aus dem Verschlag kam und die beiden mit einem kurzen Kopfnicken begrüßte.

»Kann man so sagen. Sieht sehr unschön aus dort drin. Das Opfer wurde schlimm zugerichtet.«

In seinem Blick lag eine latente Traurigkeit, wie sie nur der jahrelang Dienst in einem Bereich des menschlichen Abgrunds hervorbringen konnte. Er hatte viel gesehen. Zu merken, dass Täter doch noch in der Lage waren ihn zu überraschen und zu schocken, schockte ihn wohl am meisten. »Am besten wir gehen rein und ihr schaut es euch an.«, sagte der Rechtsmediziner.

Es war weniger das gelegentlich an die Wand gespritzte Blut. Auch nicht die merkwürdige Position der Leiche, die noch in ihrer Position hing. Was ihm aber wirklich Unbehagen bereitete, war etwas, was er zunächst gar nicht erkannte, als das was es war.

»Sind das.. Einstiche?«, fragte Marquardt ungläubig.

»Unter anderem«, sagte Frank vielsagend.

Das was offenbar Einstiche, zumindest einmal gewesen waren, war so zahlreich an dem leblosen Körper vorhanden, dass an manchen Stellen durch die aufgerissene Haut und die zugefügten Schnitte kaum mehr die eigentliche Struktur der Gliedmaßen oder des Torsos zu erkennen war. Die Schnitte überlagerten sich. Es brauchte nicht viel um sich die Grausamkeit vorzustellen, die hier gewütet hatte. Und dabei einen Menschen wortwörtlich zerstört hatte.

»Das Opfer ist höchstwahrscheinlich an einem hypovolämischen Schock aufgrund des Blutverlusts gestorben. Der Grund ist offensichtlich, multiple Stichwunden.«

Nach der kurzen Pause fügte Frank noch hinzu: »Er ist verblutet.«

»Was noch?«, fragte Charlotte scheinbar ungerührt.

Charlottes hatte bereits in ihren Arbeitsmodus geschaltet und schien bereits auf Hochtouren zu arbeiten. Marquardt fragte sich manchmal, was für sie die Motivation in diesem ganzen Treiben hier war. Ob für sie die ganze Arbeit nur ein Spiel war, welches sie gewinnen wollte? Ob sie es wohl schaffte, sich emotional genug zu distanzieren?

»Das Opfer wurde so in dieser Konstruktion hängend gefunden. Es wurde liegen gelassen, nachdem der Täter mit ihm fertig war. Kinder, die auf dem Gelände hier spielten, sahen die offene Tür, die der Wind immer wieder auf – und zugeschlagen hatte.«

Frank stockte.

Marquardt wurde aufmerksam.

Marquardt sah sich das Opfer an. Der Mann mittleren Alters war nackt. Eine ehemals weiße Unterhose hing ihm unwürdig an den Knöcheln.

»Ich habe so etwas noch nicht gesehen. Wir können es bis jetzt nicht mit Gewissheit sagen. Aber das Opfer hat Schnittwunden. Tiefer gehend werden daraus jedoch Risswunden. Ungefähr wie wenn man eine Verpackung einschneidet und dann den Rest einfach aufreißt. So etwas habe ich bisher noch nicht gesehen. Denn es macht eigentlich auch überhaupt keinen Sinn.«

Die beiden Ermittler blickten sich lange an. Es schien als wollte keiner die offensichtliche Frage stellen.

»Also keinen außer das Opfer über alle Maßen zu quälen«, fügte Frank noch hinzu.

Ein kurzes pietätvolles Schweigen trat ein.

»Was vermutest du?«, rang sich Charlotte nach ein paar Sekunden durch.

»Es ist nur eine Vermutung, genaueres kann ich erst sagen, wenn ich ihn auf dem Tisch hatte.«

Die beiden Ermittler nickten ihm zu, um ihm zu bedeuten, dass er fortfahren solle.

»Es scheint als wäre das Opfer zuerst mit einem scharfen Gegenstand geschnitten worden. Von der Schnittkante ausgehend, wohl eine Messer oder etwas vergleichbares. Es wurde mehrere Zentimeter tief eingestochen.«

Er zeigte auf eine der Wunden am Oberschenkel des Opfers. Marquardt erkannte die klaffende Wunde. Nach einigen Zentimetern änderte sich der innen liegende und sehr glatte Wundrand und das Fleisch wurde ausgefranste und ungleichmäßig. »Und ab hier?«, fragte er und zeigte auf die Stelle.

»Wie gesagt, alles nur Vermutungen. Aber danach weißt die Wunde Spuren einer Rissverletzung auf. So als ob der Täter sich erst ein Loch geschaffen hätte und hat dann den Rest gerissen.«

Charlotte schluckte. Marquardt blickte angewidert das Opfer an.

»Es bedarf natürlich nicht mehr all zu viel Kraft,« fuhr Frank Püschel fort »wenn die Haut erst einmal beschädigt ist, sie weiter einzureißen. Wie bei einem Stück Klebeband, das bei Zug sehr stabil ist, wenn es aber an einer Seite eingerissen oder geschnitten wurde, ist die Stabilität dahin und lässt sich spielend leicht abreißen.«

Der Vergleich war bildhaft, aber dadurch bereits beim Zuhören auch unangenehm, dachte Marquardt still.

»Dennoch können wir hier davon ausgehen, dass sich das Opfer hier nicht versehentlich selbst verletzt hat. Grundsätzlich vorstellbar ist es zwar. Aber nach dem ersten Augenschein sind geschieht der Wechsel an den Wundrändern bei allen Wunden ungefähr in der gleichen Tiefe. Das wäre bei einem Opfer im Todeskampf, das sich versucht zu befreien oder ähnliches nicht herzustellen. Beide Verletzungen, die Schnitt – wie auch die Risswunden sind also vom Täter verursacht worden.«

Franks Blick sprach Bände. Die Verletzungen an sich waren kein Problem. In seiner bald 30-Jährigen Karriere hatte Frank mehr als genug Tod und Elend gesehen. Aber was ihm offenbar zu schaffen machte, war der Mensch dahinter. Nicht hinter dem Opfer, sondern hinter dem Täter. Sein Blick wollte sagen *Warum tut man so etwas?*

»Wann wurde er gefunden?«, fragte Charlotte.

»Hier gefunden wurde er vor 2 Stunden. Tot ist er wohl seit heute Morgen.«

Marquardt blickte auf die Uhr, es war mittlerweile 21:30 Uhr. Eine Sache störte ihn bei alle dem. Er konnte sich denken, dass das Opfer furchtbar geschrien haben musste. Doch hier draußen dürfte es wohl kaum jemandem aufgefallen sein, erst recht, wenn diese absurde Situation nachts stattgefunden hat. Auch konnte er sich einen Reim darauf machen, wie der Täter es geschafft hatte, sein Opfer an diesen Ort zu bringen. Aber eine Frage blieb ihm.

»Warum lässt er diese Apparaturen und Vorrichtungen hier zurück«, fragte er an Charlotte gewandt.

»Es muss ihm egal sein, dass es gefunden wird.« gab diese zurück. »Entweder übermäßiges Selbstbewusstsein oder er will senden. Er will damit eine Botschaft überbringen.«

Marquardt dachte über Charlottes Äußerung nach.

Sie hatte Recht.

Wie er es auch drehte.

Der Täter war eine Bestie.

10.

Marquardt hatte es zu nicht besonders viel Schlaf gebracht, als er um kurz nach 8 Uhr im Präsidium ankam. Charlotte schien es ähnlich zu gehen, als er sie sich seine Partnerin anschaute. Was die beiden gestern Abend am Tatort gesehen hatten, war schwer zu vergessen. Selbst für erfahrene Polizisten war es ein Graus, bis wirklich ganz hinab in die menschliche Seele zu blicken.

»Guten Morgen«, gab Marquardt kurz angebunden von sich, den Kaffeebecher noch in der Hand.

Charlotte quittierte seine Ankunft mit einem stillen Nicken. Sie war bereits in ihren Monitor vertieft.

»Konntest du auch so wenig schlafen?«, versuchte Marquardt so etwas wie ein Gespräch in Gang zu bekommen.

»Geht.« Sie hatten den Blick nicht vom Monitor gehoben.

»Das Opfer von gestern. Thomas Gedeon, war verheiratet. Filialleiter bei einer Supermarktkette.«, gab Charlotte stakkatoartig von sich. Sie hatte sich bereits wieder in ihrer Arbeitsstimmung eingeigelt.

»Mit wem? Kinder?«, stimme Marquardt in den Arbeitsmodus ein.

»Shelly Lund. Eine kleine Tochter, Mia Lund. In Marzahn.«

»Sie sind verheiratet?« fragte Marquardt ungläubig.

Charlotte wies auf die digital geöffnete Heiratsurkunde. Offenbar hatten das Opfer und Shelly Lund eine dieser Beziehungen geführt, in der die Frau nicht den Namen des Mannes annimmt, dachte Marquardt. Er schmunzelte kurz innerlich, konzentrierte sich jedoch augenblicklich wieder.

»Ich habe bereits mit dem Arbeitgeber telefoniert. Seine Arbeitskollegen wurden informiert. Er wurde zuletzt von den Kollegen Montag vor zwei Tagen gesehen. Als sie Feierabend gemacht haben.«

»Seit zwei Tagen? Wurde er von seiner Frau als vermisst gemeldet?«

»Nein.«

Marquardts Gesicht formte ein deutliches Fragezeichen.

»Ihr Mann wird vermisst, seit über 24 Stunden und sie macht keine Meldung?«

»Nein.«

»Wann wurde sie informiert?«

»Gestern Abend.«

»Ok, dann lass uns raus fahren und mit ihr sprechen.«

Anstatt ihm zu antworten, schob sie ihren Schreibtischstuhl nach hinten und schnappte sich ihre Jacke. Als sie an der Tür angekommen war, drehte sie sich um.

»Kommst du?«, fragte sie sichtlich verwirrt.

Was eine seltsame Frau, dachte Marquardt. Als er gerade antworten wollte, klingelte sein Handy.

Es war Frank Püschel.

»Ja, Frank, was gibt's?«, fragte Marquardt während er mit Charlotte Richtung Tiefgarage lief.

»Wir haben uns das Opfer von gestern Abend jetzt genauer angeschaut. Ein kleines Detail, mit dem wir nichts anzufangen wissen, aber für euch könnte es vielleicht wichtig sein.«

»Welches Detail?«, fragte Marquardt um die Frage für Charlotte hörbar zu wiederholen.

»Erinnerst du dich an die Wundränder? Die erst glatt und dann sehr ungleichmäßig wurden?«

Marquardt antwortete nicht, sondern wartete auf die weiteren Ausführungen von Frank.

»Wir haben uns die Wunden genauer angesehen und dort haben rötliche Reste eines thermoplastischen Elastomers in mehreren Wunden gefunden.«

»Was habt ihr?«

»Plastik könnte man sagen«, vereinfachte Frank. »Wir vermuten, dem Opfer wurde ein rötliches Stück Plastik in die Wunden eingeführt.«

Marquardt schluckte hörbar.

»Das ist aber noch nicht alles.«, setzte Frank erneut an. »Ausgehend von der Art der Verletzung innerhalb der Wunde, abseits der Wundränder, müssen wir davon ausgehen, dass das Opfer mit diesem Ding in den Wunden herumgestochert wurde.«

»Was in drei Teufels Namen?! Danke Frank!«

Marquardt wollte gerade das Gespräch beenden und Charlotte informieren.

»Eine letzte Sache. Der After des Opfers war ebenfalls erheblich verletzt, gewaltsames Eindringen zweifellos. Und *im* After des Opfers haben wir ebenfalls dieselben Partikel gefunden.«

11.

Er wäre so gerne in den Heidepark Soltau gefahren.

Bockig trug er seinen schweren Rucksack vor sich her. Seine Mama hatte ihm noch beim Packen geholfen. Sogar mit Übernachtung sollte der Ausflug werden. Und nun – Pustekuchen. Dieser blöde Herr Seidel. Dass das überhaupt erlaubt ist, dass Lehrer krank werden, dachte er. Wenigstens einer der anderen Lehrer hätte ja mit ihnen fahren können. Er grummelte vor sich hin, während er durch das kleine Tor auf das Grundstück trat, auf welchem ihr Haus stand.

Na, vielleicht würde seine Mama wenigstens heute was mit ihm unternehmen. Wenn er Glück hatte, war Papa noch auf der Arbeit.

Schon als er die Haustüre des eingeschossigen Bungalows aufschloss, spürte er etwas Seltsames in der Luft. Er konnte es nicht erklären. Aber es fühlte sich merkwürdig an. Etwas Düsteres lag plötzlich auf seiner Haut. Es fühlte sich irgendwie.. gefährlich an.

»Mama?« fragte er in den Raum hinein.

Und als keine Antwort kam noch »Papa?«

Wiederum keine Antwort.

Er legte seinen Rucksack in der Küche auf den Stuhl, als er zum ersten Mal aus dem hinteren Teil des Hauses ein Geräusch hörte, das er nicht zuordnen konnte. Es klang wie ein Gespräch. Aber irgendwie anders.

»Mama? Ich bin schon zu Hause!« versuchte er es noch einmal, aber leiser. Aus irgendeinem Grund hatte er das Gefühl leiser sprechen zu müssen. Er konnte diese seltsame Stimmung einfach nicht abschütteln.

Je näher er dem Schlafzimmer seiner Eltern kam, desto klarer konnte er hören, dass es seine Eltern waren, die sich dort unterhielten.

Zumindest dachte er, dass sie sich unterhielten.

Als er vor der nur angelehnten Schlafzimmertür zum Stehen kam, gefror ihm das Blut schlagartig in den Adern. Was er dort in diesem Moment sah, würde er sein Leben lang nicht mehr vergessen.

»Was läuft da mit Robert, du Schlampe?« sein Vater stand mit dem Rücken zur Tür und blickte seiner Mutter ins Gesicht. Diese wiederum stand oder genauer gesagt, hing sie mit den Armen hinter dem Rücken verschränkt in einem Gerät, dass er noch nicht vorher gesehen hatte. Er hat einmal in einer Doku über Ritter so etwas gesehen.

Galgen, *schoss es ihm in den Kopf.*

Um ihren Hals lag ein dunkles Tuch. Ihr Gesicht sah verändert aus. So blass. Etwas in ihrem Gefühl gab dem Kleinen das Gefühl, dass etwas nicht stimmte. Etwas das über die Situation hinausging. Etwas Grundlegendes. Etwas, das denn Sinn von alle dem hinterfragte.

»Bitte Karl...« Die Stimme seiner Mama klang brüchig, so als fiele ihr das Atmen schwer. »Da ist gar nichts. Wir haben uns doch nur unterhalten.«

»Unterhalten?«, zischte er.

Sein Vater bewegte sich nicht. Doch der Junge konnte sehen, dass der Körper seines Vaters zum Zerreißen gespannt war. Die Muskeln auf seinem Rücken zuckten durch das enganliegende Unterhemd sichtbar hindurch. Ebenso wie sein Vater, konnte sich der Junge in diesem Momenten keinen Millimeter vom Fleck bewegen. Er war wie eingefroren. Es war als würde er sich selbst dabei beobachten, wie er dem, was er dort sah, zusah.

Sein Vater griff an das Tuch und in diesem Moment erkannte der Junge durch den Spalt der angelehnten Tür, dass es kein

Tuch war, dass seiner Mutter um den Hals lag.
Es war ein Seil.

Er hatte es schon einmal gesehen. Sein Vater hatte damit einmal einen Baumstamm, nachdem er einen Baum gefällt hatte, gezogen. Als sein Vater jetzt daran zog, riss seine Mutter sofort wieder die geschlossenen Augen auf, blickte ihrem Gegenüber hilfesuchend in die Augen. Sie flehte. Um Gnade.

»Du wolltest dich also nur unterhalten? Dann erzähl doch mal, was es so spannendes zu Tratschen gab, während ich Arbeiten war?« Die Stimme klang lustig, was aber überhaupt nicht zu der Situation passte. »Gefickt habt ihr doch!« seine Stimme hob sich schlagartig und alles Lustige war verschwunden. Das Gesicht seiner Mutter wurde noch blasser. Sie wand sich hin und her um aus der Situation zu entkommen. Erfolglos.

»ERZÄHL ES MIR!« brüllte sein Vater jetzt.

Er konnte sehen, wie das Seil sich tief in die Haut am Hals seiner Mutter grub. Dennoch stand er da wie angewurzelt. Er hielt die Luft an. Die Augen seiner Mutter verdrehten sich leicht. Sie blickten abwesend und ohne Ziel nach oben. Dann schlossen sie sich. Sein Vater schien das zu bemerken und ohrfeigte seine Mutter.

Doch diese zeigte keine Regung.

»Jetzt mach hier kein Theater, Klara!« Ehrliche Wut lag in seiner Stimme.

Der Druck um ihn herum stieg. Er bemerkte Sterne vor seinen Augen. Der Sauerstoff war ihm ausgegangen. Ihm wurde nun selbst schwindelig. Er hatte vor lauter Anspannung selbst vergessen zu atmen. Noch während er wieder einatmete verlor er kurz das Gleichgewicht und sein Oberkörper kippte leicht nach vorne. Doch vor ihm war nichts um ihn zu halten.

Nur die Schlafzimmertür.

Er versuchte sich im Reflex vergeblich an dieser abzustützen.
Die Tür gab quietschend nach. Der Junge stolperte ein paar
Schritte in Mitten des Schlafzimmers.
Und die wutlodernden Augen seines Vaters ruhten auf ihm.

13.

Es war ein schickes und freistehendes Wohnhaus, in dem das
Opfer gewohnt hatte. Im nicht ganz so schicken Marzahn
waren die Preise wohl günstig und die Gegend
verhältnismäßig ruhig, dachte Marquardt beim Aussteigen aus
seinem Auto.
Wenig später öffnete den beiden Shelly Lund die Tür. Beide
Ermittler hatten Mühe sich ihre Überraschung nicht anmerken
zu lassen. Sie hatten Bilder des Opfers aus der
Führerscheinabfrage gesehen. Ein durch und durch
gewöhnlicher Typ, Mitte 30, Halbglatze, Filialleiter eines
Supermarkts. Spießig, könnte man sagen. Und nun öffnete
eine Frau die Tür, die entweder im Begriff schwerer Trauer
war, oder das spießige Image ihres Göttergatten regelmäßig
konterkarierte.
Sie war was der Volksmund wohl einen Goth nannte. Die
langen schwarzen Haare rahmten ihr ebenfalls auffällig
schwarz geschminktes Gesicht ein. Der schwarze Lidstrich,
der am Augen Richtung Haaransatz verlief, war immens lang.
Um den Hals trug sie ein dunkles Nieten-Hundehalsband mit
drei vorne aufgesetzten Nieten. Das schwarze Band-Shirt,
einer Band von der Charlotte noch nie etwas gehört hatte, trug
Shelly Lund unter ihrem schwarzen und fast knielangen
Ledermantel.
»Vielen Dank, dass Sie sich die Zeit nehmen, Frau Lund«,
sagte Marquardt.
Tränen standen ihr in den Augen. Die Augen waren gerötet.
Bei genauerem Hinsehen erkannte Charlotte, dass der Kajal
heute schon mehrfach erneuert worden war.
»Es ist ja nicht.. Es ist ja nicht so, als hätte ich anderes zu tun«,
gab Shelly mit brüchiger Stimme zurück. Als sie einen

Augenblick später die Zweideutigkeit ihrer Aussage erkannte, fügte sie noch hinzu: »Also wegen Mia meine ich. Ich komme wenig aus dem Haus, Mia zu versorgen hält mich den ganzen Tag beschäftigt.«

Die beiden Ermittler schauten sie etwas fragend als sie ihr durch einen kurzen Flur ins Wohnzimmer gefolgt waren und auf eine einladende Geste hin auf einem großen amerikanisch wirkenden Sofa Platz genommen hatten.

Marquardt sah sich im Wohnzimmer um. Nichts hier reflektierte Shellys offenbar eher düsteren Vorlieben in Sachen Kleidung und Make-up. Es sah aus wie in einem Katalog eines Möbelkaufhauses.

Helle Farben, saubere Oberflächen.

Gegenüber vom Sofa stand ein großer Fernseher in eine Wohnwand integriert. An der angrenzenden Wand stand ein farblich dazu passendes Sideboard. Darüber an der Wand war eine dunkel bemalte Leinwand aufgehangen, an der Gummibänder in Streifen quer über die Fläche hingen. Hinter den Gummibändern waren Fotos und ein paar Zettel und Visitenkarten eingesteckt.

»Glutarazidurie, eine Stoffwechselkrankheit.« setzte Shelly Lund erneut an. »Die hat sie entweder von mir oder von ihrem Vater. Es ist erblich bedingt. Sie wird wohl nicht älter als 6.«

Sie senkte traurig den Blick.

Charlotte hatte auch hin und wieder Fachartikel gelesen. Gerade während ihrer Schwangerschaft hatte sie sich oft, aus Sorge, dass ihre Tochter mit einem Gendefekt oder etwas vergleichbarem zur Welt kommen könnte, damit beschäftigt.

Sie hatte Artikel gelesen, sich und das Baby testen lassen. Das volle Programm pränataler Medizin.

Die Krankheit, das wusste Charlotte daher nur zu gut, erfordert eine umfassende rund-um-die-Uhr Pflege. Dieses

Postens hatte sich wohl Shelly angenommen, dankbar dafür, dass ihr Mann in seinem Beruf als Filialleiter ausreichend verdiente, sodass sie finanziell ganz gut über die Runden kamen. Das hatte sich nun offenbar geändert.

»Das tut mir leid zu hören.« sagte Marquardt, wissend, dass ihm das nachfolgende Gespräch durch diese Einleitung nicht gerade leichter fallen würde. »Wir würden Ihnen dennoch gerne ein paar Fragen stellen. Die Kollegen hatten Sie ja bereits informiert, was ihrem Mann zugestoßen ist. Unser aufrichtiges Beileid dazu.«

»Vielen Dank«, gab Shelly zurück. Ihr Blick war in Richtung ihrer Füße gerichtet, sie konnte offensichtlich gerade keinen Blickkontakt halten.

»Frau Lund, darf ich Sie fragen, wann haben Sie ihren Mann zuletzt gesehen?«

»Das war am Montag früh, als er zur Arbeit gegangen ist.« Eine einzelne Träne lief ihr über die Wange. »Er wirkte ganz normal. Wenn ich gewusst hätte, dass ich ihn da zuletzt sehen-«

Ihre Stimme brach.

»Schon gut«, intervenierte Marquardt. »Wissen Sie denn, ob ihr Mann Ärger oder Probleme mit jemanden auf der Arbeit hatte?«

Normalerweise wurden die Partner, sofern es einen gab, immer zuerst auf ihre Alibis überprüft. Der häufigste Täterkreis waren Personen aus dem sozialen Nahfeld, Partner, Eltern, Kinder. So traurig, das auch war. Es braucht eine große emotionale Verbindung um einen Menschen zu töten, ganz gleich ob diese zunächst positiv war. Den kaltblütigen Killer, der wahllos Menschen tötete und dabei nichts empfand, den gab es im kriminalistischen Alltag weitaus seltener als man glauben mag.

»Thomas hat nie viel von seiner Arbeit erzählt. Er war zwar sehr stolz auf seinen Job, aber hat nie viel darüber gesprochen, wissen Sie?«

Die Ermittler nickten, ließen sie jedoch weitersprechen.

»Er hat manchmal davon erzählt, dass er auch Leute kündigen musste, wenn sie ihren Job nicht gut gemacht haben. Erst neulich hat er jemandem gekündigt. Aber so richtig Ärger, das glaube ich nicht.«

Sie dachte sichtlich angestrengt nach. Dadurch, dass sie ihre Gedanken auf etwas anderes lenken konnte, wirkte ihre Traurigkeit plötzlich wie weggeblasen.

»Können Sie uns sagen, wie der Mitarbeiter hieß, dem ihr Mann kündigen musste?«, fragte Marquardt

»Mitarbeiterin. Es war eine Frau. Ich weiß es, weil sie versucht hatte, sich an ihn ran zu schmeißen, um ihren Job zu halten. Ihr Name war Maria, den Nachnamen weiß ich nicht, sie haben sich auf der Arbeit alle geduzt.«

»Vielen Dank«, sagte Marquardt sachte.

»Warum sind Sie nicht zur Polizei gegangen?«, fragte Charlotte plötzlich unvermittelt.

Marquardt tauschte einen kurzen vielsagenden Blick mit ihr aus, um ihr zu bedeuten, bitte etwas behutsamer mit ihr vorzugehen. Charlotte nickte daraufhin kaum merklich.

»Bitte entschuldigen Sie, Frau Lund. Ich meine, Sie haben ihren Mann am Montag das letzte Mal gesehen. Als er abends nicht nach Hause gekommen ist. Sind sie da nicht.. unruhig geworden?«, fragte Charlotte weiter.

»Doch, natürlich...« setzte Shelly Lund an. »Ich bin unruhig geworden, es ist nur...«

Sie blickte zu Boden.

Marquardt war sich nicht sicher, ob es Scham oder Trauer in ihrem Blick war.

»Es war so ruhig«, setzte sie erneut an. Charlotte war sich sicher für einen kurzen Moment einen Hauch von Lächeln um ihre Augen zu sehen. Sie tauschte einen Blick mit ihrem Partner aus. Der fixierte jedoch Shelly und sah ihre fragende Miene nicht.

»Wie meinen Sie das?«, fragte Charlotte jetzt deutlich behutsamer.

Marquardt beobachtete beide Frauen aufmerksam.

»Ich glaube Sie sollten jetzt gehen.«, gab Shelly plötzlich zurück und stand auf um ihren Gästen zu bedeuten, dass das Gespräch an dieser Stelle beendet sei.

»Frau Lund-«, setzte Charlotte noch vergeblich an.

»Bitte gehen Sie jetzt!«, ihre Stimme war nach wie vor brüchig, und doch ließ etwas an ihrem Ton keinen Widerspruch zu.

Sie liefen durch den kurzen Flur an die Wohnungstür. Charlotte war bereits den kurzen Weg zur Grundstücksgrenze gegangen, als Marquardt sich noch einmal umdrehte.

»Wenn Ihnen noch etwas einfällt,« sagte er und hielt ihr seine Karte hin. »bitte rufen Sie mich an.«

Als sie ihm die Karte aus der Hand nahm und ihm doch noch einmal in die Augen blickte, sah er es. Er wusste nicht was es war.

Aber da war etwas.

Irgendetwas.

14.

Für Mitte 40 gar nicht übel, dachte Caroline als sie im Spiegel an sich herab blickte. Sie war zufrieden mit sich. Sonst war sie sich selbst gegenüber eigentlich immer eher kritisch eingestellt. Aber gerade spürte sie ein Selbstbewusstsein, welches sie lange nicht gespürt hatte. Die neue Kurzhaar-Frisur war eine gute Idee gewesen, sie brachte das schicke rot-braune Modell ihrer Brille viel besser zur Geltung.

Meine Beförderung wirkt wohl realtitätsverzerrend, dachte sie kichernd in sich hinein.

Ihr Chef Herr Söblin, der dem Vorstand des großen Automobilzulieferers angehörte, bei dem sie angestellt war, hatte sie überraschend zu sich zitiert.

»Frau Flemming« sagte er, als sie am Besprechungstisch Platz genommen hatte »was würden sie davon halten ab November die Rechtsabteilung zu leiten? Sie würden direkt mir unterstehen und an mich berichten.«

Sie war baff.

Die bisherige Leitung machte sich auf zu neuen Ufern hatte Herr Söblin ihr geheimnistuerisch zu verstehen gegeben. Sie wusste zwar nicht, was das bedeuten sollte, aber sie wusste, dass dies eine der Situationen war, die man im Leben nicht allzu oft bekam. Also sagte sie kurzerhand zu und war seither vom Glück beseelt.

Gerne hätte sie diesen Moment mit ihr geteilt. Aber sie war mal wieder lange in der Kanzlei. So oft hatten sie bereits Gespräche darüber geführt, beide beruflich kürzer zu treten und sich mehr auf sich zu konzentrieren. Aber am Ende waren die Gespräch immer gleich geendet. Noch nicht. Erst noch ein bisschen weiter die Karriereleiter hinauf.

Sie wurde jäh aus ihrem Tagtraum gerissen.

Ein Geräusch.

Es lies sie aufhorchen. Es war nicht das „Wie" des Geräuschs, sondern das „Ob". Sie hatten sich vor ein paar Jahren bei der Wahl des netten freistehenden zweigeschossigen Haus am Ende der Einbahnstraße sehr bewusst dafür entschieden sich hier niederzulassen. Vorher kannte sie Blankenburg überhaupt nicht, hätte es mit Mühe und Not in Berlin verorten können. Nun aber nach mittlerweile zwei Jahren hier, schätzte sie einfach die Abgeschiedenheit, die Ruhe. Es gab ihr Kraft und Raum zum Atmen und abschalten. Noch dazu der nah angrenzende Wald war mehr als wohltuend.

Schon wieder.

Es sollte hier überhaupt keine Geräusche geben. Sie war heute alleine zu Hause. Es war später Abend. Es sollte also eigentlich friedliche Stille herrschen. Aber das tat es nicht.

Ein drittes Mal.

Sie hatte eine ungefähre Ahnung, von wo das Geräusch kam. Es klang als würde die Hausabschlusstür in den Rahmen aber nicht ins Schloss fallen. Merkwürdig dachte sie, sie hatte die Tür doch abgeschlossen. Immer noch von ihrem neuen Selbstbewusstsein getragen, lief sie bis zum Fuß der Treppe, der geradewegs auf den Eingangsbereich und die Haustüre führte.

Die Haustüre stand offen.

Sie nahm noch eine Bewegung vom Esszimmer linker Hand wahr. Dann einen Stich im Hals. Eine Hand wurde ihr auf den Mund gelegt.

Wenige Sekunden später wurde es dunkel um sie herum.

15.

Die Autotür war gerade ins Schloss gefallen, da sprudelt es bereits aus dem Kriminaloberkommissar heraus.

»Da ist doch was faul. Hältst du sie für verdächtig? Ich glaube nicht, dass sie dazu in der Lage wäre, aber-«

»Die Leinwand«, unterbrach ihn Charlotte während sie sich anschnallte.

Sie ließ das Wort in der eingetretenen Stille des Autos verharren. Marquardt blickte sie fragend an.

»Und weiter?«, sagte er, als diese auch nach einigen Sekunden nicht von alleine antwortete.

»Es steckte eine Visitenkarte darauf.« Wieder eine Pause. »Der goldene Ring.«

Ihr Partner hatte keine Ahnung wovon Charlotte sprach.

»Ein Opferschutzverband, in etwa so wie ein Frauenhaus.«

Der Groschen war in Bewegung geraten, jedoch fiel er langsam. Er wusste es war wichtig, wusste jedoch noch nicht ganz sicher, worauf Charlotte hinaus wollte. Er schaute seine Partnerin mit hochgezogenen Augenbrauen an während er den Motor anließ.

»Ahhhhh!«, rief Marquardt wenige Sekunden später als er es dann endlich begriff. »Das kann natürlich Sinn ergeben. Wenn die Frau bei einem Opferschutzverein war, spricht das ja wohl für eine nicht ganz so einwandfrei laufende Ehe. Und das erklärt-«

»-Und das erklärt, warum sie nicht sofort die Polizei gerufen hat.« vervollständigte seine Partnerin.

»Sie wirkte fast erleichtert, als wir sie auf den Montagabend angesprochen hatten. Vielleicht hatte sie Angst, dass er zurückkam und war erleichtert als sie feststellte, dass er es nicht tat.« dachte Marquardt laut nach.

»Sie hat sich gefreut. Darüber, dass er nicht nach Hause gekommen ist. Das wollte sie uns gegenüber nicht eingestehen.«, stimmte Charlotte zu.

»Vielleicht wollte sie sich nicht verdächtig machen.«

»Möglich.«

»Aber ob sie deshalb ihren Mann umgebracht hat? Ich glaube schon körperlich wäre sie dazu nicht in der Lage gewesen. Wobei das wiederum die Vorrichtung erklären würde. Wenn sie ihn vorher ausgeknockt hätte..«

Als die beiden im Präsidium ankamen setzen sie sich umgehend an ihre Computer und recherchierten. Ein paar Anrufe später und der Ermittler ließ zufrieden den Telefonhörer sinken.

»Maria Schneider.« sagte er dann wenig später triumphierend mit Blick auf seinen Monitor. »Die Kollegin des Opfers, von der Frau Lund erzählt hatte. Vorbestraft wegen Diebstahls und Nötigung. Das könnte passen.«

»Inwiefern?«

»Sie könnte es bei der Einstellung verschwiegen haben, er hat es raus gefunden und in ihrer Not hat die liebe Frau Schneider, das getan, was sie am besten kann.«

Beim Blick auf das Foto, welches in der Datenbank für Maria Schneider hinterlegt war, konnte der Ermittler sie ansatzweise verstehen. Man muss die Karten spielen, die einem das Leben gibt.

Maria Schneider war zwar kein Hochglanzmodell, aber selbst ihr biometrisches Foto ließ erkennen, dass sie eine Wirkung auf Männer hatte. Und irgendwie ließ das Foto auch durchblicken, dass sie sich ihrer Wirkung bewusst war.

Daneben lag aber trotz des eigentlich ausdruckslosen Gesichtsausdrucks, der für diese Art Fotos vorgeschrieben war, auch etwas in ihrem Blick. Etwas angriffslustiges.

Beinahe etwas Böses.

»Gut möglich.« bestätigte Charlotte erneut.

»Vielleicht aber hat sich das Opfer auch anrüchig gegenüber Frau Schneider verhalten. Ihr Ruf ist ihr vorausgeeilt und er dachte, das wäre eine leichte Partie. Diese hat sich dann aber gewehrt und er hat sie rausgeworfen. Könnte doch ebenfalls sein. Wenn seine Frau bei einem Opferschutzverband war, würde das zumindest irgendwie ins Gesamtbild passen.«

»Wir müssen Frau Schneider vernehmen. Und nochmal zu Frau Lund. Wir müssen wissen, wo sie am Montagabend gewesen ist.«

16.

Wie viel Zeit vergangen waren, konnte Carolin nicht sagen. Sie schien lange weg gewesen zu sein, denn es war jetzt Tag hell. Ihr Gehirn interpretierte die Helligkeit als Sonne, die ihr ins Gesicht schien. Sie konnte die Wärme auf Ihrer Haut spüren. Da fiel ihr der Sommerurlaub in Florenz vor einigen Jahren ein. Sie hatte ein Faible für Italien, die Kultur, das Essen.. Plötzlich riss sie heißer Schmerz auf ihrer Wange unvermittelt aus ihrem Tagtraum.

»Aufwachen!«, sagte eine tonlose Stimme.

Nach und nach kam sie zu sich. Sah vor sich einen Mann. Er sah seltsam aus. Auf ihrem Blick lag noch ein leichter Schleier. Sie konnte nicht genau sehen, wer vor ihr stand. Doch nach und nach verschwand der Schleier. Während dieser schwand, begann die Deckenlampe ihr schmerzhaft in den Augen zu brennen.

Sie sah zuerst einen Umriss, dann immer klarere Konturen. Sie erkannte den Mann. Ihr erster Impuls war zu denken, dass er ziemlich bescheuert aussah mit seinen nach hinten gegelten

Haaren und der etwas zu schmalen Brille für dieses massive Gesicht.

Er starrte sie an. Ausdruckslos.

Seine Augen ruhten auf ihr.

Erst jetzt merkte sie, dass sie sich in ihrem eigenen Sportraum befand. Der muffiger Kellergeruch war aus dem Zimmer nie ganz zu vertreiben gewesen und drängte sich ihr gerade in die Nase. Während er an ihr herabblickte, tat sie es ihm gleich.

Sie saß auf einem Stuhl. Innerhalb ihres Power-Racks. Sie hatte sich dieses Ungetüm wohl in den Irrglauben gekauft, dass sie hier regelmäßig Sport treiben würde. Letztlich war aus dem ganzen Raum hier, den sie im Kopf *Sportraum* nannte, nur eine mittelmäßig teure Abstellkammer geworden.

»Aufstehen!«, raunte er sie an.

Die Art wie er dieses eine Wort sagte, macht Carolin klar, dass diese Stimme keine Widerworte duldete. Das Rasseln von Ketten lenkte ihre Aufmerksamkeit zu ihrer Hüfte. Dort war ein Bauchgurt befestigt. Eigentlich war er dafür gedacht bei den Übungen zusätzliches Gewicht am eigenen Körper zu befestigen. Sie hatte ihn jedoch nie genutzt und sich eigentlich damals nur aufschwatzen lassen, weil ihr die Verkäuferin so gut gefallen hatte.

Über den Bauchgurt führten zwei Ketten zu den senkrechten Streben des Powerracks. Langsam setzte ihr Kopf die Puzzleteile zusammen. Soweit sie sehen konnte, war sie nicht gefesselt. Dennoch war ihr Bewegungsradius gering. Eine Flucht war damit ausgeschlossen, wobei das angesichts ihres Gegenübers wohl ohnehin die beste Wahl schien. Er strahlte etwas aus, dass sie auch nicht hätte weglaufen lassen, wenn sie dazu in der Lage gewesen wäre.

»Was wollen Sie von mir?«, fragte sie mit einer für die Situation erstaunlich festen Stimme.

Die Resilienz in ihrer Stimme schien nicht nur sie zu überraschen. Für einen kurzen Augenblick war sie sich sicher, dass sie ein Zucken hinter den kleinen Brillengläsern entdecken konnte. Vielleicht aber bildete sie sich das auch nur ein.

»Du bist nicht in der Position Fragen zu stellen.«, gab er knapp zurück.

Noch bevor sie darauf etwas erwidern konnte, knallte eine schallende Ohrfeige durch den Raum. Ihre Wange brannte wie Feuer.

»Nimm die Hantel.«, raunte er wieder.

Es war nicht als Frage formuliert. Und noch während sie sich über diese gänzliche absurde Forderung wunderte, ging er um sie herum wie ein lauerndes Tier. Sie konnte die Anspannung im Raum förmlich greifen. Mit einem schnellen Ruck nahm er den Stuhl auf dem sie gerade noch gesessen hatte, noch in dem Moment, als sie aufgestanden war.

Wollte er ihr etwa jetzt beim Sport zusehen, war das hier eine Freakshow?

Ihre Augen ruhten auf der kleinen Brille.

»NIMM. DIE. HANTEL.«

Sie sah seinen Augen an, dass sie den Befehlen besser Folge leisten sollte.

Also klemmte sie sich unter die Hantel, legte diese bedingt durch den minimalen Bewegungsradius ihres Bauchgurts etwas wackelig auf der Rückseite ihres Nackens ab.

»Und weiter? Willst du mir jetzt beim Sport zuschauen?« gab Carolin tough zurück.

In dem Augenblick, in dem sie seine flache Hand auf sich zufliegen sah, wusste, dass die Frage keine gute Idee war. Sie hatte ob des Einschlags Mühe das Gleichgewicht zu halten. Erst jetzt spürte sie das Gewicht auf Ihren Schultern vollständig.

Sie hatte die Oberhand in dem Gespräch zurückgewinnen wollen. Ihr Gegenüber dafür zu duzen war offenbar keine gute Idee gewesen.

»Duzt du mich nochmal, wirst du das bereuen.«

Die Kühle in seiner Stimme ließ keinen Zweifel an der Ernsthaftigkeit seiner Aussage.

Er griff in eine Sporttasche die in einer Ecke des Raums stand. Klebeband.

Noch während sie sich fragte, was er damit wollte, war er bereits an sie herangetreten und hatte mit geschickten Handgriffen ihre linke Hand an der Hantel festgeklebt. Es war ihr dadurch unmöglich geworden die Hantel wieder loszulassen.

Er wiederholte den Prozess an ihrer rechten Hand. Todesmutig dachte Carolin darüber nach, ob es ein geeigneter Moment wäre, ihn anzugreifen. Sie bedachte jedoch das Gewicht auf ihren Schultern und entschied sich dagegen. Beide ihre Hände waren nun unwillkürlich mit der Hantel verbunden.

»Kniebeuge. 10 Stück. Los.«

»Das ist doch nicht ihr Ernst-«, setzte Carolin an.

Sie brach mitten im Satz ab. Einerseits weil sie immer noch ein leichtes Pochen auf ihrer Wange spürte, andererseits weil er gerade wieder in der Sporttasche kramte.

Zum Teufel mit dem Spinner.

Sie begann mit der Übung.

Dabei ließ sie ihn nicht aus dem Blick und wollte sehen, was er dieses Mal aus seiner Sporttasche kramte. Die Absurdität der Situation wich zusehends einer Bedrohlichkeit. Die Angst, die ihr langsam den Nacken herauf kroch mehrte sich.

»Laut mitzählen.«

Sein Ductus war militärisch.

»1....2....3....4....«

Sie tat wie ihr geheißen.

Ihre Oberschenkel brannten bereits nach wenigen Wiederholungen. In ihren Schläfen tobte weiterhin heiß glühende Lava, und das bereits seit sie wieder zu sich gekommen war. Sie hielt einen Moment inne.

Was er da aus der Sporttasche geholt hatte, bereitete ihr mehr als nur Unbehagen. Es sah aus wie ein Metallfuß eines Schreibtischs.

Nur, dass...

Ihre Augen weiteten sich, als sie es sah.

Die obere Ende.

Es war angespitzt.

17.

Als Marquardt und Charlotte sich am nächsten Tag früh im Präsidium trafen, waren sie weit davon entfernt sich erholt zu fühlen. Der fehlende Ermittlungserfolg half der Motivation den beiden indes auch nicht gerade auf die Sprünge: Frau Schneider hatte für den fraglichen Montag-Abend ein Alibi. Etwas verschüchtert gab sie zu mit mehreren Freundinnen den Abend verbracht zu haben. Auf die routinemäßigen Nachfragen von Charlotte hatte Frau Schneider dann irgendwann zugegeben, dass es sich um einen in den 90ern sehr beliebten Tupperware-Abend gehandelt hatte. Nur, dass den Damen an diesem Abend kein Tupperware angeboten wurde, sondern Sexspielzeug.

Ihre Anwesenheit dort, versicherte Frau Schneider, konnte jede der anwesenden Freundinnen sowie die Verkäuferin bestätigen.

Also fuhren die beiden Ermittlern am frühen Vormittag zu Shelly Lund. Frau Lund war sichtlich überrascht, ob des Besuchs und knotete schnell den Frottee-Gürtel ihres Bademantels zu. Sie trug darunter ein weißes T-Shirt derart, wie man es eben trägt, wenn man keinen Besuch erwartet. Löchrig, zu kurz und vollkommen aus der Form gelaufen.

»Vielen Dank, dass Sie sich nochmal die Zeit genommen haben, Frau Lund. Sind Sie sicher, dass wir nicht später noch einmal vorbeikommen sollen? Wenn es gerade nicht passt-«, begann Marquardt.

»Es scheint wichtig zu sein, oder?« entgegnete Shelly kurz angebunden. Etwas an Ihrer Stimme und an Ihrer Haltung hatte sich geändert.

Sie setzen sich im Wohnzimmer auf die einladende Sofa-Landschaft.

»Frau Lund, wir müssen Sie das leider fragen: Wo waren Sie am Montagabend ?«, fragte Charlotte frei heraus.

Die Direktheit ihrer Frage zeigte Wirkung. Shelly war sichtlich von der Frage getroffen. Die eben noch zu beobachtende Haltung war eingebrochen. Die Frage hatte sie unvorbereitet und empfindlich getroffen.

»Bin ich jetzt eine Verdächtige?«, fragte sie nach einigen Sekunden.

»Das kommt auf Ihre Antwort an.« gab Charlotte zurück.

Shelly zog den Frottee-Gürtel enger, es wirkte wie eine Übersprungshandlung. Doch tatsächlich löste sich dieser, sobald sie ihn nach dem Zusammenzurren losließ, gleich wieder.

»Ich war zu Hause und habe mich um Mia gekümmert.«

Als hätte Mia gehört, dass über sie gesprochen wurde erklang plötzlich eine weinende Kinderstimme auf dem Nebenzimmer. Shelly war aus dem Stand elektrisiert. Ihr Blick war wieder wach. Energie durchfloss plötzlich ihren Blick. Eine spürbare Unruhe machte sich in ihr breit.

Shelly stand auf und lief zum Flur in Richtung des Geschreis. Sie blieb im Türrahmen stehen, als wäre sie sich gerade erst ihrer impulsiven Handlung bewusst geworden. Als sie sich ruckartig zu den Ermittlern umdrehte löste sich der Gürtel ihres Bademantels wieder. Das fleckige T-Shirt reichte nicht ganz bis zum Bund ihrer Jogginghose. Marquardt konnte einige Zentimeter neben Shellys Bauchnabel eine längliche Blinddarm-OP-Narbe sehen.

»Waren das schon alle Ihre Fragen?«, fuhr Shelly die beiden Ermittler an.

»Frau Lund«, begann Marquardt sachte. »bitte beruhigen Sie sich. Nach wie vor ist für uns eine offene Frage, warum Sie noch zwei Tage nach dem Verschwinden ihres Mannes-«

Shellys Augen funkelten.

»Dazu ist alles gesagt. Wenn Sie jetzt keine weiteren Fragen haben, die ich Ihnen beantworten *muss*..«, sie deutete mit dem Kopf in Richtung des Zimmers, welches offenbar das Kinderzimmer war. »Dann würde ich Sie jetzt gerne bitten zu gehen, ich muss mich um meine kranke Tochter kümmern.« Damit war das Fallbeil herabgesaust. Das war den Ermittlern klar. Gegen eine kranke Tochter argumentierte man nicht an. Zumindest nicht ohne handfeste Beweise.

»Wir finden heraus.«, gab Charlotte der Aufforderung nach.

Als die beiden gerade ins Auto stiegen und sich über die erneut seltsame Reaktion von Shelly Lund austauschen wollten, klingelte Marquardts Handy. Es war Frank Püschel.

»Ja, Frank?«

»Hi!« seine gutgelaunte Stimme klang auch ohne Lautsprecher-Funktion in den Fahrgast-Raum von Marquardts Oldtimer. »Wir haben die Untersuchungen an Thomas Gedeon jetzt abgeschlossen. Dabei haben wir uns auch nochmal auf das Plastik konzentriert.«

Marquardt nickte, auch wenn sein Gegenüber das nicht sehen konnte. Dieser vor gleichwohl fort.

»Es handelt sich dabei um eine spezielle Art Plastik, solche wie sie häufig in Sexspielzeug verwendet wird. Du weißt, hautverträglich, dermatologisch getestet und so.« Er machte eine Pause. »Verstehst du, was das bedeutet? Dem Opfer wurde Sexspielzeug in den After und..« er stockte erneut. ».. und in seine Wunden gesteckt.«

Die beiden Ermittler saßen einfach nur regungslos im Auto. Sie wussten, dass das noch nicht alles gewesen war.

»Wobei es gesteckt nicht ganz trifft,« fuhr der Rechtsmediziner weiter aus. »Damit sich davon Partikel lösen, muss der Täter dem Opfer den Gegenstand förmlich in den

Körper gerammt haben. Immer und immer wieder.«

18.

Sie musste all ihre Kraft aufwenden ihren Oberkörper wieder aufzurichten und in die Senkrechte zu bringen. Er hatte den Metallfuß unter ihr platziert. Zwischen ihr und dem Fuß war gerade genug Platz, dass sie die aufgetragene Bewegung ausführen konnte.

Sollte sie jedoch.. sie wollte nicht darüber nachdenken, was passieren würde, wenn Carolin Flemming die Kraft ausginge.

»Wie viele... noch?«, keuchte sie ihrem Peiniger entgegen

Dieser musterte sein Opfer. Eine verwirrende Mischung aus Wohlwollen und Abscheu war in seinem Gesicht zu erkennen. Er ließ sich scheinbar genüsslich Zeit mit seiner Antwort und doch drückten seine Augen zur gleichen Zeit, dass er mit irgendetwas nicht zufrieden war.

Er kam langsam auf sie zu. Er hielt, inmitten des kleinen Sportzimmers, wenige Schritte vor ihr an.

»Bis ich Stopp sage.«, zischte er.

»Bitte...« Sie kam nicht dazu den Satz zu Ende zu sprechen. Er war mit einer flinken Bewegung, die sie seinem Körperbau nicht zugetraut hätte, an sie herangerückt und hatte ihr mit der Rückhand eine kräftige Ohrfeige verpasst.

»Ich habe nicht Stopp gesagt. WEITER.« herrschte er sie an.

»Ich kann nicht...«, setzte Carolin an. Doch ihr wurde der Satz durch eine erneute und schallende Backpfeife abgeschnitten.

»Noch Zehn.«

Schlagartig wurde ihr bewusst, dass sie unter keinen Umständen am Ende dieser zehn Wiederholungen ankommen würde. Panik kroch ihren ohnehin geschundenen Körper hinauf. Ihr war zugleich auch klar, was ein Widerspruch bedeuten würde. Sie beugte die Knie durch und ging so weit in die Hocke wie ihr möglich war und kam wieder nach oben.

Schon bei der nächsten Wiederholungen wurde das Brennen jedoch übermächtig und sie verlor die Spannung in ihren Oberschenkelmuskeln für einen kurzen Moment. Ihr gesamter Körper senkte sich ab – weiter ab, als er sollte.

Sie konnte zwar ihre Hüfte noch zur Seite schieben, aber dennoch spürte sie wie sich der Metallfuß spielend leicht durch Hose in ihr Fleisch schob. Vom Schmerz nach oben gepeitscht, konnte sie die Kräfte mobilisieren, um ihren Körper wieder in eine aufrechte Position zu bringen.

Einen Augenblick später spürte sie, wie ihr Blut auf der Rückseite ihres Oberschenkels hinab lief. Sie konnte nicht sagen wie tief die Wunde war. Aber durch die stetige Bewegung war ihr Oberschenkel stark durchblutet. Es fühlte sich für sie an, wie ein ganz leicht aufgedrehter Wasserhahn, aus dem stetig jedoch unablässig das Wasser lief.

Sein Blick hatte sich gewandelt. Es huschte ihm sogar ein kleines Grinsen über das Gesicht. Es war ebenso verabscheuungswürdig wie ehrlich. Doch schon im nächsten Moment hatte er sich wieder unter Kontrolle. Er stand ihr einfach nur gegenüber, die Arme vor der Brust verschränkt wie ein Sportlehrer, der die Leistung eines Schülers quittieren wollte, aber zu keiner Hilfestellung bereit war.

»Noch Acht.«

»Bitte!«, flehte sie.

Tränen liefen ihr nun beim Blinzeln über die Wange. Etwas in ihr war kurz davor aufzugeben. Sich ihrem Schicksal zu ergeben.

Zugleich machte sie sich schon auf die heran rauschende Hand gefasst. Doch sie blieb aus. Sie öffnete die Augen, die sie in vorauseilendem Gehorsam geschlossen hatte. Sie konnte ihn jedoch nicht sehen. *Wo war er hin? Fragte sie sich.*

In dem Moment spürte sie ihn.

Schräg hinter sich stehend.

»Noch Acht«, flüsterte er beinahe. Unangenehm nah an ihrem Ohr.

Sie nahm alle ihre noch vorhandene Kraft zusammen und machte sich bereit auf die Schmerzen im Oberschenkel, die mittlerweile selbst im Stehen nicht mehr nachließen. Ihr Oberkörper senkte sich ab. Einen kurzen Moment keimte Freude in ihr auf. Zumindest fast. Ein verfrühtes Gefühl des Sieges, weil sich das Gewicht auf ihrem Rücken plötzlich leicht anfühlte.

Vielleicht konnte sie dieses Spiel, was es auch immer war, vielleicht konnte sie es für sich entscheiden.

Sie schob ihre Hüfte nach vorne und richtete den Oberkörper auf.

Nur noch sieben.

Licht am Ende des Tunnels, so fühlte es sich an. Plötzlich war alles möglich. Sie würde es schaffen. Sie würde sich durchbeißen und es diesem Dreckskerl zeigen.

Der Gedanke verflog jedoch schnell. als sie erkannte, dass er nun direkt hinter ihr stand.

Seine Hände lagen auf den ihren.

Und er drückte sie nach unten.

Als ihr Oberkörper nicht gleich nachgab, spürte sie, wie er seine Knie in ihre Kniekehlen schob und ihren Körper in eine schrecklich schmerzhafte Zwischenposition brachte, in der sie nicht lange verharren konnte. Noch mehr Panik schoss in ihr auf. Der Metallfuß unter ihr.

Sie musste nach oben.

Weg von hier.

Das kann nicht sein.

Was will er überhaupt von mir?

Drück nach oben, schrie ihre innere Stimme.

Ihr Körper senkte sich langsam weiter ab. Zentimeter für Zentimeter.

Dann spürte sie das Metall unter ihr. Langsam und unter furchtbaren Schmerzen bohrte es sich in sie. In einen Bereich ihres Körpers, der so empfindsam war, dass der Schmerz für sie nicht zu ertragen war.

Der Druck von oben war unerbittlich. Die Spitze war Metallfußes begann in sie einzudringen. Sie spürte wie ihr sofort Blut an der Innenseite ihrer Oberschenkel entlang lief. Ihr Gehirn wurde Augenblicke danach vollständig mit brennendem Schmerz geflutet und jeglicher Widerstand zerbrach.

Mit einem Mal gab ihr Körper nach.

Das vollständige Aufsetzen ihres Körpers auf dem Boden spürte sie schon nicht mehr.

19.

Schon die Art wie Sven Tinker einige Tage später an seinem Schreibtisch saß verriet ihn als den klassischen Fall eines Nerds.

Sven war bereits klein gewachsen, die nach vorne gebeugte Position in der in seinem Schreibtischstuhl saß, machte ihn optisch sogar noch kleiner. Die altmodische und nicht ironisch getragene Brille im Großvater-Stil passte genauso wenig zu seinem zum Seitenscheitel gekämmten Haaren, wie die eine Nummer zu groß getragenen Klamotten.

Fachlich war er hingegen unschlagbar. Sven war gerade 19 geworden, als er beim Versuch eine große Versicherung mit einem selbstgeschriebenen Programm zu hacken, direkt in die Arme der Polizei lief. Unwillkürlich hatte er dabei gleichzeitig ein Bewerbungsschreiben hinterlassen.

Er hatte an mehrere Dutzend Versicherungsmitarbeiter Emails von anonymen Email-Konten geschickt und diesen Mails einen Dateianhang angehängt. Dieser sollte ihm wenn der Anhang geöffnet wurde, Zugang zu den Rechnern gewährte. Ein Freund, den er selbstverständlich nur übers Internet kannte, hatte ihn jedoch verraten. Ihm war seine zugedachter Anteil zu gering gewesen und die Nachverhandlungen liefen nicht wie sich *xxxBlackHat1337xxx* das vorstellte. Und so staunte Sven nicht schlecht, als wenige Stunden nach dem Versenden der Mails zirka ein Dutzend schwer bewaffneter und gepanzerter SEK-Polizisten mit großem Getöse die Tür seiner kleinen Einzimmer-Wohnung im Berliner Friedrichshain eintraten und ihn überwältigten. Überwältigen wäre hierbei ein zu großes Wort. Er war starr vor Schreck und überhaupt nicht in der Lage Gegenwehr zu leisten. Abgesehen von seiner bereits physischen Unterlegenheit. Und so trugen ihn die Mitglieder des Sondereinsatzkommandos – immer noch starr vor Schreck – wie eine lebensechte Skulptur seiner Selbst aus seinem Schreibtischstuhl, legten ihn auf den Boden und fesselten ihn. Im Anschluss verfrachteten sie ihn in ein Polizeiauto, wo sich Svens Schockstarre langsam löste.

Er hatte keinen finanziellen Schaden anrichten können. Das kam ihm zu Gute; eine niedrige Bewährungsstrafe sowie Auflagen hätten ihm dennoch gedroht. Selbstverständlich wurde seine Hardware beschlagnahmt und Gott weiß, wann er die zurückbekommen hätte.

Als Roland Zehrfeld davon zufällig Wind bekam, trat er an den Jungen, der er damals noch war, heran. Er bot ihm an ein paar seiner Gefallen einzufordern, die Zehrfeld noch bei der Staatsanwaltschaft offen hatte. Dafür würde die Bewährungsstrafe „unter den Tisch fallen", im Gegenzug würde sich Sven von weiteren Kindereien, wie Zehrfeld das Online-Treiben Tinkers nannte, fernhalten und sich umgehend beim LKA bewerben. Gute Leute sollten auch auf der Seite der Guten arbeiten, hatte Zehrfeld zu ihm gesagt. Sven stimmte notgedrungen zu. Im Hintergrund wurden die nötigen Hebel in Bewegung gesetzt und so konnte das Bewerbungsverfahren abgekürzt werden.

Das war vor fünf Jahren und Sven hatte es seither nicht einen Tag bereut der „Einladung" Zehrfelds gefolgt zu sein. Und er leistete gute Dienste und war ein unentbehrliches Mitglied der Cybercrime-Task-Force des Berliner LKA.

In seiner Freizeit konnte er dennoch nicht vom Programmieren lassen. Da er aber zu schätzen wusste, welche Chance ihm Zehrfeld jedoch geboten hatte, versuchte er seine Leidenschaft irgendwie mit seiner Arbeit zu kombinieren. Wann immer er konnte, widmete er sich seinem neusten Programm. Er hatte dafür noch keinen Namen, weil er gar nicht wusste, ob es je ernsthaft zum Einsatz kommen würde.

Er startete einen weiteren Durchlauf. Sein Computer begann kurz zu ruckeln und Svens Körpersprache signalisierte, dass es ein Fehlschlag gewesen war.

Doch dann fing sich der Computer und arbeitete und rechnete weiter.

Als kurz darauf eine Meldung auf einem der beiden Monitore erschien, war alles was Sven noch sagen konnte:

»Heilige Mutter-«

Im nächsten Moment wählte er die Nummer von Charlotte.

20.

»Guten Morgen!« begrüßte Marquardt seinen Kollegen Sven Tinker.

Svens Schreibtisch mitsamt seines PCs und der sämtlich blinkenden Ausrüstung stand rechts an der Wand und damit saß er zwar nicht mit dem Rücken zur Tür aber jedenfalls so, dass er sichtlich erschrak als Marquardt und Charlotte den Raum betraten. Neben einem Aktenschrank, bei dem sich Marquardt nicht sicher war, was Sven dort drin überhaupt aufbewahrte, standen in der linken Ecke noch zwei Kästen eines Mate-Tees, den Sven trank wie andere Menschen Leitungswasser.

»Hallo ihr beiden«, nachdem er sich von seinem anfänglichen Schock erholt hatte und seine Gesichtsfarbe wieder zurückgekehrt war, zeigte sein Gesicht sichtliche Freude seine Kollegen zu sehen. »Ihr habt euch ja hier reingeschlichen.«

»Du wusstest, dass wir kommen. Du hast uns angerufen«, sagte Charlotte.

»Ja, das stimmt schon..« Ihm war sichtlich unangenehm, dass Charlotte Recht hatte und er dennoch erschrocken war. »Jedenfalls, ich hab was für euch.«

»Und zwar?«, fragte Marquardt.

»Es hat mit eurem Fall zu tun, in Adlershof. Thomas Gedeon.«

Marquardt setzte sich neben den Schreibtisch seines Kollegen auf den freien Stuhl. Charlotte blieb an der Wand lehnend stehen und beobachtete das Gespräch aufmerksam.

Als die beiden Ermittler nicht antworteten wurde Sven klar, dass er von alleine fortfahren musste.

»Wie gut kennt ihr euch mit multivariate Analyseverfahren aus?«

Marquardt und Charlotte gingen davon aus, es wäre eine

rhetorische Frage gewesen und antworteten nicht. Also erklärte ihr Kollege ihnen in Grundzügen, was sein Programm macht und wozu er es geschrieben hatte. Und er erklärte Ihnen auch, was er herausgefunden hat.

Seit er einmal einen Vortrag eines Mathematikprofessors einer renommierten Universität gesehen hatte, war seine Leidenschaft für multivariate Analyse geweckt worden. Diese kam sonst beim Data-Mining zum Einsatz, doch Sven hatte einen Einfall gehabt, wie er das Prinzip auch bei der Arbeit einsetzen konnte. Sven wollte das, was private Unternehmen beispielsweise bei der Prüfung von Bonitäten längst verwenden, analog auf die Suche nach Verbrechern anwenden. Variablen wie Adresse, Beruf, Einkommen, Handydaten und so weiter wurden bei Versicherungen in einen Algorithmus eingegeben, der am Ende dann eine Wahrscheinlichkeit ausspuckte, mit der ein Schuldner seine Rechnung nicht begleichen würde.

Die Idee war nun die Variablen ungelöster Kriminalfälle in seinen selbstgeschriebenen Algorithmus einzugeben um so Querverbindungen oder noch nicht aufgedeckte Taten zu erkennen. Bisher war es ihm allerdings noch nicht gelungen die bestmöglichen Variablen zu bestimmen und so waren die Ergebnisse, die sein Programm ihm ausspuckte Wahrscheinlichkeiten entweder im einstelligen Bereich oder es gab vollkommene Ausreißer bei einhundertfünfzig Prozent. Beides war natürlich nicht verwertbar.

Doch er hatte nicht aufgegeben und so langsam schien sich die Feinabstimmung bezahlt zu machen. Er hatte unzählige ungelöste Fälle in das Programm eingegeben. Um zu überprüfen, ob die letzten Änderungen bessere Ergebnisse brachte, füllte er die Datenbank mit den zuletzt eingetragenen Vorgängen, wie die Mordkommission die Taten nannte.

»Ich habe die ungefähr letzten 100 Fälle kategorisiert und in die Datenbank meines Programms eingegeben.« Er machte eine Pause, um den wohlverdienten Applaus einzuholen. Der jedoch ausblieb, also fuhr er fort. »Ich habe dabei verschiedene Merkmale wie etwa das Tatopfer, die Tatwaffe, den Tatort und so weiter herausgegriffen und ich habe diesen Merkmalen verschiedene Gewichtungen gegeben. So kann die Tageszeit zwar wichtig, aber weniger wichtig als ein bestimmter Opfertyp sein. Ihr versteht das Prinzip?«

Allseitiges Nicken.

»Und mein Programm einen Treffer.«

Fragendes Schweigen.

»Es gibt eine Verbindung zwischen eurem Fall und einem ganz frischen, der von den Kollegen erst vor ein paar Tagen aufgenommen wurde. Ich hatte ein paar neuere Fälle eingegeben, weil das Feintuning noch nicht so funktionierte und ich weitere-«

»Was heißt das?«, unterbrach Charlotte ihren Kollegen unsanft.

»Es besteht eine achtzigprozentige Wahrscheinlichkeit, dass die Tat in Adlershof und eine vor wenigen Tagen in Blankenburg begangene Tat vom selben Täter stammen. Die Tat mit dem zerschnittenen Filialleiter passt mit der Juristen, die bei sich zu Hause ermordet wurde zusammen.«

Nun verfehlte Svens Pause ihre Wirkung nicht. Marquardt und Charlotte schauten ihn ungläubig an.

Marquardt durchbrach zuerst die entstandene Stille. »Erklär mir das noch einmal genauer, wie kommst du zu dieser Annahme?«

»Streng genommen, nicht ich, sondern der Algorithmus der meinem Programm zugrunde liegt. Bei fünf Merkmalen liegt eine Übereinstimmung nahe der Identität vor, bei drei weiteren zumindest eine signifikante Übereinstimmung. Die Auffindesituation der Opfer war beide Male fast identisch, es wurden keine Spuren verwischt. Die Opfer wurden einfach so gelassen, wie sie gestorben waren. Es wurden keine Änderungen am Tatort vorgenommen. In beiden Fällen ist eine erhebliche Zeit zwischen der Entführung und der Tötung vergangen. Zumindest gemessen am Durchschnitt der von uns erfassten Tötungsdelikte. Das Maß der Brutalität in beiden Fälle übersteigt um ein Vielfaches das normale Maß, sofern es so etwas überhaupt gibt. Charakterzüge der Täters gleichen sich. Etwa wurde in beiden Fälle sämtliche Folterinstrumente liegen gelassen. Es wäre theoretisch ein leichtes ihn daran zu identifizieren. Außer, wenn er sich absolut sicher ist, dass er damit keine Spuren hinterlässt. Was bei der Menge an Utensilien die vor Ort von den Kollegen sichergestellt wurden, entweder größenwahnsinnig, arrogant oder ignorant ist. Oder alles drei. Und letztlich...«, er macht eine Pause und sog Luft ein. »...und letztlich wurden in beiden Fälle eine ganz bestimmte Art Klinge benutzt. Beim Opfer in Adlershof um naja, ihr wisst schon. Bei eurem jetzigen Opfer wurden Teile des Klebebands mit dieser Klinge durchschnitten.«

»Und das lässt sich nachverfolgen?« fragte Marquardt.

»Ja und nein, natürlich hat Metall keine DNA. Aber dennoch hinterlassen verschiedene Arten von Messern oder Schneidewerkzeugen ein für sie typisches Muster. Je nachdem wie speziell ein Messer ist, können die hinterlassenen Muster auch spezieller und damit leichter zuzuordnen sein. Aber selbst mit den besten Methoden kann man so maximal die Art des Messer und vielleicht die Größe feststellen.«

»Aber..?« setzte Marquardt nach.

»Nicht bei einer selbst geschmiedeten Klinge. Die Schneide ist nicht mit einer industriell gefertigten Schneide vergleichbar. Es gibt beispielsweise Fehler im Schmiedeprozess oder Krümmungen an der Klinge beim Hämmern, die hinterher zu ganz einzigartigen Schnittmustern führen.«

Sven bemerkte den seltsamen Blick von Charlotte, der auf ihm ruhte.

»DMAX, Männerdokus.«, beantwortete er ihre nicht gestellte Frage.

Bei aller Skepsis, die auch Marquardt empfand, stellte sich ein gewisses Unwohlsein ein. Ein Unwohlsein, für das er gerade nur einen Grund benennen konnte. Insbesondere bei Serientätern ging es häufig um eine Form der Befriedigung. Sexueller Natur, oder die Befriedigung einer erlittenen Demütigung.

»Wie kann das sein?«, dachte Marquardt laut nach. Als er merkte, wie Charlotte ihn fragend ansah, schob er nach »Serientäter wollen doch in aller Regel – oder zumindest sehr häufig – Befriedigung. Die beiden Taten sind aber völlig unterschiedlich. Es ist doch vollkommen unwahrscheinlich, dass der Täter Befriedigung sowohl beim Zufügen durch multiple Stichwunden als auch durch das Aufspießen seines Opfers erlebt. Eine derartige Änderung der Herangehensweise ist nicht zu erklären. Selbst bei Tätern, die noch auf der Suche sind und ihren modus operandi noch nicht gefunden haben, gibt es eine Intuition, was ihnen ihr Bedürfnis befriedigt, den Kick bringt.«

Charlotte quittierte mit einem anerkennenden Blick, dass sich ihr Partner offenbar ausgiebig mit dem Handbuch auseinandergesetzt hatte. Sie dachte angestrengt nach. Sie schien seine Zweifel zu teilen. Solange sie jedoch nichts Weiterführendes dazu sagen konnte, zog sie es vor zu schweigen.

»Wir sollten mit den Kollegen von dem Fall sprechen, der mit unserem in Verbindung stehen könnte. Schickst du mir die Infos, Sven?« fragte Marquardt.

Svens Aufmerksamkeit war auf etwas an seinem Monitor gefesselt.

»Vielleicht solltet ihr euch dabei nicht mehr so viel Zeit lassen«, sagte Sven noch während er den rechten seiner beiden Monitore so drehte, dass die beiden Ermittler ihn sehen konnten.

Diese konnten auf der geöffneten Internetseite eines Online-Blogs in großen Lettern lesen:

„WEITERES OPFER DES LYNCHERS IN BLANKENBURG ENTDECKT???"

Im nächsten Moment klingelte auch schon Marquardts Handy. Roland Zehrfeld, sein Chef, rief an.

21.

Die Einrichtung des Büros in dem sich Roland Zehrfeld
niederließ war mit 'in die Jahre gekommen' bereits sehr
wohlwollend beschrieben. Im Wesentlichen stand in direkter
Sicht von der Tür aus der große und schwere Echtholz-
Schreibtisch. Jedoch nicht die Art Schreibtisch, die teuer auf
Berliner Flohmärkten angeboten wurde. Eher die Art
Schreibtisch die von einer Entrümpelung für teures Geld unter
Zuhilfenahme mehrerer Mitarbeiter aus dem Raum hätte
transportiert werden müssen. Zehrfeld gab nicht viel auf Prunk
und Protz, obwohl er ihn sich hätte zweifellos leisten können.
Für ihn standen stets Funktion und Ergebnis vornan.

Davor standen zwei ausgesessene Stühle, die ihre besten Jahre
auch bereits hinter sich hatten. Rechter Hand stand ein
Globus, der sich nach oben öffnen ließ. Zehrfeld bewahrte
darin verschiedene, gelegentlich auch teurere, Sorten Whisky
auf. In der Ecke hinter der Tür stand ein Tisch, der einst als
Besprechungstisch diente, mittlerweile jedoch mehreren
Konglomeraten an Akten als Lagerfläche diente.

Marquardt saß neben Charlotte auf den reichlich unbequemen
Stühlen. Ihnen gegenüber an seinem Schreibtisch saß ihr Chef.
Er war als Vorgesetzter ein Glücksgriff, wenn auch
menschlich vielleicht gelegentlich schwierig. Roland Zehrfeld
war ein Archetyp von Mann und Polizist. Breitschultrig, volles
Haar und nicht den Ansatz von Geheimratsecken. Auch nicht
mit Mitte 50. Ein standhafter Blick und eine Aura, aufgrund
derer man merkte, wenn er einen Raum betrat, selbst wenn
man mit dem Rücken zur Tür saß.

»Guten Morgen.« begann er kurz angebunden.
»Polizeipräsident Schwarz hat mich persönlich in dieser Sache
kontaktiert. Es wird im Präsidium gesprochen, dass wir es mit

einem Serienmörder zu tun haben. Schwarz ist besorgt um die, ich zitiere, *allgemeine Stimmung,* wenn bekannt wird, dass das stimmt. Er will solange als möglich den Deckel auf der Sache halten.«

»Nunja,« begann Marquardt beim Gedanken an die von Sven Tinker vorgelesene Schlagzeile.

»Nunja?« hakte Zehrfeld nach.

»Der Reihe nach-«, setzte Marquardt an.

Charlotte sprang ihm zur Seite. »Das letzte Opfer Carolin Flemming, ledig, 51 Jahre. Aufgespießt durch einen Metallfuß. Todesursache waren starke innere Verletzungen sowie daraus resultierend ein erheblicher Blutverlust.«, sagte sie in ihrem stakkatoartigen Duktus. »Sven Tinker aus der IT hat uns informiert, dass er einen Zusammenhang zu einem weiteren Mordopfer, Thomas Gedeon, vermutet.«

»Wir werden uns mit den Kollegen, die an diesem Fall dran sind, besprechen und den Fall mitübernehmen.«, sprang Marquardt wiederum seiner Kollegin zur Seite.

»Wie kommt es zu diesem Zusammenhang?«

Marquardt erläuterte seinem Chef was ihm sein Kollege gerade über multivariate Analyse erklärt hatte.

»Ich verstehe,« begann Zehrfeld und Marquardt war sich nicht zu einhundert Prozent sicher, ob dem auch so war. »Klären Sie das mit den Kollegen. In spätestens zwei Tagen brauche ich etwas Handfestes, eine Verbindung zwischen den Opfern. Einen Verdächtigen. Oder einfach, dass sie mir erklären, dass es keinen Zusammenhang gibt und wir zumindest keinen Serien- oder Mehrfachtäter haben.«

»Wird erledigt.« gaben die beiden Ermittler aus einem Mund zurück.

»Und noch was« schob Zehrfeld hinterher als die beiden sich bereits zum Gehen erhoben. »Halten Sie den Deckel auf der

Sache.«

Ihr Chef konnte nicht wissen, dass zu diesem Zeitpunkt die Büchse der Pandora bereits geöffnet worden war.

22.

Lorem ipsum. Lorem ipsum. Leicht gedankenvergessen tippte er die Worte in seinen Computer während er nachdachte. Seinem Kollege, der als Schriftsetzer arbeitete, hatte er einmal dabei zugeschaut, wie dieser beim Festlegen des täglichen Layouts der Zeitungsausgabe viereckige Textblöcke auf einem Muster hin und herschob. Die Textblöcke begannen immer mit den gleichen Worten begannen. Lorem ipsum.

Kurt Renke saß in dem Großraumbüro, in dem alle noch jungen Redakteure begannen. Wer sich noch keine Sporen verdient hatte, der saß in dem großen, von Zigarettenqualm durchsetzten Raum. Früher hatte er sich eine Zeitungsredaktion immer als einen romantischen Ort vorgestellt, an dem jeder der Anwesenden ein Künstler mit dem Wort war. Schon im Volontariat hatte er diese Idee jedoch aufgeben müssen. Ergriffen hatte er den Beruf dann dennoch. Das grau-beige gestrichene Büro wurde auch durch die Möbel nicht mit viel mehr farblichen Akzenten beglückt. Noch dazu war die Lautstärke hier war unvorstellbar hoch. Das Großraum, wie es alle Kollegen nannten, bot, wenn alle Arbeitsplätze belegt waren, 16 Personen Platz. Da jeder von Ihnen wahlweise entweder telefonierte oder sich mit einem der Kollegen austauschte, klang es jedoch meist eher so, als würde man auf einem Bahnhofvorplatz sitzen und versuchen zu arbeiten.

Die Schreibtische waren fast alle gleich ausgestattet. Ein Rechner samt globigem Röhrenmonitor, der etwa die Hälfte der Tischtiefe einnahm, ein Schreibtischstuhl der seinen Namen kaum verdient so unbequem war er. Sowie schließlich noch ein Aschenbecher.

»Renke, was haben Sie zu der verschwundenen Frau in

Strausberg?« sein Chefredakteur kam mit schnellen Schritten zu seinem Schreibtisch. Dass er dort jedoch noch nicht angelangt war, hielt ihn jedoch nicht davon ab, das Gespräch bereits jetzt zu führen. »Die Geschichte soll bis heute Abend 18:00 Uhr fertig sein. Wir müssen dazu morgen was drucken. Kriegen Sie das hin?«

Markus Andreasen war nicht unbedingt den Chefredakteur den man sich wünschte, wenn man nicht hundertprozentig bei der Sache war. Denn er erinnerte einen in jedem wachen Moment daran, dass man zu arbeiten hatte. Wo andere Chefs Zuckerbrot und Peitsche für angemessen hielten, war seine Devise eher das Zuckerbrot durch noch eine weitere Peitsche zu ersetzen. Grundsätzlich ging Kurt dieses Tempo auch mit, aber gerade fiel es ihm schwer sich zu konzentrieren.

»Schlafen Sie, Renke? Was ist mit dem Artikel?« herrschte der Chefredakteur ihn an.

Andreasen stand nun direkt vor seinem Schreibtisch. Er trug eine randlose Brille, die zwar gut zu den bereits graumelierten Haaren passte, aber seine Pupillen in den dahinterliegenden Augen waren geweitet. Die Unruhe, die Hektik, die einer Redaktion ohnehin eigen war, brach sich in seinem Blick Bahn.

»Fast fertig, ich muss mir nur noch ein paar Informationen bestätigen lassen.«, setzte Kurt an.

Er richtete sich auf um die bereits innerliche empfundene Unterwürfigkeit nicht auch noch gänzlich ungeschönt nach außen sichtbar zu transportieren. Er strich sich seine Krawatte in einer Übersprungshandlung zurecht und blickte in die Augen seines Chefs.

»Bestätigen Sie, was sie wollen, um 18:00 Uhr müssen Sie damit fertig sein. Ist das klar?«, sein Blick duldete keine andere Antwort als ein klares 'Ja'.

»Verstanden, Chef.«, er blickte auf die Uhr auf seinem Computer. 13:37 Uhr. Heute würde es soweit sein. Eigentlich könnte es sogar jeden Moment soweit sein.

So schnell wie er gekommen war, so schnell rauschte Andreasen auch wieder davon und hatte bereits sein nächstes Opfer ausfindig gemacht. Trotz des steten Stimmengewirrs konnte Kurt noch hören, wie sein Chef gerade den nächsten Kollegen zurechtwies.

Er hatte versucht diesen Besuch aufzuschieben, er wollte den Moment einfach nicht verpassen. Seine Frau wurde gestern bereits hochschwanger vorsichtshalber in das Kreiskrankenhaus eingeliefert. Andererseits konnte er es sich jedoch auch nicht erlauben bei der Arbeit zu fehlen.

Andreasen verfolgte die Politik, wenn einer seiner Mitarbeiter die Arbeit nicht erledigte, dann würde er einen anderen finden, der es täte. Kurt hatte jedoch seiner Frau versprochen, dass er sie nicht alleine lassen würde. Er musste nur schnell den Artikel fertig stellen und könnte dann ein paar der ohnehin reichlich vorhandenen Überstunden abbummeln. Das würde seinem Chef zwar nicht gefallen, aber er hätte zumindest die Arbeit zuvor erledigt.

Dazu fehlten ihm jedoch noch ein paar Information. Denn ganz so war es nicht, dass es nur noch um die Bestätigung ging. Aber es war wohl cleverer seinem Chef nicht die ganze Wahrheit zu sagen.

In keinem Fall wollte er rüber nach Strausberg fahren und dann den Anruf seiner Frau in der Redaktion zu verpassen.

Ihm schien als blieb ihm spätestens jetzt keine andere Möglichkeit mehr.

Dann musste er sich eben beeilen.

Schließlich hatte die Geburt seines Sohnes Vorrang.

23.

Als Marquardt und Charlotte sich zwei Tage später wieder im Büro ihres Chefs einfanden, wirkte er abgekämpft. Das passte zur Gemütslage der beiden Ermittler, die sich ähnlich ausgelaugt und abgespannt fühlten.

»Geben Sie mir die guten Nachrichten zuerst, und wahrscheinlich am besten überhaupt nur die.« stieg ihr Chef ohne Umwege in das Gespräch ein, als die beiden Ermittler sich gerade an seinen Schreibtisch setzten.

Die letzten zwei Tage waren offenbar für alle Seiten schweißtreibend gewesen. Die beiden Ermittler hatten sofort nach dem letzten Gespräch mit ihrem Chef mit den beiden Kollegen Kontakt aufgenommen, die sich mit dem Fall Carolin Flemming beschäftigten. Es gab keine handfesten Beweise für einen Zusammenhang, aber es war dennoch nicht schwer gewesen, die beiden zu überzeugen, dass Marquardt und Charlotte ihnen die Arbeit abnehmen würden. Auch innerhalb der Verbrechensbekämpfung gab jeder nur zu gerne Arbeit ab.

»Täter und Opfer in Blankenburg kannten sich höchstwahrscheinlich. Der Täter war offenbar ins Haus gelangt ohne Einbruchsspuren zu hinterlassen. Die Partnerin von Frau Flemming hat bestätigt, dass auch sonst im Haus nichts fehlte, verrückt wurde oder sonst was. Dabei wäre genug zu holen gewesen, Schmuck, Bargeld und teure Elektroartikel. Einen Raubmord können wir damit ausschließen. Der Täter ist ins Haus, hat das Opfer getötet und ist wieder gegangen.« fasste Marquardt den derzeitigen Stand zusammen. »Also entweder kannten sie sich oder er hat sich gewaltlos Zugang verschafft. Was ich jedoch eher ausschließen würde.«

Sein Chef machte eine fragendes Gesicht.

»Die Herangehensweise des Täters ist zu brutal, zu emotional, als dass sich der Täter und das Opfer nicht vorher kannten. Man entwickelt so viel und ein so intensives Gefühl nicht zu einer Person, die man nicht kennt oder mit der er kein persönliches Hühnchen zu rupfen hat. Es muss etwas Persönliches zwischen Täter und Opfer sein oder zumindest eine persönliche Komponente beim Täter haben.« führte Marquardt weiter aus. »Ein 'normaler' Mord, wenn es denn so etwas geben kann, geschieht nicht derart brutal. Das Ganze ist geplant, hochgradig sadistisch. Darin liegt derart viel Hass, der nicht einfach bei einer wildfremden Person entsteht.«

Zehrfeld nickte verständig. Er ordnete sichtbar die Informationen in seinem Kopf.

»Es spricht daher einiges dafür, dass der Täter unser Opfer in Adlershof wohl auch persönlich kannte. Nicht nur die brutale Herangehensweise spricht dafür, sondern wenn der Täter das zweite Opfer persönlich kannte, ist es wohl abwegig, dass er das erste nur zufällig ausgewählt hat.«

»Vielleicht wollte er aber beim ersten Opfer noch experimentieren?« warf Zehrfeld ein.

»Möglich«, stimmte Charlotte zu. »Aber unwahrscheinlich. Die Brutalität spricht für eine persönliche Verbindung.«

Sven hatte unterdessen weiter an seinem Programm gearbeitet und kam nun, nachdem er sich auf die beiden Fälle konzentriert hatte, die Parameter weiter verfeinert und auf die Taten angepasst hatte, auf eine Übereinstimmung von über neunzig Prozent.

Er war darüber so stolz und aufgeregt, dass sich seine Stimme beinahe überschlug, als er Charlotte davon am Telefon erzählte. Marquardt und Charlotte waren da gerade bei der Lebensgefährtin von Carolin Flemming, einer Dhana

94

Freiberg, gewesen und hatten sie befragt. Charlotte kam nicht einmal dazu Sven zu unterbrechen, um ihm zu sagen, dass es gerade ungünstig sei, so euphorisch war er.

»Wie wurde sie gefunden?«, erkundigte sich Zehrfeld.

Frank Püschel aus der Rechtsmedizin hatte in der Zwischenzeit auch bestätigt, dass zumindest die Schnittränder an Thomas Gedeons Wunden, dort wo sie nicht gerissen worden waren, mit denen Rändern des Klebebands von Carolin Flemming übereinstimmten. Es gab damit forensisch zumindest den Hauch eines Zusammenhangs. Auch wenn das natürlich noch viel zu wenig war, um von einem echten Zusammenhang zu sprechen, das war Marquardt und Charlotte vollkommen klar.

Daneben hatten die beiden Ermittler auch Shelly Lund noch einen dritten Besuch abgestattet.

Die war davon überhaupt nicht erfreut, die beiden Ermittler wieder zu sehen, ließ sie aber bereitwillig gewähren.

»Ihre Lebensgefährtin hatte einen Schlüssel. Sie hat sie dann so vorgefunden und sofort die Polizei alarmiert.« beantwortete Marquardt die Frage seines Chefs.

Roland Zehrfeld hatte in den letzten Tag einen immensen medialen Kampf zu bestreiten gehabt. Es war die klare Vorgabe des Polizeipräsidenten, dass der ganzen Angelegenheit nicht zu viel Aufsehens zu teil werden sollte. Das ließ sich aber nicht mehr verhindern, nachdem ein großes Boulevard-Blatt auf den Blog-Eintrag aufmerksam wurde, der beide Taten in Verbindung brachte. Es wurden interne Ermittlungen eingeleitet, auf der Suche nach dem Leck, welches die Informationen nach draußen gegeben haben könnte.

Dabei stand natürlich Sven Tinker ganz oben auf der Liste der möglichen Ansatzpunkte. Zehrfeld zitierte ihn in sein Büro und bereits nach zwei Sätzen war ihm klar, dass es Tinker nicht gewesen sein konnte. Sicher hatte auch er einen Geltungsdrang. Insbesondere, wenn er sowie in diesem Fall ausgesprochen gute Arbeit leistete. Doch die Information musste von irgendwem anders ins Internet getragen worden sein. Einmal dort angekommen, ließ sich die stetige Verbreitung dann nicht mehr aufhalten. Jede größere Zeitung stürzte sich auf den Fall. Das wieder einzufangen, war ein Kampf gegen Windmühlen.

Gefühlt minütlich klingelte daher das Telefon bei Zehrfeld. Er hatte inzwischen einfach den Hörer neben die Gabel gelegt.

»Was sagt die Rechtsmedizin?«, fragte Zehrfeld.

»Das Opfer wurde.. nunja-«, zögerte Marquardt.

»Aufgespießt.« sprang Charlotte ihm zur Seite. »Das Opfer hatte einen Metallfuß in den Genitalbereich eingeführt. Zirka 40 Zentimeter lang. Abschabungen oben am Metall. Er wurde manuell angespitzt. Das Verletzungsmuster legt nahe, dass Druck von oben ausgeübt wurde. Während das Opfer auf den Fuß abrutschte.«

»Herrgott, geht diese Stadt wirklich so sehr vor die Hunde?« brach es aus Zehrfeld heraus. »Wir haben also zwei brutale Verbrechen. Offenbar besteht ein Zusammenhang, den wir nicht sehen, aber das Programm bzw. der Algorithmus von Tinker bestätigt. Und die Öffentlichkeit ist natürlich längst auf diesen Zug aufgesprungen. Was ist mit den Partnerinnen?«

»Die Lebensgefährtin von Frau Flemming wurde überprüft. Sie hat ein Alibi, sie war zu diesem Zeitpunkt auf einem Symposium für Juristen in Potsdam.«, erklärte Marquardt.

»Shelly Lund hat indes kein Alibi, sie war alleine zu Hause. Sie wirkte erleichtert, als sie feststellte, dass ihr Mann nicht nach Hause kam. Wir konnte nicht herausfinden wieso.«

»Was verbindet die beiden Taten? Ich meine abgesehen von

dem Computerprogramm und dass offenbar das gleiche Messer benutzt wurde?«

»Nichts.« fasste Charlotte den Sachstand soweit schonungslos zusammen.

Ihr Chef rollte mit den Augen.

»Sie hat Recht, Chef. Es gibt keine Verbindung zwischen den beiden Opfern. Thomas Gedeon hat in einem Supermarkt gearbeitet. Maximal gehobene Unterschicht, kam gut über die Runden. Keine größeren Sprünge, aber doch finanziell stabil. Keine Schulden, keine Altlasten, Süchte oder etwas in die Richtung. Carolin Flemming hatte in der Rechtsabteilung eines Autobauers gearbeitet. Ihre beiden Welten haben rein gar nichts miteinander zu tun.«

»Gemeinsame Hobbys oder Aktivitäten?« hakte Zehrfeld nach.

Kopfschütteln.

»Sind Sie beide zur gleichen Schule gegangen?«

Weiteres Kopfschütteln.

»Wenn die beiden Taten von ein und demselben Täter begangen wurden, fallen die ansonsten üblich Verdächtigen raus. Keine Partner, Eltern, Kinder oder nahestehende. Insbesondere wenn die beiden Opfer nicht miteinander verwandt sind. Würden Sie mir da zustimmen?«

Kopfnicken.

Marquardts Handy begann zu klingeln.

Sven Tinker.

»Ist gerade schlecht, Sven, kann ich dich gleich zurückrufen oder runterkommen?«

Sven sagte offenbar etwas, was Marquardt verstörte.

Seine Augen weiteten sich.

Er hörte gespannt zu.

Sekundenlang.

Der Raum war mucksmäuschestill, doch die Stimme von Sven am anderen Ende des Telefon war nicht deutlich genug zu verstehen. Marquardt nickte einige Male so als ob Sven die Bestätigung verstehen konnte.

»Jesus..«, sagte er dann zusammenhangslos und beendete das Telefonat.

»Was gibt es?« die Blicke seiner Kollegin und seines Vorgesetzten ruhten auf ihm.

»Es ist ein Serientäter. Wir haben ein drittes Opfer. Sven ist sich sicher. Frederik Huckele.«

24.

Strausberg war nicht im klassischen Sinne schön. Ende der 1940er-Jahre wurde die kurz vor der Stadtgrenze liegende amtsfreie Stadt an das Berliner S-Bahn System angeschlossen. 20 Jahre später begann dann ein verstärkter Wohnungsbau. Aus der Zeit noch davor gab es etliche freistehende Häuser mit ausladenden Grundstücken. Als noch es noch jede Menge Platz und jede Menge Träume gab.

Vor einem dieser ausladenden Grundstücke stand nun Kurt Renke. Bewaffnet mit einer um den Hals hängenden Spiegelreflexkamera und seiner A5-großen beigen Kladde. Er hätte nur noch mehr nach Reporter aussehen können, wenn er einen Trenchcoat und dazugehörigen Hut mit eingestecktem Schild „Presse" getragen hätte.

So beschaulich die Gegend auf Kurt wirkte, so diametral dazu verliefen die Gerüchte zu diesem Ort. Im nördlichen Stadtteil Gartenstadt lebte eine Familie. Recht zurückgezogen und keiner der Nachbarn wusste wirklich viel über sie. Sie hatten noch nicht mal einen Namen am Briefkasten.

Keiner wusste, wann sie nach Strausberg gezogen waren. Der Vater wirkte, so man ihn in der Stadt zu Gesicht bekam, meist sehr reserviert und hatte eine Ausstrahlung die es Fremden nicht gerade leicht machte, auf ihn zuzugehen. Ihm schien das jedoch nicht Unrecht zu sein. Seine Frau und sein Sohn hingegen schienen da grundsätzlich anders gepolt zu sein.

Es war jedoch unverkennbar, dass in der Familie etwas vor sich ging, was diese nach bestem Bemühen nicht nach außen dringen lassen wollte. Irgendetwas ging in dieser Familie vor. Irgendetwas was sie von der Außenwelt abschirmen wollten. Die Leuten redeten viel. Man kannte sich im Ort, zumindest innerhalb des Stadtteils und so kam es hier und da zu

Gesprächen. Auch mit der Mutter der Familie, die sich allen als Ute vorstellte. Sie war freundlich und höflich, ging jedoch nie über einen gewissen Punkt des zwischenmenschlichen Kontakts hinaus. Manchmal konnte man richtiggehend sehen, dass sie sich verstohlen umblickte, so als suche sie auf ihr liegende Augen, die ihr auf Schritt und Tritt folgten. Mit einiger Regelmäßigkeit wurde sie auf dem Wochenmarkt gesehen, der immer Mittwochs im Stadtteilszentrum abgehalten wurde.

Bis vor drei Wochen.

Seither hatte sie niemand mehr gesehen. Es wurde zu diesem Zeitpunkt noch öfter und noch ungenierter getuschtelt. Über sie, die Familie. Und Ihren Mann. Er sei gewalttätig hieß es. Plötzlich wollten einige Leute aus dem Ort bereits in der Vergangenheit immer wieder blaue Flecken und Abschürfungen an ihren Handgelenken bemerkt haben. Aus erster Hand bestätigen konnte das natürlich niemand. Hier kam Kurt ins Spiel.

Er atmete hörbar aus und lief auf den Zaun zu, der das Grundstück der Familie von der Straße hin abgrenzte. Das Haus stand recht weit straßenseitig gesetzt auf dem großzügigen Grundstück. Es musste also einen gewaltigen Garten besitzen.

Das Grundstück hatte zwar eine Klingel, jedoch tatsächlich kein Namensschild.

Seltsam, *dachte Kurt.*

Einem Impuls folgend griff er von außen über die niedrige Eingangstür zum Grundstück und öffnete die Tür. Sie ließ sich leicht öffnen. Er lief die kurzen Meter zur Eingangstür. Ohne sich weitere Gedanken zu machen, klopfte er. Er wollte das hier einfach möglichst schnell hinter sich bringen.

Im Haus vernahm er Bewegungen.

Jemand war zu Hause.

Kurt blickte nach rechts an eines der angrenzenden Fenster und war sich sicher dort gerade etwas hinter den Vorhängen gesehen zu haben.

Oder jemanden.

Im nächsten Moment wurde die Tür mit einer Energie aufgerissen, dass ihm im ersten Moment die Luft wegblieb.

»Warum sind Sie auf meinem Grundstück?«, fragte der augenscheinliche Hausherr tonlos.

Grimmig aussehende dunkelbraune Augen blickten auf ihn herab. Die schwarzen mittellangen Haare waren zu einem gestrengen Seitenscheitel frisiert. Das dunkelbraune Hemd hatte er bis zum letzten Knopf zugeknöpft. Den Körper hatte er leicht nach vorne und gegen die nur einen Spalt weit geöffnete Tür gelehnt. Von drinnen drang wenig Licht nach außen.

»Entschuldigen Sie, dass ich störe. Ist Ihre Frau zu Hause?« begann Kurt.

Mit der Tür ins Haus gefallen. Gut gemacht.

Prüfend sah der Mann ihm gegenüber ihn von unten bis oben an, sagte jedoch nichts. Eine Pause entstand. Kurt versuchte die Pause so lange als möglich auszuhalten, um sein Gegenüber doch noch zum Sprechen anzuhalten, musste sich jedoch geschlagen geben. Oft hatte er bereits die Erfahrung gemacht, dass es sich lohnte, wenn man es schaffte die eingetretene Stille auszuhalten. Zumindest länger als sein Gegenüber.

Sekunden vergingen, ohne dass der Hausherr ihm antwortete. Die Anspannung ergriff von Kurt Besitz. Er war im Umgang auch mit kommunikativ fähigen Menschen wie Politikern oder Persönlichkeiten des öffentlichen Lebens geschult und konnte ihnen erstaunliche Aussagen entlocken. Alles was er dazu tun musste, war die Antwort auf seine Frage im Raum stehen zu lassen. Meist empfand sein Gegenüber die Stille als so erdrückend, dass gerade bei pikanten Gesprächsthemen zur Füllung der Leere, weitere Aussagen folgten. Seine Gesprächspartner verplapperten sich dann und gaben nicht selten Geheimnisse preis, die sie lieber für sich selbst behalten hatten.

Jedoch nicht hier.

Dem Hausherr machte die Stille überhaupt nichts aus. Seine Augen ruhten auf Kurt.

»Mein Name ist Kurt Renke und ich arbeite bei der Märkisch-Oder-Zeitung. Ich hätte gerne mit ihrer Frau gesprochen, ist das möglich?«, tastete sich Kurt erneut zaghaft vor.

»Nein, ist nicht möglich. Hauen sie jetzt ab.«

Er war im Begriff die Tür zu schließen. Kurt nahm all seinen Mut zusammen und stellte seinen Fuß im letzten Moment in die Tür.

»Bitte, warten Sie. Warum ist es nicht möglich?«

Der Hausherr öffnete die Tür wieder einen Spalt breit. Es lief fast so etwas wie Anerkennung über sein Gesicht. Er nahm seine Augen jedoch nicht von Kurt.

»Ist Abgehauen. Durchgebrannt. Mit nem-«

In diesem Moment tat es hinter ihm in der Wohnung einen Knall.

Wie von der Tarantel gestochen fuhr der Mann herum. Seine halblangen Haare kamen der Bewegung nicht hinterher und einige Haarsträhnen, die er aus dem Gesicht hinter das Ohr geschoben hatten, lockerten sich.

Während er sich umgedreht hatte, hatte er die Tür losgelassen und diese schwang ein Stück nach innen auf. Kurts Blick fiel auf den Ursprung des Lärms.

Ein Junge.

Vielleicht sieben oder acht Jahre alt, dachte er. Er war offenbar mit einem Stapel Werkzeug über den im Flur liegenden Läufer gestolpert und hatte es lärmend im Flur verteilt. Sein Vater besah ihn schweigend. Der Junge schoss von den Knien hoch und sammelte einen Hammer und eine Schraubzwinge wieder ein. Als er zwei Schraubenzieher, welche am nächsten zur Tür gekullert waren, aufnehmen wollte, sah Kurt ihm in seine Auge.

In seine deutlich geröteten Augen. Der Junge hatte gerade erst geweint. Ihre Blicke trafen sich.

In diesem Moment rauschte an Kurts innerem Auge ein Film vorbei.

Adrian, *so sollte sein erster und hoffentlich nicht letzter Sohn heißen. Er sah ihn bei seinen ersten Schritten, seinem ersten Wort, seinem ersten Schultag. Die ganzen ersten Male, die ihm noch bevorstanden. Kurt wurde warm ums Herz. Er würde seinem Sohn alles ermöglichen, alles was ihm selbst verwehrt blieb. Materiell und emotional. Nie würde er zulassen, dass etwas seinen Sohn zu Tränen rührte.*

Die Worte des Mannes ihm gegenüber rissen ihn Kurt aus seinen Gedanken.

»Verschwinden Sie jetzt von meinem Grundstück! Und zwar dalli!«

Der Hausherr schloss die Tür erneut.

Kurt wollte noch einen hastigen Blick nach drinnen werfen. Doch der Junge war bereits aus dem Sichtfeld entschwunden. Die Tür fiel ins Schloss.

Das letzte was Kurt zuvor noch sah war nur noch die im Flur stehende Kommode.

Kurt machte auf dem Absatz kehrt. Vom Gehsteig aus warf er einen letzten Blick auf das Haus ohne Namen am Klingelschild und war mit den Gedanken bereits ganz woanders. Ihm wurde erneut warm ums Herz.

Er stieg in sein Auto und fuhr in Richtung Krankenhaus, nicht ahnend, dass das was er gerade gesehen hatte, kurz bevor sich die Tür schloss, ihn verfolgen würde.

Im Flur.

Auf der Kommode.

Eine Damenhandtasche.

25.

»Was soll das heißen, ein Serientäter?« fragte Zehrfeld mit fassungslosem Gesichtsausdruck.

Marquardt erklärte seinem Chef und seiner Kollegin was Sven ihm gerade am Telefon gesagt hatte. Er hatte sich weiter daran gemacht die Parameter zu verfeinern. Mit dem Blick auf den bereits gefundenen Zusammenhang zwischen den Taten an Thomas Gedeon und Carolin Flemming hatte er die Parameter einerseits erweitert und neue hinzugefügt, andererseits einige überflüssige entfernt. Das Ergebnis war, dass sich der Zusammenhang zwischen den beiden Opfern auf dreiundneunzig Prozent erhöht hatte.

Gerade als Sven dann seinen Kollegen anrufen und ihm von dem Erfolg berichten wollte, ploppte eine weitere Meldung auf. Er hatte daneben auch noch ältere Fälle, insbesondere sogenannte Cold Cases in die Datenbank eingegeben. Also solche Fälle, die nicht gelöst wurden und die man ins Archiv gegeben hatte.

Einer dieser Fälle, den er nachträglich eingegeben hatte, war der von Frederick Huckele. Und prompt belohnte ihn sein Programm mit einem Treffer in der aktuellen Serie.

Einundachtzig Prozent Übereinstimmung.

»Scheiße, das ist nicht gut. Was hatte es mit dem Fall Huckele auf sich?«, fragte Zehrfeld in die Runde.

Charlotte gab ihm einen kurzen Abriss während ihr Partner angestrengt nachdachte.

»Einerseits ist gut, dass Svens Programm funktioniert. Schlecht ist jedoch, dass wir Stand jetzt noch überhaupt keinen Zusammenhang zwischen Opfer Nummer 2 und Opfer Nummer 3 gesehen haben. Mit Opfer Nummer 1, also historisch gesprochen, wird es nicht besser. Das erste was mir in den Kopf kommt, dass damit unsere Theorie, dass der Täter eines dieser Opfer persönlich kannte, wohl noch unwahrscheinlicher wird.«

»Stimmt«, gab sie kurz zu Protokoll.

»Geben Sie mir alles was sie zu diesem Fall haben. Wenn bekannt wird, dass wir es mit 3 Opfern eines Serientäters zu haben, wird in ein paar Minuten Polizeichef Schwarz hier sein.«

Statt einer Antwort ertönte sein Telefon. Es war Polizeipräsident Schwarz.

Zehrfeld bedachte seine Ermittler mit einem kurzen Blick. Die beiden verstanden und erhoben sich um das Büro zu verlassen. Ab hier wurde es ungemütlich. Zunächst nur für ihren Chef. Aber sicherlich bald auch für sie selbst.

»Lass uns sammeln was wir haben und wie wir als nächstes vorgehen.« begann Marquardt als er sich vor einer Pinnwand in seinem Büro aufgestellt hatte.

»Offenbar drei Opfer. Zwei Männer und eine Frau. Die Wohnorte sind über Berlin verteilt.« ratterte Charlotte los.

Marquardt nickte und schaute sich dabei die Bilder des Opfer Nummer 2 an. Thomas Gedeon. Er hatte am gesamten Körper Schnittwunden. Marquardts Blick wanderte zu Opfer Nummer 3. Frau Flemming wurde mehr oder weniger aufgespießt.

»Die Opfer 2 und 3 scheinen sich nicht zu kennen. Was die Taten irgendwie vereint ist die besondere Grausamkeit und Kreativität mit der der Täter vorgeht. Ich meine, der Täter hätte die Opfer auch einfach erschießen können, wenn er nur gewollt hätte, dass sie sterben. Die Art der Tatbegehung scheint also etwas zu bedeuten. -«

Er machte eine Pause.

Marquardt tippte etwas in seinen Rechner.

»Was verbindet sie?« dachte Marquardt laut nach.

»Keine überschneidende Freizeitaktivitäten.« gab seine Partnerin zurück.

»Stimmt.« übernahm Marquardt als er am Computer die Akte zum ersten Opfer geöffnet hatte.

»Die Familie Huckele hatte sich aus irgendeinem Grund sehr für Pferdesport interessiert. Frau Flemming hingegen, so ihre Lebensgefährtin, hatte außer ihren Beruf nicht besonders viel Sinnstiftendes. Maximal ein gutes Glas Wein.« las er die digitalisierte Aussage von Dhana Freiberg vor.

»Thomas Gedeon angelte gerne.« las nun Charlotte aus Zeugenaussage von Shelly Lund vor.

Eine paar Minuten stillschweigendes und angestrengtes Nachdenkens vergingen.

»Uns bleibt nichts anderes übrig.« resümierte Marquardt. »Wir müssen nochmal von vorne anfangen. Ich schlage vor, wir fangen ganz vorne an. Bei Anna Huckele.«

26.

Schon als sie vor einigen Wochen in den aus den 1960er-Jahren stammenden Plattenbau fuhren, hatte Marquardt so eine Ahnung. *Gleich und gleich*, dachte Marquardt kurz, hat sich jedoch sogleich seines Vorurteils gescholten.

Anna Huckele trug heute ein rotes und weit ausgeschnittenes Kleid. In ihrem Dekolleté prangte eine große blecherne etwa fünf Zentimeter im Durchmesser große Scheibe, die sie mittels einem Lederband als Halskette trug. Ihre blonden Haare hielt sie sich durch einen schwarzen Haarreifen aus dem Gesicht. Ihre Augen blickten durch eine schwarze und gut zu ihren Gesichtsformen passende leicht eckige Brille. Ihr Blick wirkte freundlich und offen. Marquardt stutzte, sie wirkte beinahe ausgelassen.

Es dauerte einen Moment, bis sie die beiden Ermittler zuordnen konnte. Doch dann verfinsterte sich ihr Blick ad hoc. Fast so, als wäre die Stimmung wie weggewischt.

»Danke Frau Huckele, dass Sie sich nach all den Strapazen noch einmal Zeit genommen haben mit uns zu sprechen. Das ist sicherlich nicht leicht für Sie.« begann Marquardt. »Wir möchten Sie auch gar nicht länger behelligen als wir unbedingt müssen. Wir möchten keine Narben wieder aufreißen.«

Anna Huckele, die Ehefrau, jetzt Witwerin des ersten Opfers in Lichtenberg, stand ihrem Mann in Sachen Körperfülle in nichts nach. Die Zeit nach seinem Ableben hatte in keiner Weise einen Einfluss gehabt.

»Ja, naja... wenn ich helfen kann.. immer gerne. Vielleicht kann ich ja – wenigstens Ihnen helfen«, gab sie Marquardt und Charlotte in einer Stimmlage zu verstehen, die in keinster Weise zu ihrer anfänglichen offenen und fast freudigen

Stimmung passte.

»Es ist so, auch wenn das grausame Verbrechen an Ihrem Mann nun mittlerweile bereits einige Zeit zurückliegt, so haben sich für uns neue Hinweise ergeben, denen wir nachgehen wollen. Daher hätten wir ein paar Fragen an Sie, wenn das okay ist?«

Ihre erste Befragung von Anna war eine Tortur gewesen. Für alle Seiten.

Der Beginn einer jeden Ermittlung, insbesondere im Bereich der Tötungsdelikte bildet immer das nähere Umfeld. Also hatten sie auch Anna nach einem Alibi für die Nacht des Verschwindens bzw. den darauffolgenden Tag befragt. Zunächst hatte Sie die Absicht der Frage nicht richtig verstanden. Als ihr Charlotte dann erklärte, worauf die beiden Ermittler hinaus wollten, war sie – für ihre Verhältnisse – vollkommen außer sich. Sie hatte unter Tränen ihr Alibi bezeugt.

Heute wirkte sie deutlich aufgeräumter. Zwar war ihr immer noch eine dezente aber doch grundlegende Unsicherheit anzumerken fand Marquardt, der einen Blick mit Charlotte austauscht, als Annas Stimme stellenweise brüchig wurde. Charlotte signalisierte ihrem Partner, dass sie den gleichen Eindruck hatte.

»Neue Hinweise?«, fragte Anna. Sie wirkte ernstlich schockiert.

»Ja, es gibt Verbindungen zu weiteren Taten.« Marquardt versuchte ihr so viele Informationen wie nötig, aber so wenig wie möglich zu geben. Er wollte den ohnehin bereits begonnen Sturm in den sozialen Medien nicht noch weiter anheizen, in dem er Frau Huckele Futter für ihren Facebook-Account gab. Die großen Zeitungen hatten sich bereits dankbar darauf gestürzt und hatten die Pressestelle einschließlich Charlotte und Marquardt mit ungebetenen Anrufen und Besuchen überflutet. Wenn Sie also eines jetzt nicht noch benötigten, dann weiteres Aufsehens in dem sie unnötig viele Informationen preisgaben.

Marquardt hatte auf der großzügigen Couch Platz genommen und saß Anna gegenüber. Charlotte war stehen geblieben und ließ den Blick durch das nicht gerade üppige, aber dafür umso mehr mit Deko-Artikeln vollbeladene, Wohnzimmer schweifen. Als der Hausherr noch lebte, dachte Charlotte, wurde die Deko-Wut von Frau Huckele noch etwas im Zaum gehalten. Jetzt allerdings war die Büchse der Pandora geöffnet worden.

An der Wand hingen zahlreiche Tierbilder. Die allermeisten davon zeigten Pferde. Überhaupt waren Pferde das bestimmendes Thema in diesem Raum. Aber auch in der gesamten Wohnung: Bereits im Flur war Charlotte eine an der Wand befestigte Reitgerte aufgefallen. Daneben war aufwändig ein Jockey-Helm als Dekoration befestigt. Wo nicht gerade Pferde dekoriert wurden, fand sich jeder Menge anderer Krimskrams, der zwar augenscheinlich Dekoration sein sollte, aber in seiner Fülle eher nach Unordnung aussah.

Diverse Visitenkarten, ein augenscheinlich neues Set aus Kunststoffbehältern für die Küche oder noch verschlossene Pakete großer Modehäuser. Es sah ein wenig so aus, als hätte sich hier jemand lange aufgestaute Wünsche erfüllt, dachte die Ermittlerin. Über der Couch auf der Marquardt saß prangte ein Spruch „Wer den Tag mit einem Lachen beginnt, hat ihn bereits begonnen". Cicero, dachte Charlotte kurz, hätte sie ihr nicht zugetraut.

»Wir interessieren uns dafür, was ihr Mann in seiner Freizeit getan hat.«, fragte Marquardt weiter »Also so etwas wie Sportvereine oder Freizeitaktivitäten. War ihr Mann in solchen

Vereinen? Oder hat es sich regelmäßig mit Freunden zu Unternehmungen getroffen? Etwas in der Richtung?«

Anna Huckele legte nachdenkend den Kopf auf ihre Kopf. Charlotte hatte aber nicht das Gefühl, dass sie über den Inhalt der Frage nachdachte, sondern mehr über deren Hintergrund.

»Aber warum, wollen Sie das denn wissen?«, fragte Anna schließlich wie um Charlottes Verdacht zu bestätigen.

»Es ist für uns wichtig zu verstehen, mit welchen Menschen ihr Mann Umgang hatte. Interkonnektionen könnten uns wichtige Hinweise und neue Erkenntnissen zu den Opfern-«

Bei dem Wort *Opfer* zuckte Anna sichtlich zusammen und schloss kurz schmerzgeplagt die Augen.

»Was meine Kollegin sagen möchte«, übernahm Marquardt. Charlotte bedachte ihn dafür mit einem kurzen vielsagenden Seitenblick.

»Wir suchen nach Verbindungen, um zu verstehen, wo ihr Mann – bewusst oder unbewusst – auf den Täter getroffen ist. War ihr Mann in einem Sportverein? Ich habe draußen im Flur eine Reitgerte gesehen..« ließ Marquardt den Satz unvollendet in der Luft hängen.

»Was hat denn die Reitgerte damit zu-« setzte Anna an.

»Aachso, sie meinen ob er im Pferdeverein war? Nicht, dass ich wüsste. Aber er hat mit mir nicht über alles gesprochen, was er so machte. Er hat immer gesagt, ich würde das sowieso nic-«

Wie vom Blitz gerührt zuckte sie zusammen. Das Läuten der Türklingel hatte Anna in ihrer Antwort unterbrochen. Charlotte sah, wie sich Annas Schultern instinktiv nach oben zu ihren Ohren zogen. Ihr ganzer Körper hatte sich verspannt. Eine Sekunde lang passierte gar nichts. Anna saß einfach nur weiter da. Wartend.

»Ich... ich geh dann mal zur ähm.. Tür«, durchbrach sie ihre eigene Paralyse erneut mit brüchiger Stimme. Anna richtete den Träger ihres Kleids, welches durch den Schreck etwas verrutscht war. Charlotte war sich nicht hundertprozentig sicher, meinte jedoch darunter eine längliche Erhebung unter der Haut von Frau Huckele gesehen zu haben. Sie tauschte mit Marquardt einen verständnislosen Blick aus und versuchte mit ihrem stummen Blick vergeblich seinen Blick auf die entblößte Stelle von Anna zu richten.

Wenig später kehrte Anna zurück und stellte beim Eintreten ins Wohnzimmer ein Paket eines großen Versanddienstleisters neben die Wohnzimmertür. Charlotte erkannte das aufgedruckte Label eines stark beworbenen Modehauses.

»Entschuldigung«, sagte Anna, als sie sich wieder gegenüber von Marquardt gesetzt hatte.

»Hatte Ihr Mann Feinde oder jemand mit dem er sich gestritten hatte? Ich weiß, wir haben Sie das damals schon gefragt, aber vielleicht ist Ihnen noch jemand eingefallen?«

Sie verneinte.

Die beiden Ermittler wandten sich zum Gehen. Anna begleitete sie zur Tür.

»Ihnen noch einen schönen Tag.«

»Danke, aber sicher, den werde ich haben.« antwortete Anna etwas fröhlicher als von ihr offenbar selbst geplant.

Als sie daraufhin den fragenden Blick von Charlotte bemerkte, riss sie sich schnell wieder zusammen und wurde kleinlaut:

»Ich meine ja nur. Der Michael sagt immer, dass jede Tragödie auch etwas Positives hat. Nur, weil man einen Schicksalsschlag erlebt, heißt das nicht, dass das Leben damit endet. *Manchmal*, sagt er immer, *beginnt damit einfach ein neues Leben.*«

27.

Zehrfeld hatte noch den Telefonhörer am Ohr als Marquardt und Charlotte am nächsten Tag sein Büro betraten.

»Ja, das leuchtet ein. Wir tun weiterhin selbstverständlich unser Möglichstes.« Zehrfeld rollte mit den Augen. »Ich halte Sie auf dem Laufenden. Sobald es Neuigkeiten gibt, melde ich mich sofort wieder.«

Er legte den Hörer aufs Telefon und blickte die beiden ernst an.

»Es wird ungemütlich. Ich hoffe Sie kommen mit Ergebnissen, einem Täter oder zumindest guten Nachrichten. Mir sitzt unser Chef auf dem Schoß.«

Alexander Schwarz war der Polizeipräsident von Berlin. Er war seit ungefähr einem Jahr im Amt und hatte neben der üblich dünnen Personaldecke und einiger rechter Einzeltäter in den eigenen Reihen, wie er fortwährend betonte, keine besonders aufsehenerregende Situationen zu handeln. Es war ihm also ein Anliegen, dass er sich bei seinem ersten medienwirksamen Fall in 'seiner Stadt' nicht blamierte. Und das ließ er Zehrfeld auch sehr deutlich wissen.

»Durch die Aufmerksamkeit der Medien macht sich unsere Arbeit nicht gerade leichter. Die Pressestelle ist überlaufen.«

Er machte eine Pause und ließ sich von seinen Ermittlern in der gebotenen Kürze briefen.

»Frau Lund, die Partnerin des zweiten Opfers Herr Gedeon machte einen seltsamen Eindruck. Sie hat sich fast zwei Tage nicht bei der Polizei gemeldet, nachdem ihr Mann nicht nach Hause kam. Die beiden haben zusammen ein Kind und sie hat keine Anstalten gemacht, die Polizei zu alarmieren. Entweder die beiden haben eine echte seltsame Beziehung oder sie hat etwas zu verbergen. Was, konnten wir jedoch nicht herausfinden. Sie blockt ab. Weitere Verdachtsmomente, wie Fingerabdrücke am Tatort et cetera haben wir nicht.«, führte Marquardt aus.

»Die Lebensgefährtin des dritten Opfers, Dhana Freiberg, zeigte alle klinischen Zeichen emotionalen Missbrauchs und psychischer Gewalt.« fiel Charlotte mit der Tür ins Haus.

Marquardt nickte und ergänzte: »Sie wurde von ihrer Lebensgefährtin erniedrigt und dominiert. Sie Ihr wurde soweit wir das nach dem Gespräch sagen können, für so ziemlich alles was Negatives in Carolin Flemmings Leben passiert ist, die Schuld gegeben.« Marquardt machte eine kurze Pause und blickte zu Charlotte, die das Gesagte mit einem knappen Nicken bestätigte. »Frau Freiberg hatte keinen Kontakt mehr zu ihren Eltern oder zu vormaligen Freunden. Sie war eigentlich weitgehend sozial isoliert. Dass sie auf den Juristenkongress war, war mehr ein Akt der Verzweiflung, weil die Kollegen auf Arbeit bereits begannen Fragen zu stellen. Dhana Freiberg war in höchstem Maße co-abhängig.«

»Co-abhängig?« fragte ihr Chef mit erhobenen Augenbrauen.

»Statt Frau Freiberg wie eine eigenständige Person zu behandeln, schien Frau Flemming sie wie ein Teil von sich selbst zu behandeln. Sie hat ihre Grenzen offenbar in keinster Weise respektiert. Sie hat bei Kollegen von Frau Freiberg schlecht über sie gesprochen. Klassische Paternalisierung, fast lehrbuchartig. Wenn das Opfer um einen herum war, war es als herrschte eine Stimmung wie unter eine Druckkessel, sagte die Partnerin von Frau Flemming. Man wusste nie, wann sie plötzlich wieder explodieren konnte.« beendete Marquardt seine Erklärung.

»Bei allem Respekt, wie kommen Sie zu dieser Einschätzung? Das scheint mir nicht gerade ihre Kernkompetenzen zu sein?« Zehrfeld wirkte skeptisch, ob der zu Tage geförderten

Erkenntnisse seiner Kommissare. Thomas Marquardt und Charlotte Ackermann gehörten sicherlich zu seinen besten Ermittlern, aber derart tiefe psychologische Kenntnisse bezweifelte er dann doch.

»Das Internet, Chef.« Charlotte zögerte, als sie den Blick ihres Chefs sah. Vielleicht hatte sie den Bogen mit ihrer kurzen beinahe schnippischen Antwort hier etwas überspannt. Kurzum fügte sie hinzu: »Unsere Einschätzung taugt nicht für ein klinisches Gutachten vor Gericht. Aber sie basiert auf unserer kriminalistischen Erfahrung. Ob daraus weitere Schlüsse zu ziehen sind, ist offen. Vor allem, wissen wir nicht sicher, welche Schlüsse wir daraus ziehen können oder sollen.«

In Marquardts Kopf fiel in diesem Moment der erste Domino-Stein. Langsam und behäbig, als wäre er groß wie eine Matratze.

Doch er fiel.

Er stieß weitere an.

Plötzlich riss er die Augen auf.

»Wir haben es mit einem Serienmörder zu tun.« rief er plötzlich entsetzt.

Sein Chef und seine Partnerin schauten ihn fassungslos an.

»Und.. weiter?« brach Zehrfeld die eingetretene Stille als sich in Marquardts Kopf weitere Steine gegenseitig umwarfen und einen nicht mehr aufzuhaltende Strom an Dominos vor sich hertrieben, die ihrerseits in alle Richtungen purzelten und links und rechts ganze Bilder freilegten.

»Der Missbrauch. Das ist der Schlüssel.«

»Schlüssel?« jetzt stellte Charlotte die nur allzu offensichtliche Frage.

»Es ist gerade nur eine Idee. Aber vielleicht taugt sie ja. Es geht nicht um die Gemeinsamkeiten der Täter. Also schon, aber anders. Es geht in erster Linie um die Gemeinsamkeiten der Opfer. Was haben die Opfer gemeinsam?«

Marquardt blickte in fragende Gesichter.

»Missbrauch. Wenn wir annähmen und offenbar haben wir zumindest einigen Anlass zu glauben, dass sowohl Frau Lund als auch Frau Freiberg psychisch wie auch physisch missbraucht wurden. Erinnerst du dich an die Karte vom Opferschutzverband bei Frau Lund?« fragte er an Charlotte gewandt, die nickte um zu bestätigen. »Und wenn wir weiter annähmen, dass auch Frau Huckele auf irgendeine Art Opfer von Missbrauch wurde.. und auch würde ihr Aufblühen nach dem Ableben ihres Mannes passen.. dann wäre das eine Gemeinsamkeit.«

Zehrfeld hörte aufmerksam zu. Ihm gefiel einerseits was sein Ermittler ihm da erzählte. Andererseits gefiel es ihm aber auch nicht.

»Warum die Folter?«, fragte er schließlich.

»Vielleicht sollen die Opfer leiden, für das was sie getan haben?«

»Aber warum diese Bestrafungen? Das ist doch sehr spezifisch und.. auf eine Art kreativ. Zudem kostet das Bauen dieser Apparaturen doch Zeit und sicher auch jede Menge Geld.«

Schweigen.

Die drei Polizisten dachten angestrengt nach.

»Und wie finden wir den Täter?« frage Zehrfeld schließlich.

Erneutes Schweigen.

»Marquardt, wissen Sie was hier los ist? Mir gefällt zwar, dass wir den Ansatz einer Theorie haben, aber wir haben zu viele Annahmen, zu viele Wenns und zu viele Abers. Wir brauchen etwas Brauchbares. So schnell wie möglich. Ich habe morgen wieder ein Gespräch. Wieder in großer Runde, dann brauche ich Ergebnisse. Geben Sie mir was, irgendetwas.«

»Ich hab da schon eine Idee«, sagte Marquardt nicht wissend, dass am anderen Ende der Stadt in Kürze noch jemand eine vermeintlich Idee haben würde.

28.

»Die Polizei bestätigt damit, dass der sogenannte *Lyncher* Realität ist. Es war in den letzten Tagen und Wochen viel über ihn spekuliert worden, doch jetzt hat die Polizei seine gruselige Existenz bestätigt.« verkündete der Sprecher des großen TV-Senders an diesem Freitagvormittag. Es war noch nicht ganz elf Uhr und der graue Anzug des bereits etwas in die Jahre gekommenen Anchormans, saß etwas zu locker fand Katrin.

Der vermutlich als Hintergrundlärm gedachte Dauerbetrieb des Fernsehers verebbte nicht als Maggy wieder zurück in ihr Wohnzimmer kam. In beiden Händen trug sie je ein langstieliges Glas. Darin befand sich ein durchsichtiges und sprudelndes, da offenbar kohlensäurehaltiges, Getränk. Aufgrund der Himbeeren die in beiden Gläsern schwammen, vermutete Katrin korrekt, noch bevor es Maggy aussprach.

»Hier, probier mal. Barcardi Razz, nur echt mit echten Himbeeren.«

Ein breites Lächeln ob ihres unsinnigen Wortspiels legte sich über Maggys Gesicht, während sie Katrin das Glas reichte und sich zu ihr auf die Couch setzte. Ihr Lächeln war ansteckend, auch wenn Katrin darüber nachdachte, ob es nicht vielleicht etwas zu früh war, um sich bereits Alkohol zu genehmigen. Sie musste heute zwar nicht mehr arbeiten, sie hatte im Antiquariat von unterwegs angerufen und sich für heute krank gemeldet. Nach dem gestrigen Abend war sie heute einfach außer Stande sich auf ihre Arbeit zu konzentrieren. Doch irgendwie fühlte es sich unter diesen Umständen dennoch nicht richtig an ihren Verstand mit Alkohol zu vernebeln.

Maggy schnappte sich die Fernbedienung und regelte während sie sich zu Katrin auf die Couch setzte, die Lautstärke nur unzureichend nach unten. Beherzt schob sie ihre Uni-Skripte zur Seite um Platz auf dem Wohnzimmertisch für ihr Glas zu machen.

»Also los, erzähl, was ist denn nun schon wieder?«

Obwohl sie wusste, dass es offenbar Trouble bei Katrin gab, schaffte sie es von einem zum anderen Ohr zu strahlen. Es war weniger ihr Gesicht das strahlte, als etwas um sie herum, von dem positive Energie abstrahlte. Ihrer Empathie für sie, das wusste Katrin, tat das jedoch keinen Abbruch.

»Du kennst doch Malte und Saskia, die beiden ehemaligen Kommilitonen von Christian, oder?« Maggy nickte zur Bestätigung. »Er mag die beiden ja sehr gerne, mir sind sie etwas suspekt mit ihrer Heavy-Metal Musik und den Festivals und all dem..« Katrin hielt inne, um zu überlegen, wie sie die Situation am besten wiedergeben sollte.

»Hey Katrin, wir sind am Freitagabend bei Saskia und Malte eingeladen. Sie sind ja neulich umgezogen und sie wollen eine kleine Einweihungsparty machen.«

Christians Stimme hatte etwas Forschendes. Fast so als würde er die Frage nur in den Raum stellen, um ihre Reaktion zu testen. Wie ein Soldat der einen Stein auf ein freies Stück Feld wirft um zu testen, ob sich die Minen befinden oder ob direkt bei der ersten Bewegung auf ihn gefeuert wird.

»Dir auch einen schönen Tag!« sagte Katrin bereits leicht genervt. Sie war gerade erst zur Tür herein gekommen. Er wusste genau, dass sie das nicht leiden konnte, wenn er sie noch in der Tür stehend überfiel.

»Entschuldige, dir natürlich auch Hallo!« im Vorbeihuschen drückte er ihr einen leidenschaftslosen und eher geschäftsmäßigen Kuss auf die Wange und war auch schon wieder in seinem Arbeitszimmer verschwunden. Von dort hörte sie dann auch seine Stimme, während sie ihre Jacke an der Garderobe aufhing.

»Wir sind Samstag zu um Acht dort verabredet. Kannst du bitte deinen Feta-Salat machen, ich hatte ihnen gesagt, wir bringen eine Kleinigkeit mit.«

»Ähm, du? Nach der anstrengenden Woche habe ich jetzt nicht gerade Lust auf Leute und Trubel und Heiterkeit.« sagte Katrin in der Tür zu seinem Arbeitszimmer stehend.

Christian hatte bereits wieder hinter seinem Schreibtisch Platz genommen um weiterzuarbeiten. Er hatte sein Jackett über den Schreibtischstuhl gehängt. Den grauen Anzug hatte sie früher ganz besonders gemocht. Als er noch ein junger und idealgerittener Anwalt gewesen war.

»Wie meinst du?«, fragte er fast naiv.

»Ich habe gerade jede Menge Stress im Antiquariat. Wir haben neue Stücke rein bekommen und ich muss dazu noch mehrere Gutachten bis Mitte nächster Woche schreiben.« Sie machte eine kurze kaum hörbare Pause. »Hatte ich dir erzählt.«

»Hmm.« summte er. »Aber ich habe ihnen jetzt schon zugesagt.«

Er ließ die Aussage und mit ihr das damit aufkommende Problem so im Raum stehen. Katrin fixierte ihn mit einem Ausdruck im Gesicht wie um ihm zu sagen »und weiter?«. Als er auch nach mehreren Sekunden nicht dazu ansetzte dem noch etwas hinzuzufügen, setzte Katrin an: »Wir hatten es bereits mehrfach davon, kannst du bitte nicht einfach über meine Zeit bestimmen? Ich will mich am Wochenende entspannen. Auf der Couch. Alleine.«

»Ich kann dich doch nicht bei allem fragen, wir sind doch gleichberechtigte Partner! Ich muss doch meinen Freunden zusagen können, dass ich zu ihnen zum Feiern komme?!«

Er war ehrlich fassungslos. Nie war sie dazu zu begeistern mit seinen Freunden, auszugehen. Sei es ins Kino, auf einen Flohmarkt oder etwas anderes. Meist sagte sie halb zu, hielt sich die Gelegenheit offen, um dann im letzten Moment noch abzuspringen und um es sich dann entweder alleine zu Hause gemütlich zu machen oder sich kurzerhand mit ihren Freundinnen zu treffen.

»Du kannst über dich entscheiden, richtig. Wenn du mich mit einplanst, solltest du mich vorher fragen. Nochmal, dieses Gespräch hatten wir bereits ungefähr ein Dutzend mal.«

Sie spürte wie ihre Wangen anfingen zu glühen. Das war kein gutes Zeichen.

»Was hast du denn für ein Problem mit meinen Freunden? Ich biete dir ständig an, dass wir was mit deinen Freundinnen machen können, aber darauf hast du dann auch keine Lust.« Auch er hatte nun in den Verteidigungsmodus geschaltet.

»Wollen wir jetzt wirklich von einem ins nächste Thema wechseln? Ich hatte dich mehrfach gebeten, wenn du für UNS etwas ausmachst, dann beteilige UNS doch auch an der Entscheidungsfindung. Wenn du für DICH etwas ausmachst, kannst DU es auch alleine entscheiden.«

Sie machte auf dem Absatz kehrt und wollte gerade Richtung Küche gehen. Das Gespräch schien ihr ohnehin wenig zielführend.

»Genau, erst meckern und dann dem Gespräch aus dem Weg gehen.« rief Christian Katrin nach. Zwar hatte er seine Stimme bereits gesenkt, aber dennoch absichtlich so laut gesprochen, dass sie ihn noch verstehen konnte.

Schnellen Schrittes war sie wieder zur Tür geeilt.

»Welches Gespräch? Dieses Zerkauen der immer gleichen Themen? Du machst was du möchtest und wenn du dann merkst, dass es schief gegangen ist, fühlst du dich nicht verantwortlich oder wir haben uns 'missverstanden', wie du es nennst.« Bei den letzten beiden Worten malte Katrin theatralisch Gänsefüßchen in die Luft. »Das ist genau wie neulich, als ich dich einfach nur gebeten hatte, mir Geschenkpapier mitzubringen. Schlicht. Schlichtes Geschenkpapier. Und du kommst mit diesem Unfall in Lila und Pink und inklusive Einhörnern zurück.«

»Es war für deine Nichte«, gab Christian ruhig zurück.

»Das ist doch völlig egal, ich hatte dich gebeten mir einen Gefallen zu tun. Du solltest das tun, worum ich dich gebeten hatte, nicht was du für das Beste hieltest.«

Katrins Stimme hatte bereits eine bedrohliche Lautstärke angenommen. Sie stand breitbeinig im Türrahmen.

Voller Angriffsmodus.

Christian hatte sich in der Zwischenzeit nicht bewegt, er saß in seinem Stuhl und ignorierte sie nun, indem er demonstrativ auf seinen Bildschirm starrte.

Was Katrin dann tat kam ihr zwar schon wenige Minuten später völlig übertrieben vor; in der Situation selbst jedoch erschien es ihr die einzig adäquate Reaktion zu sein.

Sein Schreibtisch stand in Blickrichtung der Tür. Katrin war mit drei großen Schritten aus dem Türrahmen und an seinen Schreibtisch herangetreten. Christian sah sie zwar auf ihn zukommen, war jedoch ebenso sehr von ihrer Reaktion überrascht wie sie selbst.

Deshalb saß er vollkommen ungerührt da und starrte weiterhin auf den Bildschirm als Katrin vor seinem Schreibtisch zum Stehen kam. Mit einer ruckartigen Bewegung riss sie den Bildschirm scharf nach unten. Der Bildschirm schoss derart schnell nach unten, dass ein Teil des Monitors unsanft auf die Glasplatte des Schreibtischs aufsetzte und ihr dabei einen bis zur Tischmitte laufenden Sprung zufügte.

Einen Bruchteil einer Sekunde später knallte der Monitor zu Boden. Einzelteile des Monitors spritzten in alle Richtungen des Arbeitszimmers. Der am Monitor angeschlossene Laptop wurde zum Ende der Tischplatte gezogen und drohte ebenfalls vom Tisch zu fallen.

Christian hechtete seinem Laptop nach.

»Bist du jetzt vollkommen bescheuert?«, fauchte er wutentbrannt als er den Laptop gerade noch rechtzeitig zu fassen bekam.

Er wusste, dass Katrin eine übermäßig stark ausgeprägte Angst vor dem Tod hatte. Selbstredend war jede Vorsicht vor dem Tod weitgehend normaler

Menschenverstand. Aber Katrin war intensiver, sie war bereits vom Blitz gerührt, wenn jemand über den Tod in ihrer Anwesenheit sprach. Einmal hatte einer seiner Kommilitonen eine Karikatur gemalt, in der Christian als trauernder Witwer mit einem unflätigen Spruch vor einem Grabstein, der Katrins Namen trug, kniete. Christian hatte die Karikatur Katrin gezeigt. Ihr Reaktion war – wie er sich im Nachgang eingestehen musste – wenig verwunderlich. Sie war völlig ausgeflippt. Tagelang sprach sie kein Wort mit ihm.

Am schlimmsten fielen ihre Reaktionen jedoch aus, wenn Katrin krank wurde. Sie wurde nicht einfach nur krank oder war einfach nur erkältet. Sie war regelmäßig dem Tod näher als dem Leben. Zumindest war sie felsenfest hypochondrisch davon überzeugt. Erst neulich hatte Sie wieder einen neuen Leberfleck auf ihrem Rücken entdeckt und natürlich war ihre erste Reaktion, dass es sich aber mit hundertprozentiger Wahrscheinlichkeit um tödlichen Hautkrebs handeln müsse.

Aus irgendeinem Grund, der ganz tief in einer dunklen Ecke von Christians Verstand verborgen war, fielen ihm diese beiden Fakten in genau diesem Moment ein, als er von seinem Laptop nach oben blickte und Katrin in die Augen sah.

Er sprach ganz langsam und kühl und aufrichtig:

»Ich hoffe du hast Krebs und stirbst.«

29.

»Heilige Scheiße..«, entfuhrt es Maggy. »Das hat er jetzt nicht wirklich gesagt, oder?«

Sie rutschte sichtlich unangenehm berührt auf ihrem Platz auf der Couch hin und her. Auch ihrem sonst sonnigen Gemüt fiel es schwer das Gehörte zu verarbeiten und in irgendeiner Form positiv darauf zu reagieren.

»Und, wie ging es dann weiter?«, fragte Maggy um die eingetretene Stille zu überbrücken und sich etwas Zeit zu verschaffen darüber nachzudenken.

»Gar nicht. Ich habe versucht nicht vor ihm in Tränen auszubrechen, bin dann wortlos gegangen und hab dich angerufen.«

»Hmm.« Hörbaches Nachdenken durchlief Maggy.

Sie selbst war Single und das, nach einigen Fehlversuchen in Sachen Männern, sogar mit einiger Überzeugung. Sie war definitiv eine gute Partie: Sie war ausstehend attraktiv, hatte Sinn für Humor, ihre Eltern waren liebevoll und lebten auch nach über 30 Jahren Ehe noch glücklich zusammen. Dennoch hatte sie in ihren letzten zwei Beziehungen erlebt, dass obwohl sie kein besonders eifersüchtiger Mensch war, sie von ihren Partnern betrogen wurde. Dennoch war ihr nicht ein Hauch von Verbitterung anzumerken. Sicher, sie war geschockt und verletzt, aber irgendwann war das sonnige Gemüt wieder voll erblüht und ihr Leben ging weiter. Zumindest schien es so.

»Und jetzt weiß ich wirklich nicht wie es weitergehen soll. Ich weiß nicht, ob ich überhaupt möchte, dass es weitergeht.«

Katrin nippte an ihrem Getränk. Leider schmeckt es viel zu gut für diese Uhrzeit, dachte sie kurz. »Aber ich komme auch nicht weg von ihm. Ich habe neulich nochmal mit der Kanzlei in Frankreich telefoniert, die mich wegen der Erbschaft kontaktiert hatte. Der Anwalt war mindestens so jung wie aufgeregt, dass er den Fall doch noch abschließen konnte. Hat sich vermutlich daran einen ordentlich Bonus verdient, es war wohl nicht so leicht mich trotz des anderslautenden Familiennamens meiner Tante zu finden.«

Maggy blickte sie fragend an, um ihr zu bedeuten, dass sie sich auf die Problemlösung konzentrieren sollte.

»Jedenfalls...«, leitete Katrin ihren Redefluss wieder zurück zum eigentlichen Thema. »Jedenfalls fiel auch ihm keine Lösung ein, wie wir mit dem Erbe umgehen könnten. Ich kann es nach französischem Recht, hat er mir erklärt, nur persönlich annehmen. Ich kann es nicht über eine Gesellschaft oder einen Vertreter erwerben. Ich kann es ausschlagen, dann fällt es dem französischen Staat zu. Wenn ich es aber persönlich annehme, dann greift nach deutschem Recht jedoch diese blöde Klausel aus dem Ehevertrag.« Sie atmete hörbar aus. »Also entweder entgeht mir das komplette Erbe oder ich teile es mit diesem... mit diesem..«

Katrin war beinahe so weit zu fluchen. Das geschah ihr nicht allzu oft, aber diese Situation von gestern Abend und überhaupt die ganze Stimmung in letzter Zeit. Sie wusste nicht wohin mit ihren überbordenden Emotionen.

Maggy nahm nachdenklich einen gehörigen Schluck aus ihrem Glas.

»Habt ihr es mal mit Paartherapie oder sowas versucht?« fragte sie.

Anstatt zu antworten rollte Katrin mit den Augen und nahm einen Schluck von ihrem Getränk.

»Trennung auf Zeit?«, fragte Maggy weiter.

Kopfschütteln.

»Hast du mal mit seinem besten Freund darüber gesprochen?«

Weiteres Kopfschütteln.

»Er hat mir das Ganze ja erst eingebrockt.« sagte Katrin und unverkennbar schwang Verbitterung in ihrer Stimme mit.
Also für mich liegt alles an dem nicht besprochenen Konflikt.« stellte Maggy kurzum fest. »Wenn ihr darüber reden und den klären würdet, würde sich der Rest sicher in Wohlgefallen auflösen.«
»Das kann ich nicht, das habe ich dir bereits gesagt. Ich kann ihn nicht darauf ansprechen.«
Noch während Katrin dies aussprach fiel ihr Blick auf den immer noch laufenden Fernseher. Die Fernsehsendungen zerrissen sich geradezu beim Versuch neue Fakten über den umhergeisternden Serientäter zu präsentieren. Dabei wurden seit Stunden und Tagen keine wirklich neuen Details mehr präsentiert.
Irgendein Schwerkrimineller, war der irrigen Auffassung, wenn er Menschen umbrachte, tat er der Welt damit eigentlich einen Gefallen. Gerechtigkeit sollte der Welt zu Teil werden, blabla. Einem besonders reißerischen Boulevard-Blatt war es sogar gelungen zwei der Witwen zu interviewen. Es langweilte sie, dieser Job der Witwenschüttler, wie diese Art der Redakteure abfällig genannt wurden.
Bis ihr plötzlich eine vielleicht geniale Idee kam.

30.

»Deine Idee?« fragte Charlotte wie immer kurz angebunden als Marquardt ihr gemeinsames Büro betrat.

Er schnappte sich die Akte, in der die Zeugenaussage von Shelly Lund protokolliert war. Er las hektisch darin, blätterte Seite um Seite. Als er gefunden hatte, was er offenbar gesucht hatte, hielt er die Akte triumphierend in die Höhe.

»Shelly Lund hatte keine Blinddarm-OP«, rief er so als würde das alles erklären.

Seine Partnerin starrte ihn nur fragend an.

Marquardt griff zum Telefon. Nach kurzem Klingeln nahm Shelly Lund ab. Vollkommen zusammenhangslos stellte Marquardt ihr die Frage, die sie, offenbar nach kurzem Zögern, bejahte. Marquardts Gesichts hellte sich auf, als er den Hörer wieder auf das Telefon fallen ließ.

»Sie hatte keine OP. Ich habe sie nun nicht weiter befragt, weil es gerade noch nur eine Theorie ist Wie das meiste bisher. Aber als wir bei Shelly Lund zu Hause waren, konnte ich für einen Moment sehen, dass sie eine gut sichtbare Narbe am Unterbauch hatte. Ich hatte mir zunächst nichts dabei gedacht, aber plötzlich machte es Peng! im Oberstübchen.« Dabei machte er mit seinen beiden Händen eine Geste als würde sein Kopf explodieren.

»Wir hatten uns doch gefragt, warum unser Täter die Opfer auf gerade diese, sehr umständliche und ausgefallene Art tötet. Shelly Lund hatte eine Schnittverletzung.« Er machte eine ganz kurz Pause, wie um sich innerlich noch einmal zu sammeln bevor er seine gesamten Gedanken über seiner Partnerin ausschüttete. »Was wenn Shelly von Thomas Gedeon verletzt wurde, und er ihr die Schnittwunden zugefügt hätte. Und nicht nur das, vielleicht hat er darüber hinaus, die

Schnittwunden, auf die Art genutzt, wie es unser Täter es bei Thomas Gedeon gemacht hat. Das würde doch ins Bild passen. Ich meine ins gesamte Bild. Der Täter sucht sich Opfer, die von *ihren Tätern* nicht wegkommen. Er tötet sie um ihnen weiteres Leid zu ersparen. Und er tötet sie auf genau die Weise, auf die sie wiederum ihre Opfer gequält oder malträtiert haben. Das erste Opfer!«

Charlotte wollte einhaken, doch Marquardt war schnell. Er hatte eine Akte aus dem Stapel vor ihm gefischt und las daraus vor.

»Dem ersten Opfer wurde Salz in die Wunden gerieben. Wie deutlich kann eine Metapher noch werden. Wenn die Theorie hinhaut, dann hat Frederik Huckele, der Freddy, wie sie ihn nannte, ihr wohl hier und da einen Klaps gegeben. Wir müssen mit der Rechtsmedizin abklären, ob die Wunden des ersten Opfers auch von einer Reitgerte stammen können.«

Schnell machte er sich eine Notiz auf einem Haftzettel.

»Und wenn er weiter Anna Huckele Salz in die Wunden gerieben hat, sprichwörtlich. Würde das dazu passen.«

Charlotte sah in der Flut an Gedanken, die Marquardt ihr entgegensprudeln ließ einen leisen Sinn.

»Und das dritte Opfer?«

Nun war die Redeflut von Marquardt schlagartig versiegt. Er schaute mit zusammengekniffenen Augen still aus dem Fenster .

Einen Augenblick später durchbrach er die gerade eingetretene Stille.

»*Sie hatte einen ständigen Druck gespürt aufgrund der sehr instabilen und labilen Persönlichkeit ihrer Lebensgefährtin. Dennoch war sie nicht in der Lage dazu, sie zu verlassen, weil sie Angst hatte, dass sie ihr das nicht antun könne*«, zitierte Marquardt frei aus der Vernehmung von Dhana Freiberg der

Partnerin des dritten Opfers.

»Es wurde Druck ausgeübt. Auf Frau Freiberg. Und auf das dritte Opfer. Sie wurde nach unten gedrückt.«

Charlotte hatte sich zur Bestätigung ihrer Erinnerung das rechtsmedizinische Gutachten an ihrem PC geöffnet.

»Wir müssen abklären, ob Shelly Lund tatsächlich von ihrem Ehemann auf diese Art misshandelt wurde. Das können wir nicht am Telefon klären.«

Charlotte nickte zustimmend.

»Vielleicht sollten wir auch mit Anna Huckele noch einmal sprechen. Die Metapher Salz in die Wunden streuen ist sehr bildlich und doch haben wir hier keinen Beweis, dass Frederik Huckele irgendetwas in diese Richtung getrieben hat.«

Erneute Zustimmung.

»Wir haben Zeitdruck. Ich spreche mit Frau Lund, du mit Frau Huckele. Wir treffen uns wieder hier.«

Charlottes Augen waren schlagartig mit einem Feuer beseelt, dass Marquardt bisher nur selten bei ihr gesehen hatte. Sie hatte Fährte gewittert.

31.

Katrin hatte bisher immer etwas verächtlich auf diese Aufmerksamkeit heischende Art des Journalismus geblickt. Aber jetzt konnte er ihr vielleicht doch zu etwas Nütze sein. Christian war zum Glück heute in der Kanzlei und so saß sie am Küchentisch, der seinerzeit ein Vermögen gekostet hatte und bei dem sie irgendwann nach tagelangem Ringen entschieden hatte, nachzugeben und sich seither ärgerte, wann immer jemand bemerkte, wie schick dieser doch sei.

Sie saß vor ihrem Laptop und blätterte einige digitale Zeitungsartikel über die abscheulichen Taten dieses Täters durch. Sie war sich sicher, dass sie hier irgendwo die veröffentlichen Namen der drei Hinterbliebenen gelesen hatte.

Sie hatte irgendwo in einem kleinen Online-Blog gelesen, dass die Hinterbliebenen wohl doppelten Opfer sein sollten. Einerseits hatten Sie ihre Angehörigen, Lebenspartner oder Ehemänner verloren. Andererseits hatten sie, so der Verfasser des Blogs, vorher ein Martyrium durchlaufen, dass das vorzeitige Ableben der Getöteten in einem fast dankbaren Licht darstellen sollte. Seltsame Logik, dachte Katrin. Klingt beinahe nach im Hinterzimmer zusammengebrauter Verschwörungstheorie.

Nach wenigen Minuten wurde sie dann fündig. Auf der Web-Seite einer Zeitung die den Namen 'Zeitung' schwerlich verdient, schon alleine deswegen weil in jedem ihrer Artikel weit mehr Bild und Farbe als journalistischer Text geboten wurde. Sie kennen wohl ihre Zielgruppe, sinnierte Katrin in sich hinein.

Sie las den Text quer auf der Suche nach den Namen.

Es wurde viel geschrieben, ohne wirklich Inhalt zu produzieren. Katrin überflog die Zeilen zügig.

Da!

Sie wurde fündig und las den Absatz zu Ende.

Dann ging sie sofort im Kopf noch einmal ihren Plan durch.

32.

Ob alles klappen würde, konnte Katrin natürlich nicht sagen. Aber sie hatte auch wenig zu verlieren.

Er hat sie gelinkt. Auf eine Art die so hinterhältig war, wie man es sich nur vorstellen konnte. In einem Bereich in dem er wusste, dass sie ihm unterlegen war. Sie hatte ihm vertraut und nun stand sie mit dem Rücken zur Wand. Es gab kein Vor und kein Zurück. Sie konnte sich nicht von ihm trennen, zumindest brächte ihm das genau worauf er es offenbar abgesehen.

Diese blöde Idee, dieses verdammte Frankreich, fluchte sie leise in sich hinein.

Frühpensionär, auf der faulen Haut liegen. Eine Abkürzung war, so hatte sie es ihm immer und immer wieder gesagt. Das würde sie ihm nicht gestatten.

Ebenso wenig konnte sie jedoch mit ihm zusammenbleiben. Nicht, nachdem was er neulich an den Kopf geworfen hatte. Nicht, nachdem was sie sich beide überhaupt in den letzten Monaten an den Kopf geworfen hatten. Was war nur passiert, dass sie von diesem unscheinbaren Gespräch in der Uni-Mensa als sie sich kennenlernten, zu stellenweise nacktem Hass übergegangen waren?

Zwar konnte Sie nicht erklären, wie sie dorthin gelangt war, wo sie sich jetzt befand, aber sie wusste, wo sie in Zukunft sein wollte. Und so nahm sie sämtlichen Mut zusammen, als sie vor der gewaltigen Klingelanlage im Osten Lichtenbergs stand und feststellte, dass die *Platte*, genauso abstoßend waren, wie sie sie aus den Medien kannte.

Ohne weiteres Zögern drückte Sie den Knopf und stand wenig später in einer seltsam skurrilen Wohnung und einer Frau gegenüber die in etwa die doppelten Körpermaße von Katrin hatte.

33

»Hallo Frau Huckele, vielen Dank, dass Sie sich kurz Zeit nehmen.« Katrin setzte ein freundliches Lächeln auf und streckte Anna Huckele die perfekt manikürte Hand entgegen.

»Ja, ähhh, Hallo«, gab diese zurück.

Unsicher, und mit einem Händedruck der selbst Luftpolsterfolie nicht verformt hätte, erwiderte Anna den Gruß.

»Sie sind also.. ähm.. eine Bekannte von Freddy?« fragte diese nachdem sich Katrin kurz vorgestellt hatte und den Grund ihres Besuchs zumindest umrissen hatte. Annas Stimme klang brüchig und verunsichert.

»Das stimmt, Frau Huckele, oder darf ich Sie Anna nennen?«, fragte Katrin während Sie Anna beiläufig musterte.

Man konnte Anna ansehen, dass sie sich Mühe mit ihrem Äußerem gab, jedoch nützt auch das Vergolden eines Plattenbaubalkons nur wenig, dachte Katrin kurz und gehässiger als ihr selbst lieb war.

Sie war sich nicht sicher, was Anna mit dieser Blechscheibe um den Hals ausdrücken wollte, die sie scheinbar immerzu trug. Katrin fand es schlicht unpassend, ließ sich das jedoch nicht anmerken. Sie lächelt Anna stattdessen anerkennend zu.

Das Wohnzimmer in das Anna sie führte sah aus wie der wahr gewordene Traum einer jeden Neunjährigen. Soweit es auf dem Wohnzimmertisch oder einem der Möbel Platz war, triefte die Einrichtung von einem Faible für Pferde: Ein Pferdedeckchen zierte den Tisch, eine Pferdeschale darauf bot Süßigkeiten an, auf dem Sideboard stand eine kleine Schale mit Pferdemotiv. Es standen derart noch viele noch ungeöffnete Pakete auf dem Fußboden, dass Katrin sich wunderte, ob es sich dabei um ein Zwischenlager von

Versandunternehmen handelte.

Leicht irritiert setzte sich Katrin auf die Couch. Anna nahm im Sessel gegenüber Platz.

»Bitte entschuldigen Sie, wie es hier aussieht. Sicher denken Sie, ich bin verrückt. Aber ich mag Pferde und in letzter Zeit... ich brauchte etwas Ablenkung. Endlich..ich meine-«, sprudelte es aus Anna raus, noch bevor Katrin etwas sagen konnte, doch plötzlich stockte sie einen Moment. Es wirkte als müsse sie sich im Zaum halten nicht zu platzen.

Katrin antwortete nicht, sondern ließ die gesagten Worte unerwidert in der Luft hängen.

»Nachdem Freddy, seit er naja...«, Anna stockte erneut. »Jedenfalls seit er tot ist, irgendwie muss ich doch gute Laune bekommen. Und Pferde machen mir gute Laune. Und Klamotten. Der Freddy mochte das alles nicht so gerne. Nur die Reitgerte-« Ihre Augen weiteten sich, so als hätte sie gerade etwas gesagt, was sie besser nicht hätte sagen sollen. Sie blickte Katrin schockiert an.

Katrin saß Anna immer noch seelenruhig gegenüber, auch wenn sie diesen Eindruck von Anna auffing und einzuordnen wusste. Die Reitgerte, nachdem was ich in den Nachrichten gestanden hatte, gab es Vermutungen, dass Annas Mann mit einem Gegenstand, wohl einer Reitgerte, so lange und so heftig geschlagen wurde, bis das Fleisch aufgeplatzt war. Der Täter hatte ihm dann, so die weiteren Mutmaßungen die Polizei wortwörtlich Salz in die Wunden gestreut.

»Ach, eigentlich ist es doch ganz hübsch..«, sagte Katrin und blickte sich demonstrativ in dem Chaos um und ging damit über das eben Gesagte wortlos hinweg. Ihre Stimme war einen Tick zu hoch und verriet so ihre Lüge. Aber Anna schien es nicht zu bemerken.

»Das ist schon schlimm, was mit Freddy passiert ist, oder?«

begann Katrin.

Sie hatte noch auf dem Weg gerätselt, auf welche Art sie Anna gegenüber treten sollte. Intrigant – Oder ganz direkt. Aber schon nach ihrem ersten Eindruck von Anna war ihr klar, dass intrigant wie die sprichwörtlichen Perlen vor die Säue gewesen wäre.

»Sagen Sie, stimmt das, was ich in der Zeitung gelesen habe?« begann Katrin zunächst zögerlich. »Die Zeitungen schreiben, dass die Opfer vom Lyncher, bestraft wurden, weil sie selbst Böses getan haben.«

Sie war sich noch nicht sicher, ob sie den richtigen Ton getroffen hatte. Wenn sie sich Anna zu sehr anbiederte, lief sie Gefahr, dass Anna sich nicht ernst genommen fühlte und merkte, dass Katrin von oben herab sprach. Schließlich saß sie hier in einem Outfit, mit dem Anna ihre Wohnung sicherlich für mindestens einen Monat bezahlen konnte. Andererseits durfte sie sich aber auch nicht vollkommen abgrenzen, da sie so von Anna vermutlich keine solch intimen Auskünfte erhalten würde.

»Ich kannte den Freddy ja, von der Arbeit. Und da kann ich mir das überhaupt nicht vorstellen.« fügte Katrin noch hinzu.

Katrin hatte in der Zeitung gelesen, dass Annas Mann in einer größeren Spedition gearbeitet hatte. Offen gestanden, kam er bei den Berichten seiner Kollegen nicht sonderlich gut weg. Natürlich war keiner seiner Kollegen ehrlich zu der Presse gewesen und erzählte, was für ein Kotzbrocken er wohl gewesen war. Aber zwischen der Aussage, er hätte keiner Fliege was zu Leide tun können und er war zwar ein wenig sonderlich, aber eigentlich ein ganz Guter, wie die Zeitungen einige Kollegen zitierten, lag doch ein himmelweiter Unterschied.

Annas Augen leuchteten leicht treudoof auf. »Der Freddy war

einer von den Guten. Er hat immer schwer gearbeitet, für das was wir hatten. Ich konnte ja nicht, wegen dem Diabetes. Aber Freddy hat dafür gesorgt, dass es uns gut ging. Aber manchmal, wenn ich..« Sie geriet ins Stocken und schluckte hörbar.

»Was war manchmal?«, fragte Katrin sanft und griff sanft nach Annas massivem Unterarm.

»Naja, er hatte einen anstrengenden Job und sein Chef, weißt du, der war manchmal ziemlich gemein zu ihm. Und seine Kollegen haben ihm immer die ganze Arbeit aufgedrückt. Und manchmal, wenn er dann nach Hause kam und er so einen gewissen Gesichtsausdruck hatte, dann wusste, ich dass ich jetzt besser alles richtig mache. Er war dann schnell wütend. Und wenn ich einen Fehler gemacht habe, hat er mir das lange nachgetragen.«

Ihre treudoofen Augen waren sichtlich mit Schmerz gefüllt.

»Und wie war er dann, wenn er wütend war?«

»Na, so wie man eben ist, wenn man wütend ist. Ich meine, ich hab doch den Fehler gemacht. Er hat mir das dann nur gezeigt, wo ich was falsch gemacht hab. Nur eben etwas lauter. Aber in letzter Zeit..«

»Was war in letzter Zeit?«, tastete sich Katrin vorsichtig heran. Sie hatte das Gefühl, dass Anna sich gleich öffnen würde, aber auch, dass sich in den nächsten Sekunden entschied ob sich Anna vollständig öffnen oder komplett verschließen würden. Sie schob daher nach: »Es ist schon okay, Anna, jeder hat mal einen schlechten Tag. Auch Freddy.«

Sie blickte Katrin hilfesuchend an. Dann nickte sie, wie um sich selbst zu versichern, dass okay war, wenn sie darüber sprach.

»Manchmal da hat er mir dann auch einen Klaps gegeben. Zumindest am Anfang. Aber ganz bald wurde das dann auch fester. Ich hab ihm gesagt, dass ich das nicht möchte, aber er hat einfach weiter gemacht. Weißt du, mit der Polly.« Sie blickte zur Wand, wo die Reitgerte hing. Die offenbar den sonderlichen Namen Polly trug. »Er hat mir damit auf den Oberschenkel oder auf den Hintern gehauen. Am Anfang nur einmal und dann hat er sich auch gleich doll bei mir entschuldigt und mir am nächsten Tag Schokolade mitgebracht. Ich mag Schokolade gerne. Auch wenn ich die wegen meinem Diabetes nicht essen soll.«

Sie holte tief Luft, wie als müsste sie sich für das Folgende was sie zu sagen hatte, wappnen.

»Aber in den letzten Wochen, da hat er mir immer wieder vorgehalten, wie doof ich doch wäre. Ich würde ständig Fehler machen. Einmal da ist mir ein Teller runter gefallen beim Spülen, weil ich ganz nasse Hände hatte. In den letzten Wochen hat er mich dann immer sofort angebrüllt, wenn ich die Teller nur in die Hand genommen habe.«

Katrin gefiel was sie hörte. Doch sie ließ es sich nicht anmerken. Ihr Gesicht ließ vielmehr Empathie und Mitgefühl erkennen. Und Anna nahm es dankbar auf.

»Und manchmal hat er mir schon dolle weh getan. Aber ich hatte das Gefühl es beruhigt ihn, manchmal war er danach wie ausgewechselt. Plötzlich war er wieder fröhlich. Aber es hat auch weh getan. Weißt du, ich hab dann mal im Internet geschaut. Weil ab und zu wurde er auch wütend, wenn ich gar nichts falsch gemacht hatte, glaube ich zumindest. Ich hab dann im Internet geschaut, weil ich etwas tun wollte. Aber ich hab mich nicht getraut mit ihm zu sprechen. Und in so einem Forum war eine Adresse, wo man sich als Frau melden kann bei so was.«

Jackpot, dachte Katrin in diesem Moment.

34.

Noch am selben Tag trafen sich die beiden Berliner Ermittler wieder in ihrem Büro zur Lagebesprechung.

»Was hast du?« zögerte Charlotte keinen Moment als Marquardt die Tür rein kam.

»Ich glaube für unsere Theorie einen Volltreffer. Es passt. Es hat etwas gedauert und war ein wirklich zähes Gespräch. Aber Anna Huckele hat mir dann doch erzählt, dass ihr Mann zusätzlich auch recht jähzornig sein konnte und ihr ihre Defizite monatelang vorhielt. Sie hat mir gesagt, dass sie das ganz mürbe gemacht hat. Selbstzweifel, Depression und am Ende sogar die ersten Vorboten von Suizidgedanken.«

Charlotte nickte und man hatte den Eindruck als wären Suizidgedanken eine gute Nachricht.

»Durch das Ableben ihres Göttergatten hat sie nach der Trauer so langsam zurückgefunden. Sie blüht wieder auf. Schämt sich aber gleichzeitig, dass es ihr dadurch gut geht. Dabei hatte sie nicht einmal die Sorge, sich verdächtig zu machen. Sondern, dass die Leute über sie reden, sie hätte den 'Freddy' nie richtig geliebt.« Er machte eine kurze Pause. »Seltsame Frau, wenn du mich fragst.«

Charlotte nahm sich eine Tasse Kaffee und setzte sich an ihren Schreibtisch.

»Das gleiche bei Shelly Lund. Ihr Mann hatte definitiv einen perversen Fetisch. Es begann mit ihrer Periode.« Charlotte verzog dabei angewidert ihr Gesicht. Marquardt teilte den aufkommenden Ekel. »Es steigerte sich immer weiter. Sie hatte sich am Küchenschrank gestoßen. Blutige Kopfwunde. Während er sie versorgte, wurde er plötzlich zudringlich. Sie ließ ihn gewähren.«

Der Ekel in Charlottes Gesicht wuchs. In ihren Augen war

nichts als Verachtung.

»Sie hatten Sex noch während ihr Kopf blutete.« fuhr sie fort.

»Es steigerte sich weiter, und..« Sie machte eine kurze Pause.

»Am Ende hat er sie sogar absichtlich verletzt, um..« Eine erneute Pause.

»Verstehe« verkürzte Marquardt die Qual die seine Partnerin durchlief.

»Wirklich gefallen hat es ihr nie, doch jeder Versuch das Ganze zu unterbinden, wurde im Keim erstickt.«

Selbst für eine erfahrene Ermittlerin war eine solche gesteigerte Form der Hämophilie nur schwer zu ertragen.

»Damit können wir sagen, dass unsere Theorie wohl Hand und Fuß hat. Damit fehlt uns aber noch ein entscheidender Baustein. Der Täter.«

Zustimmendes Nicken.

»Was haben wir?«, begann Marquardt laut zu denken.

»Wir müssen Gemeinsamkeiten der Opfer suchen, nicht der Täter. Wie du gesagt hast.«

»Stimmt, was verbindet also die Opfer?«

»Shelly Lund ist Mutter, die anderen beiden waren nicht. Dhana Freiberg ist homosexuell, die anderen beiden nicht.«

»Anna Huckele ist übergewichtig, die anderen beiden nicht.« komplettierte Marquardt die Unterschiede der drei Opfer. »Es gibt keinen Anhaltspunkt, dass sich die drei Opfer in irgendeinem Punkt in ihren Leben begegnet waren. Auch ihre Wohnorte, sowie ihr üblicher Bewegungsradius lassen keinen Verdacht dahingehend zu, dass sie sich über den Weg gelaufen waren. Geschweige denn regelmäßig.«

Es war frustrierend und Marquardt legte seinen Kopf auf die Tischplatte seines Schreibtischs, weil er so manchmal besser nachdenken konnte. Die Kühle der Schreibtischplatte half ihm dann seine Gedanken zu ordnen. Doch dieses Mal wollte sogar das nicht helfen.

Charlotte war mit ihrer Kaffeetasse aufgestanden und lief hinter ihrem Schreibtisch auf und ab.

Sie dachte nach, irgendwas musste es geben, was die Opfer verband.

In dem Moment klingelte ihr Telefon.

Es war Roland Zehrfeld, ihr Chef.

»Bitte?« hob Marquardt den Hörer ab.

Er bestätigte mehrmals.

Hörte zu.

Bestätigte wieder. Seine Gesichtszüge entglitten ihm am Ende.

Nach nicht mal einer Minute ließ er den Hörer zurück auf das Telefon fallen.

Er war vollkommen konsterniert. Seine Gedanken rasten. Wut machte sich in ihm breit. Er spürte wie ihm das Blut in die Wangen schoss.

»Die nehmen uns den Fall weg.«, sagte er schließlich.

35.

Katrin traf noch am frühen Abend desselben Tages bei Shelly Lund ein. Sie wunderte sich über Shellys Auftreten, wenngleich sie in der Presse bereits ein Bild von ihr gesehen hatte, war dort stets nur ihr Kopf zu sehen. Der Rest fügte sich zwar in das Gesamtbild ein, aber doch stand dort eine Frau, die Katrin vor ein paar Jahren noch zweifellos als Gruftie bezeichnet hätte.

»Danke, dass du dir die Zeit nimmst. Das ist total lieb von dir, Shelly«, eröffnete Katrin das Gespräch als sich beide in der Küche am Küchentisch gegenüber saßen. Shelly hatte Katrin hereingebeten und ihr knielanger schwarzer Mantel wehte ihr bei jeder Bewegung nach.

Auch wenn die beiden sich erst vor wenigen Minuten kennengelernt hatten, hatte Katrin ein intuitives Gefühl für Menschen, auf das sie sich immer verlassen konnte. So konnte sie auf Anhieb sagen, mit wem sie auf einer Wellenlänge liegen würde oder wem sie zumindest vormachen konnte auf einer Wellenlänge zu liegen. Entsprechend hätte sie ein Händchen dafür, wann sie ihr Gegenüber Dutzen musste, um Nähe herzustellen. Wie bei Shelly – und so hatte sie ihr nach wenigen Sätzen auf beinahe schwesterliche Art das Du angeboten und ihr Gegenüber schien das mit großer Zuneigung zu akzeptieren.

»Ja, naja, du weißt ja wie das ist.«, gab Shelly etwas unsicher zurück.

Katrin schaute sie darauf hin etwas fragend an, worauf Shelly ihr von der Krankheit ihrer Tochter Mia erzählte.

»Das tut mir so leid für dich.« Katrin legte vorsichtig die Hand auf Shellys, die ihr am Küchentisch gegenüber saß. Sie ließ den Moment kurz wirken. Nach einem weiteren Augenblick zog Katrin ihre Hand wieder zurück. »Davon hatte Thomas nichts erzählt, aber ich kannte ihn auch erst kurz.« fügte sie dann noch hinzu.

»Du hast mit Thomas zusammen gearbeitet?«, fragte Shelly.

»Ja, ich habe erst vor kurzem als Filialleitung in einem anderen Markt angefangen und bei einem Treffen der Berliner Marktleiter haben wir uns dann einmal kennengelernt und kurz gesprochen.«

Katrin suchte Shellys Gesicht nach Zeichen des Zutrauens ab. Oder nach überhaupt irgendeiner Reaktion. Zumindest sah sie kein Misstrauen, dachte Katrin und fuhr fort.

»Das ist auch der Grund weswegen ich hier bin. Als uns die schreckliche Nachricht vor ein paar Wochen erreicht hatte, waren wir natürlich alle schwer geschockt. Doch irgendwann mussten wir selbstverständlich auch schauen, dass die Geschäfte wieder laufen. Ich wurde von unserem regionalen Vertriebsleiter gefragt, ob ich nicht den Markt von Thomas übergangsweise mitübernehmen könnte, bis wir einen..« Sie zögerte und suchte nach einem besseren Wort als ‚Ersatz'. »..bis wir jemand *Neues* gefunden hatten.«

Katrin machte eine kurze Pause um das bereits Gesagte wirken zu lassen. Sie wollte Shelly nicht mit zu viel Information überladen. Sonst würde sie sich vermutlich noch verschließen und vor den Kopf gestoßen fühlen. Also versuchte sie ihr so einfach wie möglich zu erklären, was sie von ihr brauchte.

»Ich habe zugesagt, aber bei der ersten Durchsicht der Unterlagen, die ich im Büro dort im Markt gefunden hatte, waren die Unterlagen glaube ich nicht ganz vollständig. Und da dachte ich, dass Thomas sich vielleicht Arbeit mit nach Hause genommen haben könnte?«

»Mit nach Hause genommen?« Shellys Gesicht bekam etwas Nachdenkliches und sie starrte dabei abwesend an Katrin vorbei. »Nein, also wenn er nach Hause kam, dann war er meist schon total erledigt. Dann hat er gar nichts mehr weiter gemacht. Erst Recht nicht gearbeitet.«

»Vielleicht hatte sich Thomas ja mal ein paar Rechnungen, Akten oder so etwas mit nach Hause genommen?«

Shelly antwortete nicht, ihr nachdenklicher Gesichtsausdruck blieb unverändert. Katrin sagte daher nichts und hielt die eingetretene Stille stoisch aus. Solange, bis Shelly von alleine wieder ansetzte.

»Wir hatten ein Arbeitszimmer, dass wir quasi gemeinsam genutzt haben. Zumindest hatten wir dort einen Schreibtisch und hatten unsere Ablage für die Steuer und solche Sachen. Ich habe dort manchmal die Sachen für die Versicherung wegen Mia erledigt.«

Mit diesen Worten war sie aufgestanden und ging in den von der Küche gegenüberliegenden Raum. Katrin folgte ihr unaufgefordert und blickte sich dabei akribisch um.

Sie wusste aus den Nachrichten und durch ihre Internetrecherche, was Shellys Mann Thomas Gedeon zugestoßen war. Sie brauchte einen Hinweis. Irgendeinen Hinweis, der sie weiterbrachte. Aber wie sollte sie einen finden, fragte sie sich. Der beinahe knielange Mantel von Shelly verhinderte viele Varianten eines Zufalls oder der Pläne, die Katrin sich zuvor erdacht hatte.

»Kann ich mal eben das Badezimmer benutzen?«, fragte Katrin in den Raum, in dem Shelly scheinbar eher ziellos ein paar Stapel an Papieren durchsah.

Noch bevor die Hausherrin das bejahte, fiel Katrins Blick auf den eine an der Wand hängende Pinnwand.

Plötzlich hatte sie eine Idee.

Dort waren zahlreiche Urlaubsbilder angepinnt. Auf allen Bildern waren lediglich Shelly und ihr Mann zu sehen. Die

Bilder waren alt und vor einiger Zeit aufgenommen, Shelly wirkte auf fast allen Bildern deutlich jünger. Das offensichtlich verliebte Paar auf den Bildern war maximal Anfang 20. Sie sah ein Bild von den beiden am Strand. Das was man von Shellys Körper sehen konnte, war makellos. Der Bikini, natürlich in schwarz, schmiegte sich um einen Körper der vor jugendlicher Spannkraft so strotzte. Nirgends war etwas zu sehen, was Katrins Aufmerksamkeit erregt hätte.

»Ja, natürlich, im Flur die letzte Tür.« gab Shelly immer noch durch Papierstapel wühlend zurück.

Katrin wollte gerade den Blick abwenden und sich ins Badezimmer zurückziehen, als ihr Blick auf eine Art Werbeschreiben auf dem Schreibtisch fiel, an dem sich Shelly gerade zu schaffen machte. Sie konnte von ihrem Platz aus nicht entziffern, was der Inhalt des Schreibens war, doch sie erkannte den Absender.

Zweifellos.

In diesem Moment war sie sich sicher.

Sicher, dass sie auf der richtigen Spur war und um einiges sicherer, dass ihr Plan funktionieren würde.

Dazu musste sie jetzt aber schnell von hier weg.

Und nur noch eine letzte Sache überprüfen.

36.

Es war ein langes und kräftezehrendes Ringen mit dem BKA. Nachdem der Fall an dem Marquardt und Charlotte derzeit arbeiteten medial aufgearbeitet wurde, war es schwer noch Argumente dafür zu finden, warum nicht alle vorhandenen Ressourcen aller Strafverfolgungsbehörden auf den Fall verwendet werden sollten.

Ab einem gewissen Zeitpunkt gewinnt der Fall neben der kriminalistischen Relevanz auch an politischer Strahlkraft, hatte Zehrfeld seinen Mitarbeitern erklärt. Eine ganz Hand voll Berufspolitiker versuchten sich derzeit mit ihren Bemühungen ins rechte Licht der Öffentlichkeit zu rücken. Marquardt konnte das nicht ausstehen. Oftmals verbarg sich hinter scheinheiligen Absichtserklärungen letzten Endes doch nur Aktionismus, der niemanden weiterbrachte.

Zum Glück wussten sie in den letzten Tagen ihren Chef Zehrfeld hinter ihnen. Dennoch hatte es sie fast einen ganzen Tag ohnmächtigen Ringens gekostet, nur um letzten Endes den Fall doch behalten zu können.

»Jetzt müsst ihr aber liefern, sonst sehen wir alt aus.« wandte Zehrfeld an seine Mitarbeiter, als er gerade den Hörer auf sein Telefon gelegt hat. Die Politik hatte sich entschieden. Man wird zwar mit Hochdruck aber, entgegen aller Erwartungen, nicht gleich mit dem Vollbesitz aller polizeilichen Ressourcen an die Sache herangehen.

Vorausgesetzt natürlich, die Ermittler liefern Ergebnisse.

Zeitnah.

Sehr zeitnah.

Marquardt ließ sich auf seinen Schreibtischstuhl fallen. Er war angespannt ob der letzten beiden Tage, an denen sie mehr oder minder untätig waren. Die Arroganz mit der seine Kollegen ihn und Charlotte zu umgarnen versuchten war abstoßend. Man zöge doch alle am gleichen Strang. Widerlich. Auch den Kollegen ging es nur um die nächste Beförderung. Darum sein Gesicht in eine Fernsehkamera zu halten und einen kurzen Moment des Internetruhms zu erhaschen.

»Wie machen wir jetzt weiter?«, fragte er an Charlotte gewandt.

»Gute Frage.«, gab diese zurück. Sie war ebenso angespannt und wirkte etwas von der Rolle, was ihr nicht üblich sah. Das Feuer in ihren Augen war verschwunden. Die Diskussion der letzten Tage hatten ihren Tribut gefordert. Kraft, die ohnehin bereits Tag für Tag benötigt wurde, um an den Abgründen der menschlichen Existenz zu arbeiten.

»Wir haben immer noch keinen Zusammenhang zwischen den Hinterbliebenen hergestellt. Nichts, wobei sie sich gelegentlich trafen. Keine gemeinsame Schnittmenge. Ich meine, mich freut, dass die Opfer wohl zumindest ein bisschen ein *neues Leben* beginnen kö-«

»Warte!« unterbrach ihn Charlotte unsanft. Sie sprintete beinahe zu ihrem Stuhl und setzte sich an ihren Schreibtisch. Marquardt kannte dieses Verhalten von ihr. In ihrem Kopf schossen gerade verschiedene Gedanken durcheinander. Sie stellte Querverbindungen und fügte Puzzleteile zusammen, die sonst keiner all zusammengehörig erkannte. Das alles war jedoch ausgesprochen fragil. Es war jetzt am besten sie nicht zu stören, nicht zu unterbrechen. Entweder der Turbo in ihrem kopf wurde gezündet und sie konnte gleich einen Geistesblitz präsentieren. Oder aber die geniale Idee würde ungehört verpuffen. Er hoffte auf Ersteres.

Minuten vergingen, in denen Charlotte hektisch am Computer tippte. Ab und zu murmelte sie vor sich hin. Schaute in die Leere als würde sie kurz und intensiv nachdenken.

Dann, nach unendlich langen Minuten, rief sie plötzlich:
»Michael Bormann!«

»Entschuldige, wer?« fragte Marquardt zurück.

»Michael, der Freund von Anna Huckele. Er heißt Bormann.«
Sie drehte ihren Computerbildschirm so, dass Marquardt ihn
sehen konnte. Er las einige Sekunden was dort als Auszug aus
einer der polizeiinternen Datenbanken stand. Als die
Information in seinem Hirn angekommen war, fühlte er sich,
als ob ihm jemand eine gewaltige Ohrfeige verpasst hätte und
damit aus einem langen Dämmerschlaf gerissen hätte..

Es machte alles Sinn.

»Der Freund von Anna Huckele« wiederholte Marquardt
ungläubig.

»Genau. Er ist kein Freund. Er arbeitet beim Goldenen Ring.
Einem Opferschutzverband. Er kannte Anna Huckele.«

»Und Shelly Lund hatte davon auch eine Visitenkarte zu
Hause. Wenn du dich erinnerst.«

Charlotte nickte.

»Bleibt nur noch die Frage zu klären-« setzte Marquardt an.

»-ob Dhana Freiberg auch dort war.« vervollständigte
Charlotte den Satz.

Das war es wieder.

Das Feuer in ihren Augen.

37

Zeitgleich parkte Katrin ihr Auto am Straßenrand. Direkt
gegenüber des hohen Gebäudes mit den goldene Lettern.
Goldener Ring, las Katrin leise. Sie blickte sich um. Nicht
unbedingt die beste Gegend und das mitten in Berlin-Mitte.
Katrin schloss unter den Augen einer Gruppe Männer, die an
einem Auto in der Nähe lehnten, ihren Designer-Mantel bis
zum obersten Knopf.

Während sich die Schiebetüren zum Gebäude vor ihr öffneten
checkte Sie erneut die E-Mail, die sie zur Bestätigung ihres
Termins bekommen hatte. Sie hatte ihn sicherheitshalber
vereinbart.

Lieber haben und nicht brauchen als umgekehrt.

Zunächst wollte sie sich ohnehin erst einmal umsehen. Es war
der letzte freie Termin des Tages. Sie blickte kurz auf ihre Uhr,
ein Erbstück von ihrer Mutter. 17:53 Uhr.

Der Sicherheitsmann am Eingang beäugte sie aufmerksam.
Katrin beobachtete ihn jedoch gar nicht, was vermutlich schon
ausreichte um unauffällig genug zu wirken. Sie konnte sich
kaum vorstellen, dass die Frauen hier sonst hoch erhobenen
Kopfes die Eingangsschleuse passierten.

Direkt hinter dem zweiten Paar elektronischer Schiebetüren
befand sich der Wartebereich. Alles in allem wirkte es sehr
behördlich hier, obwohl der Goldene Ring ein eingetragener
und nicht wirtschaftlicher Verein war. Die Bänke sahen aus als
hätten sie bereits bessere Zeiten gesehen, das wiederum
passte, dachte Katrin still.

Die lieblos aufgestellten und stellenweise verwelkten
Pflanzen ebenfalls.

Die Stimmung die Katrin entgegenschlug war bedrückend.
Der Blick von fast ausnahmslos jeder Person, die hier

offensichtlich wartete, war in Richtung Boden gerichtet. Kaum verwunderlich dachte Katrin und da fiel ihr in einer der Ecken ein Mann auf. Zierlicher Körperbau, sicher nicht mehr als sechzig Kilo auf über 1,70 m Körpergröße. Zudem eine gramgebeugte Körperhaltung. Er trug einen Blaumann von einem bekannten Berliner Hausmeisterservice. Es trifft eben nicht nur Frauen, dachte Katrin.

Im Wartebereich saßen neben ihm noch drei weitere Personen. Eine ältere Frau mit ihrer Tochter, wie Katrin schätzte. Türkischer Abstammung. Direkt in der Nähe zum Eingang saß eine großgewachsene und zugleich übergewichtige Blondine mit ehemals vollständig gefärbten Haaren deren Haaransatz jedoch mittlerweile gute vier oder fünf Zentimeter ihrer ursprünglichen Haarfarbe gewichen war.

In einer Art Zwischenbereich der zum Flur der einzelnen Büros der Sachbearbeitern überleitete hing an der Decke ein Schild, das aus einem Amt irgendwo in Berlin stammen könnte. Darauf prangte in roten LEDs eine Warte- und eine Büronummer. Katrin nahm erneut ihr Handy heraus und prüfte die E-Mail. Sie hatte also sicher noch einige Minuten Zeit.

An der Wand kurz unter der Wartenummer-Anzeige war ein großes Schild angebracht. Darauf begrüßten die Mitarbeiter des Vereins alle Schutzsuchenden. Katrin überflog die Bilder und die darunter stehenden Namen.

Plötzlich kam ihr ein Gedanke.

Eine Idee.

Das Gespräch mit Anna.

»Der Mann beim Verein hat mir damals auch gesagt, ich solle mir jetzt erst mal keine Sorge mehr machen. Sie werden erst mal mit Freddy sprechen. Irgendwas mit Gefährdungsansprache.« hatte ihr Anna erklärt.

»Eine Gefährderansprache.«, korrigierte Katrin.

»Ja genau, irgendwie sowas. Ich kann das nicht so gut mit dem Behördendeutsch. Das hat Freddy auch immer gesagt, ich soll ihn das machen lassen, wenn Post vom Amt oder so kam. Außerdem«, Ihr Blick glitt in die Ferne. »Außerdem konnte ich dem Mann nicht so richtig zu hören. Ich war die ganze Zeit abgelenkt.«

»Von was denn?« fragte Katrin fast gelangweilt, weil das Gespräch nicht versprach ihr zu irgendeinem Zeitpunkt noch weiterzuhelfen.

»Er hatte so eine ganz kleine Brille auf.«

38.

Michael Bormann.

Ein ziemlich gewöhnlicher Name, dachte Katrin beim Blick auf die Tafel des Mitarbeiterstabs des Vereins. Es war das einzige Porträt, das zu Annas Beschreibung passte.

In der Tat war sein Gesicht etwas zu massiv für die kleine Brille, dachte Katrin.

Noch in dem Moment als Katrin diesen Gedanken fasste, sah sie etwas im Augenwinkel, das ihre Aufmerksamkeit band.

Bormann.

Er lief den Gang entlang auf sie zu.

Sie erkannte ihn direkt wieder. Die Brille. Er musste es sein. Kein Zweifel.

Er hatte eine Kaffeetasse in der Hand und kam offensichtlich aus der angrenzenden Küche, auf direktem Weg in sein Büro. Die zweite Tür auf der linken Seite schloss sich hinter ihm. Er war zu weit entfernt, als dass Katrin reagieren konnte.

Als die Tür ins Schloss gefallen war, lief Katrin den Flur ab. Nah genug, dass sie die Büronummer erkennen konnte.

Zimmernummer 12.

Sie holte erneut ihr Handy heraus und las die E-Mail.

Zimmernummer 14.

»Verdammt!« zischte Katrin lauter als beabsichtigt. Sie blickte sich um. Es hat jedoch keiner ihren Fluch mitbekommen.

Sie nahm auf einer der Wartebänke Platz. Sie hatte noch ein paar Minuten bis zu ihrem gebuchten Termin und dachte nach. Sie musste schnell denken, schnell handeln.

Oder gut improvisieren.

Über ihr begann mit einem lauten Geräusch, welches einem Schulgong ähnelte, die Anzeige zu blinken. Adrenalin flutete in Katrins Verstand an.

Zimmernummer 12 wurde aufgerufen.

Ihre Gedanken überschlugen sich. Der Plan materialisierte sich in ihrem Kopf, sie war sich zwar nicht sicher, ob er funktionieren würde. Sie war sich nicht einmal sicher, ob der Plan überhaupt zu Ende gedacht war. Aber sie musste sich nun einfach auf ihre Intuition und ihre Talente verlassen. Eine andere Chance hatte sie heute nicht mehr.

Und morgen wäre bereits Freitag.

Am anderen Ende des Raums erhob sich der Hausmeister, der noch bis eben vornübergebeugt auf seine Schuhspitzen gestarrt hat.

Jackpot, dachte Katrin an diesem Tag erneut.

»Entschuldigung.« sagte Katrin während sie an ihn herantrat und sich bewusst aller Gesichtszüge erledigte. Sie ließ ihr Gesicht ganz weich werden. Ihr Gesicht hatte nun etwas Verletzliches, fast Zerbrechliches.

Katrin hatte ganz leise gesprochen. Das erfüllte gleich zwei Ziele, einerseits bekamen sie dann nicht mehr Aufmerksamkeit als unbedingt nötig war. Andererseits wurde dem armen Tropf der hier gerade zu seinem Termin watscheln wollte, dann bewusst, dass Katrins Belange Vorrang hatten. Vorrang haben mussten.

»Ja? Bitte?« fragte der Hausmeister verunsichert. Er hatte nicht damit gerechnet, seine Sachbearbeiterin bereits hier auf dem Gang zu treffen. Seine Stimme war brüchig. Die komplette Erscheinung des Mannes war in ihrer Traurigkeit irgendwie konsequent. Die Kleidung etwas zu groß und zu abgetragen. Die Körperhaltung vornüber und Mimik und Gestik unterstrichen den ersten Eindruck in einer Art der Komposition, wie man sie sich schöner nicht hätte ausdenken können.

»Bitte, Sie müssen mir helfen.« Katrin versuchte ad hoc die

bereits brüchige Stimme ihres Gegenübers in ihrem Klang noch zu unterbieten. »Ich muss ganz schnell zu Herrn Bormann. Aber ich habe keinen Termin mehr bekommen.«

Er blickte Sie stumm an. Sein fragender Blick war bereits Antwort genug.

»Ich weiß, Sie haben einen Termin bei ihm gebucht. Bitte. Es ist ein Notfall.«, flehte Katrin.

Als sie gerade merkte, dass ihre Stimme sich automatisch in der Hektik, die von ihr Besitz ergriff, nach oben regulierte steuerte sie dagegen an und fuhr ihre Sprachlautstärke sowie ihre Sprechgeschwindigkeit herunter.

»Sehen Sie die drei Typen da draußen, die da am Mercedes stehen?«, fragte Katrin und zeigte dabei auf die Gruppe Männer, die Katrin so aufmerksam beim Reingehen beobachtet hatten. »Das sind Freunde von meinem Mann. Wir haben uns gestritten und er hat sie beauftragt mich zu verfolgen und sobald sie mich in die Finger bekommen..«

Katrin machte eine künstliche Pause, die ihr Ziel jedoch nicht verfehlte. Der Hausmeister bekam sichtlich Mitleid, besann sich jedoch dann wieder eines Besseren.

»Aber wieso rufen sie dann nicht die Polizei?«, fragte er mit langsam zurückkehrender Festigkeit in der Stimme.

Soweit hatte Katrin nicht gedacht.

Diese einfache Frage drohte ihr eben gebautes Konstrukt zum Einsturz zu bringen.

»Ich habe kein Handy. Mein Mann, Emre, er hat es mir abgenommen.« improvisierte sie.

Katrin schloss die Augen. Für den Mann musste es aussehen, als ob Katrin der Demütigung und der harten Realität nicht ins Gesicht blicken könne. Tatsächlich war Katrin die aus der Hüfte geschossene und eigentlich sehr offensichtliche Lüge so unangenehm, dass sie den Blickkontakt nicht halten konnte.

Als Katrin noch ein gehauchtes »Bitte.« hinterher schob und sich zu ihrer eigenen Überraschung eine einzige und einsame Träne zu ihrem bereits tieftraurigen Gesicht gesellten, wusste sie, dass ihr Plan funktionieren würde.

Eine Minute später saß sie im Büro Michael Bormann gegenüber.

39.

»Ok, und wie kann ich Ihnen dann helfen Frau von Eigen?«,
fragte der Mann hinter seinem Schreibtisch.

Katrin hatte ihrem Gegenüber zwar noch erklären müssen,
warum der Termin nicht wie geplant von Herrn Sandschleifer
wahrgenommen werden konnte. Aber eine weitere Lüge ging
ihr mittlerweile leicht von der Hand.

»Mein Mann, Christian. Er ist Rechtsanwalt. Er arbeitet in
einer namhaften Kanzlei am Kudamm. Friedermann, Vieten
und Partner, vielleicht haben Sie schon mal von denen gehört.
Wissen Sie, manchmal, da läuft es nicht so gut zwischen uns.«
, begann Katirn.

Sie fixierte Herrn Bormann um zu sehen, ob das, was sie sagte,
bei ihm eine Reaktion auslöste. Genauer gesagt, ging es ihr
nicht um die Reaktion. Sie musste sehen, ob es die Reaktion
war, nach der es ihr verlangte.

»Was heißt das genau?«, fragte der Sachbearbeiter mit ruhiger
und freundlicher Stimme.

Sein Blick war empathisch und doch entsprang ihm eine
gewisse professionelle Distanz.

»Ich weiß nicht, wie ich das sagen soll. Er ist ein lieber
Mensch.. meistens. Aber dann gibt es da diese andere Seite an
ihm. Ich erkenne ihn dann manchmal nicht wieder.«

Katrin schluckte hörbar und ließ ihre Gesichtszüge sich
verfinstern. Ihr fiel es leichter ihre Geschichte zu erzählen,
wenn sie sie mit wahren Tatsachen und Erlebnissen
verknüpfte. Geflissentlich ließ sie jedoch ihren eigenen
Beitrag unter den Tisch fallen.

»Christian kann manchmal aufbrausend werden. Erst neulich,
da hat er ganz unvermittelt im Streit eine Vase nach mir
geworfen.«

Die Augen hinter den kleinen Brillengläsern weiteten sich ein wenig bei dieser Bemerkung.

»Er hat mich auch schon..« Katrin baute eine künstliche Pause ein. Sie wusste was nun folgte, aber es sollte doch so wirken, als wäre es für sie eine Überwindung. »Einmal da hat er mich während eines Streits mit dem Tod bedroht. Ich habe dann überlegt ob ich die Polizei einschalten soll. Aber ich habe mich dagegen entschieden. Ich liebe ihn, wissen Sie? Aber ein anderes mal..« wieder deutlich hörbares Schlucken. »Da kam er mir ganz nah mit dem Gesicht an meines. Ich dachte schon, jetzt passiert es und zu der verbalen Gewalt-«

Sie ließ den Satz bewusst unvollendet im Raum stehen.

Ihr Gegenüber hörte aufmerksam zu, machte sich hier und da auf seinem College-Block Notizen, der aufgeklappt vor ihm lag. Er ließ sie jedoch nicht aus den Augen.

Er hat angebissen, dachte Katrin.

»Und dann in der letzten Woche ist es passiert. Während er gekocht hatte und wir uns in die Haare bekommen haben. Da kam er auf mich zu und hat ganz einschüchternd angeschaut. Und dann.. Dann hat er mich mit dem Küchenbrett geschlagen.«

Nach einer weiteren Pause fügte sie flüsternd hinzu: »Ins Gesicht.«

»Das ist natürlich furchtbar..« er zögerte kurz. »Nur, darf ich Ihnen eine Frage stellen die Sie bitte nicht als Grund zur Rechtfertigung verstehen? Ich wundere mich, denn man kann gar nichts sehen davon. Eine solche Verletzung müsste doch aber auch nach einer Woche noch deutlich zu sehen sein«, fragte Bormann skeptisch.

Sie erklärte ihm, dass er sie wohl nicht richtig getroffen hatte und deshalb das Jochbein „nur" geprellt gewesen sei. Kein Bruch. Den Rest erledigte gutes Make-Up.

»Die Möglichkeiten einer Frau, wissen Sie?« sagte Katrin mit gespielt gequältem Lächeln um dieses Thema abzuschließen.

»Das ist ganz grauenhaft Frau von Eigen. Es ist gut, dass sie sich zu dem Schritt entschieden haben, zu uns zu kommen.«, sagte Bormann.

»Das ist noch nicht alles.«

Sie hatte ihn am Haken, aber jetzt wollte Sie zum großen Finale ansetzen. Und den Sack zumachen.

»Ich bin schwanger. Christian weiß es noch nicht. Und ich habe Angst, dass er das Kind verletzt, wenn das so weitergeht. Ich habe Angst, wenn ich mich trenne, dass er mir das Kind dann wegnimmt.«

Tränen rollten nun ihre Wange hinunter. In ihrem Innern war Katrin nicht traurig, ganz im Gegenteil ein gewisser Stolz erfüllte sie, dass sie die Tränen auf den Moment genau abrufen konnte.

»Ich werde das Wochenende über mit einer Freundin erst einmal wegfahren, um Abstand zu bekommen. Wir wissen noch nicht wohin, aber das ist egal. Einfach irgendwo hin. Um den Kopf frei zu bekommen. Christian arbeitet dieses Wochenende wohl ohnehin wieder durch – irgendein wichtiges Mandat.« Katrin seufzte, um zu signalisieren, dass sie es eigentlich bedauerte, wenn ihr Mann lieber arbeitet als die Zeit mit ihr zu verbringen. »Die Kanzlei befindet sich noch in der Akquise-Phase und sie arbeiten mit Hochdruck daran. Wenn das schief geht.. Ich hoffe einfach, dass sie Erfolg haben, sonst..«

Der verständnislose Blick von Bormann traf sie.

Volltreffer, dachte sie.

»Wenn nicht«, setzte Katrin an und wandte den Blick auf ihre im Schoß liegenden Hände. Bei den nächsten Worten blickte Sie Bormann tief in die Augen und war der inständigen

160

Hoffnung, dass er verstand was sie sagte. Was sie wirklich damit sagen wollte: »Wenn nicht, dann wird die Stimmung wohl nicht gerade gut, wenn er nach Hause kommt.«

Ihre Blicke trafen sich.

Für den Hauch eines Moments blitzte etwas in seinen Augen.

Es war nur dieser Augenblick, mehr hatte Katrin nicht gebraucht. Sie wusste nun, dass ihre Vermutung korrekt war.

Sie vereinbarten noch einen weiteren Termin für Katrins Urlaubsrückkehr, doch sie wusste bereits, dass sie diesen Termin nicht mehr benötigen würde.

Denn sie wusste bereits, dass ihr Plan funktionieren würde.

40.

Er hatte es friedlich versucht. Aber die Antwort seines Vaters wiederum war alles andere als friedlich. Sie war gewaltig und gewalttätig zugleich.

Der Junge war sich zwischendurch nicht mal mehr sicher, ob er sein Zimmer je wieder lebend verlassen würde. So sehr war sein Vater während er wild und unkoordiniert auf ihn einschlug, in einen regelrechten Rausch geraten. Der Junge sah es. Am Blick seines Vaters, während er auf der Erde und zu Füßen seines Vaters lag mit den Händen seinen Kopf schützend. Die Schläge prasselten auf seinen noch jungen Körper ein.

Da war etwas in seinen Augen. Etwas was nicht von dieser Welt war. Verachtung für das Leben, für die Menschheit oder für sich selbst. So als hätte sein Vater geschlossen, mit dem was ihn hier auf dieser Welt hielt. Und doch, hatte er es nicht fertig gebracht den letzten Schritt zu gehen. Denn er stand noch hier. Und prügelte auf seinen Sohn ein.

Alles was dem Jungen widerfuhr, war die Reaktion darauf, dass er das richtige tun wollte.

Er hatte seinen Vater nicht gebeten, nachts ein Loch im Garten ausheben zu müssen. Doch er zwang ihn dazu. Seine Hände wurden ihm ganz schwielig bei dem Versuch. Irgendwann lief ihm sogar Blut aus den Schwielen. Auch seine Tränen besänftigten seinen Vater nicht.

Im Gegenteil.

Er musste weitermachen. Unter den wachenden Augen seines Vaters.

Doch die Tränen waren irgendwann versiegt, spätestens als ihm Klarheit darüber einsetzte, dass seine Mama nun für immer fort war. Sie würde nie wieder kommen.

Ihren Platz nahm stattdessen eine Leere an.

Schwarz und tief.

Und dort fühlte er nichts, keine Traurigkeit, keine Wut, einfach einen Stillstand und Vakuum an Gefühlen.

Die Schwielen an seinen Händen, blieben noch tagelang. Stummes Zeugnis dessen, was er getan hatte, wozu er gezwungen wurde. Und die Schmerzen, die die vorherige und nachfolgende Tracht Prügel seines Vaters verursachten, die würden auch noch eine Weile nachhalten.

Soviel also zu dem, was er im Religionsunterricht gelernt hatte. Halte immer auch die andere Wange hin. Dann eben eine andere Lektion, dachte er sich, als er nun auf seinen Vater blickte.

Er hing noch schlapp in der Vorrichtung. Die gleiche Vorrichtung in der noch vor wenigen Tagen seine Mama gehangen hatte.

Vielleicht hatte er doch etwas viel von den Tropfen in das Bier seines Vaters geschüttet.

Er gab ihm eine kräftige Ohrfeige.

Es fühlte sich seltsam an, seinen eigenen Vater zu ohrfeigen. Nicht falsch, aber doch seltsam.

»Wach auf.« sprach er seinen Vater an.

Sein Vater reagierte nicht.

Das Seil lag fest, aber nicht zu fest um dessen Hals. Die Hände hatte er hinter dem Rücken gefesselt. Ein schöner Anblick, dachte der Junge zufrieden.

»Wach auf!« versuchte er es erneut und energischer.

Die Augenlider seines Vater begannen zu flattern. Er kam langsam und unter Stöhnen zu sich.

Wie du mir, so ich dir, *dachte der Junge. Es gab tausend Formulierungen, Auge um Auge, Was du nicht willst, das man dir tut. Sie besagten letztlich alle das gleiche, resümierte der*

Junge im Kopf.

Er hatte das richtige tun wollen. Was auch immer das gewesen wäre. So sicher war er sich da jetzt nicht mehr. Aber zumindest wollte er seiner Mama die letzte Ehre erweisen und sie nicht im Garten begraben.

Wie einen...Wie einen Hund.

Wie ihren Hund – Flummi. Den Vater damals so heftig getreten hatte, dass sich Flummi wenig später zum Sterben in einen der hintersten Winkel des Gartens zurückgezogen hatte. Der Junge hatte ihn am nächsten Morgen gefunden. Da war jedoch bereits zu spät gewesen.

»Mach mich... Mich..«, setzte sein Vater zu sprechen an. »Mach mich sofort hier los du..«

Der Satz wurde durch eine Faust in seinem Rippenbogen unterbrochen.

Der Junge hatte insgeheim auf ein Knacken gehofft, als seine Faust das Ziel traf.

Erfolglos.

»Du hast Mama umgebracht.« Ein Satz, keine Frage. Eine Feststellung.

»Die Schlampe hat mich betro-«

Eine erneute Faust.

Erneut in die Rippen. An die gleiche Stelle, nur stärker.

»Und dann hast du mich gezwungen, sie zu begraben. Wie einen Hund. Wie unseren Flummi.« Wut schwang in dem Satz mit. Aber keine überschäumende und blinde Wut. Sie kochte nicht heiß, sie war gefährlicher. Es war die Art von Wut, die berechnet. Die nicht vergeht, durch eine gute Tat. Die nicht zu besänftigen ist. Eine Wut, die jedoch gerade deshalb unbarmherzig ist.

Er horchte in sich hinein.

Sein Bauchgefühl war ihm immer ein guter Navigator

164

gewesen. Er spürte nichts Negatives.

Im Gegenteil.

Es fühlte sich richtig an. So als würde er gerade etwas wieder gerade rücken, was verrückt worden war.

Sein Vater zappelte in der Vorrichtung herum, als sein Sohn näher auf ihn zuging. Sie waren fast gleich groß und bedingt durch die Vorrichtung standen sie sich dadurch sprichwörtlich Auge in Auge.

Langsam griff der Sohn an das Seil, welches dem Vater um Hals lag.

»Mach mich los, hab ich dir ge-«

Eine dritte Faust.

Ein hörbares Knacken im Brustkorb des Vaters.

Besser noch, spürbar unter den Fingerknöcheln des Sohnes.

»Aaahhh, du-« schrie sein Vater. Seine Stimme hatte nun etwas röchelndes.

Die Rippe schien die Lunge durchstochen zu haben. Die Atmung seines Vaters ging nun kurz und stockend.

Vielleicht hatte er es ein wenig übertrieben. Dann musste er sich nun eben beeilen.

Mit einem kräftigen Ruck am Ende des Seil verengte sich die Schlinge. Sauerstoff hatte es nun noch schwerer das Gehirn seines Vaters zu versorgen. Dieser erschrak sichtlich angesichts der plötzlichen Luftnot.

Seine Augen weiteten sich.

Sein Sohn blieb ruhig und konzentriert vor ihm stehen.

»Ich bin ein guter Sohn«, sagte er ruhig. »Ich werde dich neben ihr begraben.«

Er wickelte das Seil um seine Faust, sodass er es gut festhalten konnte. Der weitere Zug am Seil nahm seinem Vater vollends den Sauerstoff.

Regungslos blickte der Sohn seinem Vater in die Augen.

Der Vater im wilden Todeskampf, dessen Körper alle noch vorhandenen Alarmsysteme aktivierte. Der Sohn, der das Schauspiel genoss. Die Lebenskraft entwich mit jeder Sekunde aus seinem Vater.

Ein tiefes, sehr tiefes Gefühl der Befriedigung stellte sich in ihm ein.

So tief, dass er es sein Leben lang nicht vergessen sollte.

41.

Als Marquardt die Tür seines Oldtimers zuwarf, war Charlotte
bereits vorausgegangen. Sie stand unter Strom.
Direkt vor ihm stieg eine Frau mit gesenktem Blick in ihr
Auto. Marquardt blickte ihr kurz noch nach. Eine sehr grazile
und attraktive Frau, dachte er und strafte sich im nächsten
Moment ob seiner gedanklichen Untreue. Er wollte das nicht.
Natürlich hatte er alles Recht dazu emotional weiterzuziehen.
Vera hatte diesen Schritt bereits hinter sich. Und doch hielt ihn
irgendein konservativer Glaubenssatz, den er selbst nicht ganz
greifen konnte, davon ab sich mit anderen Frauen zu befassen.
Er schüttelte sich kurz um die Gedanken im Kopf loszuwerden
und blickte auf das Haus mit den goldenen Lettern an der
Fassade. Sie konnten Glück haben. Sein Handy zeigte 18:35
Uhr. Zwar war offiziell nur bis 18:30 Uhr geöffnet, doch es
war nicht besonders wahrscheinlich, dass jemand in seinem
Beruf um Schlag Feierabend den Stift fallen ließ.
Schnellen Schrittes holte Marquardt Charlotte ein. Vor der
ersten der doppelten Schiebetür hatte er sie eingeholt.
»Du hast ja einen Zahn drauf.« bemerkte er lapidar.
Keine Antwort.
Ihr Blick war nach innen gerichtet. Sie suchte das
Gebäudeinnere nach einer Person ab, die ihr wohl
freundlicherweise öffnen konnte. Die Türen ließen sie ohne
Weiteres nicht passieren. Sie hielt ihre Hände rechts und links
neben ihr Gesicht um die Spiegelung im Glas zu unterdrücken.
Plötzlich klopfte sie hektisch an die Scheibe. Sie deutete auf
die Tür. Wenige Sekunden später erschien ein
großgewachsener und leicht untersetzter Mann in der Tür,
welche sich nach seinem Heraustreten leise zischend hinter
ihm schloss. Er war offenbar eine Art Security Mitarbeiter.

»Bitte?«, fragte er in einem freundlichen wenngleich skeptischen Ton.

Die beiden Ermittler hielten ihm ihre Dienstausweise unter die Nase und erklärten die Situation. Sie müssten dringend mit einem Mitarbeiter des Vereins sprechen. Streng genommen, stimmte das auch.

»Kommen 'se mit.« gab der Security Mann von sich, den Marquardt anhand seines Namensschilds als Helmut Bleiler identifizierte.

Herr Bleiler drehte sich in gemächlicher Geschwindigkeit zur Tür, an deren Seite er eine Schlüsselkarte davor hielt. Die Tür öffnete sich. In der darauffolgenden Schleuse noch mal das Gleiche.

Im Innern des Gebäudes bewegte sich der Sicherheitsbedienstete mit einer Geschwindigkeit, die Charlotte sichtbar an den Rande der Verzweiflung brachte. Sie rollte mit den Augen um etwas von ihrer offensichtlich angestauten Energie loszuwerden. Sie wusste, auch wenn ihr Gegenüber sich hatte von der Dienstmarke einschüchtern lassen, hatten sie streng genommen nichts gegen ihren Verdächtigen in der Hand. Es machte also wenig Sinn, den Security Mitarbeiter nun zu verprellen.

»Den Martin kenn ich. Das ist 'n guter. Was wollen se denn von dem?«, fragte Helmut während er sich nicht anschickte seinen Gang zu beschleunigen, wenngleich Charlotte so sehr unter Spannung stand, dass es Marquardt unerklärlich war, wie Helmut Bleiler sich davon nicht beeindruckt zeigen konnte.

»Wir müssen mit ihm sprechen.«, sagte Charlotte wahrheitsgemäß. »Wo ist sein Büro?«

»Da vorne auf der linken Seite. Zweite Tür. Hey- warten se mal.«

Als er die einzige Information preisgegeben hatte, die Charlotte noch davon abgehalten hatte, ihn links liegen zu lassen, tat sie genau das. Sie hatte ihn in seinem schlurfenden Gang überholt und war zur Tür geeilt. Marquardt schloss zu seiner Partnerin auf.

Charlotte stellte sich lehrbuchgerecht neben die Tür als sie nach der Türklinke griff. Sie drückte sie herunter.

Nichts geschah.

Sie drückte erneut.

Mit gleichem Ergebnis.

»Warten se mal. Alles okay? Geht's Martin gut?« raunte Helmut und zeigte dabei mit dem Finger auf Charlottes rechte Hand, die sie instinktiv um ihre Dienstwaffe gelegt hatte.

Durch die Distanz die Charlotte zwischen ihn und die Ermittler gebracht hatte, hatte dieser seine Sprechlautstärke angepasst. Seine Frage hallte dadurch durch die leeren Flure des Gebäudes.

Das brachte Aufmerksamkeit mit sich.

»Was ist hier los?«, schallte es daher Sekunden nachdem sie an der Tür angelangt waren über den Flur. Ein Kopf wandte sich aus einer offenen Tür. Gleich darauf erschien der Träger des Kopfes. Gutsitzender Anzug, tadellos gebundene Krawatte und leicht grau melierten Schläfen.

Der Chef, dachte Marquardt instinktiv und warf Charlotte einen Blick zu.

Mit einem knappen Nicken bestätigte sie dessen Vermutung.

»Ich hab' Ihnen jesagt, dass se-«, setzt Herr Bleiler wieder an, doch die Ermittler waren bereits zu dem Mann geeilt, der sich Ihnen als Herr Dr. Germini vorstellte und tatsächlich der Geschäftsführer des Vereins war.

»Können Sie uns sagen, wo wir Herrn Bormann finden?«, kam Marquardt unvermittelt zum Punkt.

»Das tut mir leid, der hat sich vor circa zehn Minuten bei mir abgemeldet. Er hatte noch etwas zu erledigen und wollte daher heute ein paar Minuten früher gehen.«, gab der Geschäftsführer zurück.

»Mist, verdammt.. Hat er gesagt, wo er hin wollte?«

»Nein, nur, dass er noch was erledigen müsse. Gibt es ein Problem?«

Seine Skepsis wuchs und Marquardt versuchte abzuwiegeln.

»Nein, alles in Ordnung. Wir werden einfach morgen wiederkommen. Vielleicht haben wir da mehr Glück« lächelte Marquardt den Geschäftsführer an.

Als die beiden Ermittler sich anschauten verstanden sich sie sich stumm und wandten sich zum Gehen. Noch auf dem Weg nach draußen hatte Marquardt Sven Tinker am Telefon.

Bevor die beiden Ermittler in Marquardts Auto saßen hatten sie die Adresse von Michael Bormanns Wohnung.

Als die beiden Beamten dann fünfzehn Minuten später an der angegebenen Adresse standen, traf sie der Schlag.

42.

Wer auch immer hier wohnt. Michael Bormann war es nicht.
Vielleicht wohnten hier ein paar Ratten, Ungeziefer oder an
schlechten Tag Obdachlose, die auf die Schnelle keine bessere
Bleibe gefunden hatten.
Vor den beiden Ermittlern tat sich ein Wohnhaus im Berliner
Wedding auf, dass den Namen Wohnhaus nicht verdient. Es
war offenbar eines dieser Gebäude, die von einem windigen
Investor gekauft wurden, der entweder vergessen hatte, was
sich alles in seinem Portfolio besaß oder sich schlicht weigerte
die nötigen Sanierungen vorzunehmen. In jedem Fall war das
Haus in keinem guten Zustand: Die Eingangstür fehlte.
Zahlreiche Fensterscheiben waren von Innen eingeschlagen
oder von außen eingeworfen. Man konnte von der Straße den
durch das Haus pfeifenden Wind hören.
»Er wohnt hier nicht.«, stellte Charlotte fest.
»Stimmt, lass uns trotzdem reingehen und uns umsehen.« gab
Marquardt entmutigt zurück und blickte auf die
Klingelanlage.
Kein einziger Namen war dort zu sehen.
Nach fünfzehn Minuten war den beiden klar, sie hatten Recht.
Nicht nur Bormann wohnte hier nicht, hier wohnte niemand
mehr. Sie zeigten noch ein paar vorbeigehenden Fußgängern
ein Bild von Bormann und fragten, ob ihn jemand hier in der
Gegend schon einmal gesehen hätte, aber in einer Stadt wie
Berlin waren einem teilweise sogar die Nachbarn aus dem
Hinterhaus fremd.
»Wie kann das sein, Sven?« fragte Marquardt kurz darauf in
sein Handy.
»Naja, das ist eigentlich gar nicht so schwierig. Um eine
Meldeanschrift zu bekommen, muss ich auf dem Bürgeramt

nur einen Termin machen. Dort brauche ich ein Schreiben des Vermieters, dass ich dort wohne. Der oder die Sachbearbeiter auf dem Amt prüfen nicht, ob man wirklich dort wohnt. Sie prüfen nicht mal, ob der Vermieter überhaupt der Vermieter ist. Wie auch? Maximal prüfen sie, ob es die angegebene Adresse überhaupt gibt.«

»Hmm« Marquardt schüttelte den Kopf, ob dieses bürokratischen Missstands.

Die beiden Ermittler fuhren zurück zum Präsidium.

Es war später Donnerstagabend.

»Wir haben nichts«, fasste Charlotte die Erfolge des Tages zusammen.

»Stimmt. Sicher ist es auffällig und ungewöhnlich, dass Bormann offenbar an einer Adresse gemeldet ist, an der er nicht wohnt. An der Niemand wohnt genauer gesagt. Aber einen Verdacht oder eine Spur haben wir damit immer noch nicht.«

Er blickte auf seine Uhr, 20:05 Uhr.

»Lass es uns für heute gut sein, jetzt erreichen wir ohnehin nichts mehr.«

»Morgen früh, um 8 Uhr. Direkt dort.«

Marquardt verstand.

Es war ein kleiner Strohhalm. Aber mehr hatten sie nicht. Der goldene Ring öffnete um 8 Uhr morgen früh erneut. Vielleicht hatten Sie dann mehr Glück und würden Bormann in seinem Büro antreffen.

»Gleich morgen früh.« gab er zurück.

43.

Es war Freitag früh. Katrin lag noch im Bett, sie hatte sich für heute frei genommen.

Man sagt Versöhnungssex sei so gut, er könnte sogar eine Beziehung wieder kitten. Es scheint sogar wissenschaftliche Gründe dafür zu geben, warum er so gut und besser als der konventionelle ist. Katrin hatte irgendwann einmal eine Dokumentation dazu gesehen. Jedoch wollte diese ihr partout nicht mehr einfallen, denn der Geruch, der ihr in die Nase stieg war einfach zu angenehm. Schweiß, Körpergeruch, Ekstase. Es roch schlicht nach Sex.

Christian war im Badezimmer als Katrin die Laken zur Seite warf und aus dem Bett stieg. Sie war splitternackt. Christian und sie hatten versucht ihre Beziehung mit dem zu reparieren, was ihre Beziehung bis an diesen Punkt geführt und zusammengehalten hatte. Sex. Ob das ein guter Punkt war oder nicht, darüber ließ sich sicher streiten. Aber sie würde es nicht bewerten wollen. Nicht mehr. Ihre Entscheidung war gefallen.

»Du?«, rief sie zu Christian ins Badezimmer.

Als von dort keine Reaktion kam, fuhr sie unbeirrt fort: »Ich werde übers Wochenende mit Maggy nach London fliegen. Ich muss ein bisschen den Kopf frei bekommen, ja?«

Christian erschien in der Badezimmertür.

Ebenfalls nackt.

Auf seinem wohlgeformten Körper perlte noch das Wasser der Dusche herab. *Er hat sich nicht mal ein Handtuch umgelegt*, dachte Katrin lustvoll.

Er musterte sie von oben bis unten, bevor er antwortete.

In seinem Blick lag Gier.

»Alles klar, macht nur. Ich wünsche euch viel Spaß. Wann

geht's los?«

Es lag nach wie vor eine gewisse Spannung in der Luft. Sie wussten beide nicht, ob der Grund in den letzten Wochen lag, oder darin, dass sie post- oder schon wieder prä-koital waren.

Christians Blick blieb an Ihren Hüften hängen.

»Heute Nachmittag geht's los, Sonntagmittag ist der Rückflug.«

Auch Katrins Blick war nun unverrückbar auf Christians Körpermitte geheftet.

»Wenn ich Sonntag wieder da bin, machen wir dann da weiter, wo wir gerade aufgehört haben?«, fragte sie schelmisch und lehnte sich dabei lasziv in den Türrahmen zum Schlafzimmer direkt gegenüber der Badezimmertür. Sie drehte ihm bewusst den Rücken zu und warf den Kopf über ihre rechte Schulter. Sie wandte den Blick nicht ab, als sie ihre Brüste umfassend ihren Oberkörper immer weiter nach vorne und ihren Hintern immer weiter nach hinten schob.

Christians Blick sprach Bände.

Und sie genoss ihn.

Sie genoss die Macht, die sie in diesem Moment über ihn hatte.

Während Sie an ihm vorbei ins Badezimmer ging, hauchte sie ihm einen Kuss an den Hals und spürte wie ihr dabei selbst die Nackenhärchen zu Berge standen.

Auch wenn es nicht viel gibt, dachte sie, *bei dem wir als Paar gut sind. Hier gab es keinen Grund zu meckern.*

Sie rekapitulierte die letzte halbe Stunde zwischen den beiden und spürte wie sich bei der Erinnerung auf die Lippe gebissen hatte. Sie stieg in die Dusche.

Als sie das Wasser anließ, sah sie durch die geschlossene Duschkabine einen Umriss auf die Dusche zugehen.

Einen Moment später schob sich Christian sichtbar erregt

hinter ihr in die Dusche.

Zu schade, dachte sie während seine Hände ihren Körper entlang wanderten.

Zu schade, dass das bald ein Ende haben wird.

44.

Das wäre ein guter Moment für eine Zigarette dachte Marquardt an diesem Freitagvormittag. Er hatte früher geraucht, als er Vera kennengelernt hatte. Sie hatte ihm immer gesagt, es verleihe ihm immer so einen James Dean-Charme. Doch aus James Dean wurde recht bald nach ihrer Verlobung ein Helmut Schmidt und sie begann das Rauchen, den Geruch und den Geschmack an ihm widerlich zu finden. Also hatte er aufgehört. Das war nun gut über 10 Jahre her. Und doch war das Bedürfnis danach gerade schrecklich real.

Marquardt lehnte an seinem Auto und blickte auf die verschlossene Tür des Vereines *Goldener Ring e.V.* als Charlotte neben ihm auftauchte. Er hatte nicht mitbekommen, dass sie angekommen war.

»Pünktlich wie immer«, bemerkte Marquardt und blickte auf seine Uhr. 7:55 Uhr.

Er konnte im Innern des Gebäudes einen Security Mitarbeiter sehen. Es war jedoch nicht Helmut Bleiler. Gut so, dachte er kurz.

Sein Handy klingelte.

»Verflucht«, sagte Marquardt und hielt Charlotte das Handy so, dass sie das Display sehen konnte.

Zehrfeld.

»Shit«, gab diese zurück.

»Chef?« begann ihr Partner das Gespräch auch wenn er bereits eine Ahnung hatte, was sein Chef von ihm wollte.

»Marquardt, wir brauchen Ergebnisse. Am besten bis gestern. Aber auf jeden Fall bis heute Mittag. Um 15 Uhr ist eine weitere Runde mit Vollbesetzung. Der Abteilungsleiter Seriendelikte vom BKA ist geladen. Polizeipräsident Schwarz sowieso. Wenn wir jetzt nicht liefern, sind wir durch.«

»Dann nehmen sie uns den Fall weg?« fragte Marquardt bewusst naiv, damit Charlotte dem Gespräch auch folgen konnte.

»Nicht nur der Fall ist weg, Marquardt.«

»Was soll das heißen?«

»Wissen Sie, wie viel Druck ich bekomme? Wissen Sie, was ich mir schon habe alles anhören müssen? Ich halte Ihnen beiden den Rücken frei, mit allem was ich habe. Ich habe Gefallen eingefordert und die ein oder andere E-Mail vielleicht etwas später gelesen, als mir und meiner Karriere gut tut. Aber so langsam muss etwas zurückkommen. Mehr kann ich nicht tun.« Er machte eine kurze Pause. Es schien ihm schwer zu fallen, das nachfolgende zu artikulieren.

»Schwarz wird nicht nur mich absägen. Ihre Köpfen werden ebenfalls rollen, Marquardt.«

»Unsere Köpfe?«

Charlottes Augen weiteten sich, sie verstand den Zusammenhang dessen was sie von Marquardt hörte, sofort.

»Wir sind zu lange an dem Fall dran ohne etwas Handfestes liefern zu können. Bitte, sagen Sie mir irgendwas.« bat Zehrfeld.

Marquardt seinem Chef fasste das bisherige Ermittlungsergebnis zusammen.

»Das ist scheiße. ‚Ermittlungsergebnis‘ ist dafür nicht mal das richtige Wort. Marquardt, wenn der Verrückte noch eine Frau umlegt, oder es bereits getan hat, oder wenn Sven noch einen Fall diesem Muster zuordnen kann..«

»Ich weiß« sagte der Ermittler mit hörbar geknickter Stimme.

»Hängen Sie sich rein. Wir sprechen uns in einer Stunde.«

Er hatte bereits aufgelegt, als sein Mitarbeiter noch etwas erwidern wollte.

Die beiden Ermittler tauschten nervöse Blicke aus. Jetzt galt es. Der Security-Mitarbeiter bezog gerade seine Stellung vor den beiden Schiebentüren.

Im Gebäude angekommen steuerte Charlotte direkt auf das Büro von Bormann zu. Die Tür war geschlossen. Sie legte die linke Hand auf die Klinke. Ihre Rechte hatte ihr Muskelgedächtnis bereits nach ihrer Waffe tasten lassen. Sie sah Marquardts kritischen Blick rechtzeitig und nahm sie zurück.

Die Luft war zum Schneiden.

Ihre Anspannung war spürbar.

Als sie die Türklinke nach unten drücken wollte, wurden die beiden von einer Stimme direkt hinter ihnen aus ihrer Konzentration gerissen.

»Kann ich Ihnen helfen?« fragte die freundliche Stimme.

45.

Dr. Germini.

»Herr Doktor...« setzte Charlotte an, doch kam nicht auf den Namen Ihres Gegenübers.

»Germini«, nickte der Geschäftsführer Charlotte mit etwas zu, was Marquardt fast wie ein Augenzwinkern wirkte.

»Wir möchten gerne zu Herrn Bormann. Ist er noch nicht da?« fragte der Ermittler.

Dr. Germinis Gesichtszüge wurden mitleidig.

»Nein, das tut mir leid. Herr Bormann hat sich vor etwa einer halben Stunde bei mir für heute krank gemeldet. Er fühlt sich nicht gut, sagte er. Das kommt schon mal vor, gerade bei ihm.«

»Wie meinen Sie das?« gab Charlotte zurück.

»Ja, naja, wir sind ein gemeinnütziger Verein. Die Leute hier arbeiten alle aufgrund ihres Ethos bei uns. Die Arbeit ist nicht immer leicht, oft nimmt es einen auch selbst mit. Wenn man den ganzen schlimme Geschichten hört, kann man sich nicht immer davon freimachen. Man nimmt die Geschichten mit nach Hause. Da ist ein gewisser und sicher auch überdurchschnittlicher Krankenstand nicht zu vermeiden. Das trifft Herrn Bormann wie alle seiner Kollegen.«

Das wäre eine Option, warum er manchmal nicht zur Arbeit kommt, dachte Marquardt im Stillen.

»Aber sagen sie«, setzte der Geschäftsführer wieder an »was brauchen Sie von Herrn Bormann? Kann ich oder ein Kollege Ihnen helfen? Es scheint ja ausgesprochen wichtig zu sein, wenn Sie gestern Abend schon hier waren und heute Morgen gleich wieder.«

Und dazwischen noch bei seiner vermeintlichen Wohnung, schoss es den Ermittlern durch den Kopf.

»Wir müssen ihm ein paar Fragen stellen.« versuchte es

Marquardt diplomatisch und bewusst nichtssagend. »Fragen, die wir besser mit ihm selbst besprechen.«

»Nun, das könnte schwer werden, wenn überhaupt ist er erst wieder am Montag da.«

»Wenn überhaupt?« Charlotte blickte fragend.

»Nun, wissen Sie.. Wie sag ich das am besten.. Lassen Sie uns kurz in mein Büro gehen, ok?«

Die beiden Ermittler nickten und folgten Dr. Germini in sein Büro.

»Es ist so«, setzt dieser an, kaum hatte er die Tür hinter seinen Gästen geschlossen. »Aufgrund unserer Eigenschaft als gemeinnütziger Verein können den Mitarbeiter natürlich kein marktübliches Gehalt zahlen. Wie gesagt, der Ethos ist uns wichtiger – und unseren Mitarbeitern auch. Aber selbst innerhalb des Kollegiums liegt Herr Bormann mit seinem Fehlzeiten jedoch noch an der Spitze.«

Er stand auf uns sammelte von einem Besprechungstisch in der Ecke drei Wassergläser und drei kleine Flaschen mit verschiedenen Säften und einem Wasser. Er goss seinen Gästen ein, bevor diese ablehnen konnten und fuhr fort.

»Ich hatte mich selbst schon gewundert. Also natürlich habe ich mir anfangs nichts dabei gedacht. Herr Bormann ist nun seit einigen Jahren bei uns und war immer ein zuverlässiger Mitarbeiter. Aber in letzter Zeit...«

»Wie lange arbeitet er denn schon bei Ihnen?« Marquardt holte seinen kleinen A5-großen Notizblock aus der Innentasche seiner Lederjacke.

»Tatsächlich länger als ich. Er war schon da, als ich vor fünf Jahren hier angefangen habe. Wenn ich mich recht erinnere müsste er bereits seit knapp zehn Jahren für den Verein tätig sein. Er hat, glaube ich, bald sein Jubiläum.«

Er trank einen Schluck von seinem Apfelsaft, den er sich

eingegossen hatte.

»Aber sagen Sie mir bitte, worum geht es? Ist er in Schwierigkeiten?«

»Wann hat sich sein Verhalten geändert? Also wann stieg sein Krankenstand an?« überging Charlotte seine Frage mit einer Gegenfrage.

»Das ist eine gute Frage, lassen Sie mich überlegen. Beziehungsweise warten Sie, ich schaue kurz nach. Ich habe damals als es das erste Mal vorkam eine E-Mail von ihm erhalten. Er fehlte ohne weitere Nachricht für eine volle Woche und schrieb erst Freitags, dass er in der nächsten Woche wieder da sein wird. Die E-Mail müsste ich noch haben.«

Seine Finger huschten über die Tastatur. Marquardt und Charlotte tauschten einen vielsagenden Blick aus. Ein weiteres, wenngleich nicht stichhaltiges Indiz. Aber ein Indiz.

»Das ist es. Es war vor etwas mehr als drei Monaten.«

Ein kleiner Schock durchzuckte Marquardt. Wenn das erste Opfer, von dem die Polizei weiß, auch tatsächlich sein erstes Opfer war, könnte das passen. Das würde seine Abwesenheit erklären. Die Konstruktionen zu bauen und seine Opfer ausfindig zu machen, dauerte seine Zeit. Noch dazu wird er seine Opfer studiert haben und die Orte ausgewählt haben, an denen er seine Opfer überwältigt hat. Er musste auskundschaften, dass sie sicher waren, wo er sie dann anschließend hinbrachte. Und das Tag und Nacht. Das war schwer mit einem normalen Nine-to-Five-Job zu vereinbaren.

»Eine Frage, welche Wohnanschrift hat Herr Bormann Ihnen angegeben?«

Im Blick von Herrn Dr. Germini spiegelte sich eine Mischung aus Misstrauen und Pflichtbewusstsein. Einerseits wusste er, dass er nicht unbefugt Mitarbeiterdaten herausgeben durfte, anderererseits kam ihm die Angelegenheit jetzt selbst seltsam vor.

Nach kurzem Zögern tippte er erneut auf der Tastatur um wenig später die den Ermittlern bereits bekannte Adresse zu bestätigen. Noch bevor der Geschäftsführer seine Frage nach den Hintergründen wiederholen konnte, hatten sich die Ermittler bereits verabschiedet und warum auf dem Weg nach draußen.

Vor seinem Auto stehend, zückte Marquardt das Handy.

Effektiv hatten sie nichts. Sie hatten einen Verdacht. Vielleicht war der sogar gut. Aber darauf aufbauend hatten sie nichts. Nichts worauf sich eine Ermittlungsmaßnahme stützten ließ. Vielleicht war es sogar besser so, dachte er kurz.

Er mochte unangenehme Gespräche zwar lieber vis-a-vis, aber jetzt ging es nicht anders. Außerdem war er jetzt sogar fast froh darum, dass er die Enttäuschung seines Gegenübers nicht mit ansehen musste.

Marquardt entsperrte seine Handy und wählte die Nummer von Roland Zehrfeld.

46.

Es war Freitagabend 18 Uhr. Selbstverständlich saß Christian an seinem Schreibtisch in seinem mehr als großzügig geschnittenen Büro. Aus dem Fenster konnte er auf den Kurfürstendamm schauen. Geschäftiges Treiben ging von sich, Touristen wuselten von Geschäft zu Geschäft, schwer bepackt mit Einkaufstaschen.

Christian sah ein Paar Hand in Hand schlendern. Die beiden waren frisch verliebt, das konnte man sehen. Er wusste, wie die beiden sich fühlten. Er hatte sich auch einst so gefühlt. Damals, als Katrin und er frisch zusammen waren. Die ganze Welt stand ihnen scheinbar offen und es war das Gefühl von *alles ist möglich*, das die beiden so beflügelte.

Und nun?

Heute Morgen. Da war ein kurzer Hauch von diesem Gefühl. Es war wie ein Funken, der von einem großen, fernen Lagerfeuer weggeweht wurde. Direkt hinein in einen Haufen trockenes Heu. Man konnte sehen wie die Glut auf dem Heu landete. Jeden Moment würde es sich entzünden. Sich erneut entzünden..

Jäh wurde er aus seinen Gedanken gerissen, als eine Kollegin an der offenen Tür klopfte. Es war Frau Dr. Vieten, eine der beiden Namenspartner der Kanzlei.

»Sag mal Christian, hast du heute schon mal in den Nachrichten geschaut?«, fragte sie mit einem Gesichtsausdruck den Christian nicht zu deuten wusste. Aufgrund ihrer Prosodie schwante ihm jedoch bereits Böses. Es war eine Mischung aus Sorge und Skepsis ob seiner Antwort, und das obwohl er noch gar nicht geantwortet hatte.

»Was meinst du?«, gab Christian mindestens ebenso skeptisch zurück.

Noch während die Frage im Raum verklang öffnete Christian an seinem Computer die erste Nachrichtenseite, die ihm in den Sinn kam.

Er war nicht stolz darauf, aber um einigermaßen auf dem Laufenden zu sein, was gerade in der Welt vor sich ging, hatte Christian bereits im Studium angefangen die Yellow-Press zu konsumieren wie seine Kommilitonen das Feuilleton. Wenn man die bunten und lauten Überschriften subtrahierte, bekam man recht zuverlässig einen Eindruck was in der Welt gerade vorging. Wurde etwa in der Titelstory gerade über den neusten Fauxpas eines millionenschweren Fußballspielers berichtet, der irgendwo auf der Welt ein vergoldetes Steak gegessen hatte, konnte man davon ausgehen, ansonsten gab es gerade nichts Berichtenswertes. Keine Kriege, keine Krisen.

Wenngleich sie in der Kanzlei natürlich einen Breitbandanschluss hatten, hätte er schwören können, dass sich jedoch in diesem Moment die Seite so langsam aufbaute, wie er es damals unter ISDN-Anschlüssen noch erlebt hatte. Fast hätte er auf das charakteristische Piepsen und Rauschen eines 56k-Modems gewartet, so langsam baute sich die Webseite vor seinen Augen auf .

Als die Website sich dann endlich mit einem Schlag auf dem Bildschirm vor ihm aufbaute, wünschte er, er hätte die Seite nicht geöffnet.

Sein Herz setzte aus.

Und das lag nicht nur daran, dass er seinem eigenen Konterfei entgegenblickte.

47.

„Eifersuchtsdrama – Bekannter Anwalt tötet seine Frau"
Christian las den Text der Überschrift immer und immer wieder.

Viermal.

Fünfmal.

Nach einigen Sekunden als die Verwunderung nachließ, wunderte er sich kurz über den für diese Art der Presse typischen Mangel an Pronomen.

»Was soll das bedeuten?«, fragte Christian eher sich selbst.

»Ich hatte gehofft, dass du mir beziehungsweise uns das erklären kannst.«, gab Frau Dr. Vieten zurück und machte einen Schritt in sein Büro hinein. Hinter ihr erschien Prof. Friedermann. Seines Zeichens Gesellschaftsrechtler und Verfasser so vieler Publikationen, dass in Studentenkreise gemunkelt wurde, wer eine Arbeit über das Gesellschaftsrecht schreibt und Prof. Friedermann nicht mindestens einmal zitiert, hat am Thema vorbei geschrieben.

Er trat nach Dr. Vieten in Christians Büro. Seine Präsenz füllte das geräumige Büro von Christian sofort und vollständig aus. Es ist eine Gabe eine derartige Aura zu verstrahlen. Christian hatte das stets an ihm bewundert. Sicherlich war auch das Teil seines beruflichen Erfolgs. Neben der fraglosen Kompetenz. Aber in diesem Moment spürte Christian, dass sich diese Aura zu eine Aura der Bedrohlichkeit entwickelte. Wie ein Hase, der spürt, dass sich um ihn herum der Jäger versammelt.

»Nun?« fragte Prof. Friedermann, als er die Tür hinter sich geschlossen hatte.

Ob er das erklären konnte? Wohl kaum, dachte Christian.

Das musste eine Verwechslung sein. Ein Streich. Ein böser Traum.

Christians Gedanken begannen zu rasen.

Sein Puls schoss in die Höhe.

Katrin.

Hat sie...?

Heute Morgen..

»Das muss eine Verwechslung sein.« artikulierte er seine Gedanken laut.

Er überflog parallel dazu den Text des Artikels. Er wurde bezichtigt seine Frau, Katrin von Eigen, heimtückisch getötet zu haben. Als Quelle verwies der Artikel auf interne Kreise der Polizei, die bereits gegen ihn ermitteln würden. Ein vielzitierte und stets nichtssagende Quelle.

»Eine Verwechslung?« Friedermanns rechte Augenbraue verlieh seinem skeptischen Tonfall die nötige mimische Untermalung.

»Ich bin sicher, ich kann das erklären. Nur nicht in diesem Moment. Ich... ich weiß es auch nicht. Bitte lassen Sie mich das aufklären. Ich habe damit nichts zu tun, glauben Sie mir.«

»Noch tun wir das. Sie haben eine Stunde, dann erwarten wir eine profunde Erklärung. Oder Ihre Kündigung. Wir können es nicht dulden, dass die Staatsanwaltschaft uns die Kanzlei auf den Kopf stellt.«

Damit schloss Dr. Vieten die Unterhaltung und die beiden Namenspartner verließen wortlos Christians Büro.

Instinktiv wählte Christian Katrins Nummer.

Mailbox.

Gleich danach wählte er die Nummer von Maggy.

Ebenfalls Mailbox.

Er versuchte es erneut bei Katrin. Wieder erfolglos.

Die beiden waren bestimmt im Flieger, dachte er.

Er checkte die Social-Media Profile der beiden. Keine von beiden hatte in den letzten Tagen etwas gepostet.

Im Anschluss telefonierte er sämtliche Bekannte und Freunde von Katrin ab. Dabei achtete er sorgsam darauf niemanden anzurufen, mit dem er durch die Kontaktaufnahme noch mehr Staub aufwirbeln würde. Jeder hatte Kontakte in seinem Freundeskreis, die beim kleinsten Ansatz eines Skandals gerne und bereitwillig mit den Medien sprachen, wenn das bedeutete, dass man ein paar Minuten Internetbekanntheit einheimsen konnte.

Auch mit Katrins Chef telefonierte er kurz. Katrin sei heute nicht zur Arbeit erschienen, sie habe doch Urlaub. Ihr Chef wunderte sich zwar hörbar, dass Christian darüber nicht Bescheid zu wissen schien, ansonsten jedoch hatte er offenbar noch keine Nachrichten gelesen. Ein Glück, damit ersparte er sich wenigstens weitere Rückfragen, die er im Moment nicht beantworten konnte.

Christian schloss den Zeitungsartikel und öffnete die Online-Banking Seite ihrer gemeinsamen Hausbank.

Sind Sie überhaupt weggefahren, schoss es Christian plötzlich in den Kopf.

Wenn Katrin mit Maggy wegfahren wollte, müsste es doch Abbuchungen auf ihrem Konto geben.

Er wählte sich in die Online-Übersicht ihres gemeinsamen Kontos ein. Und in diesem Moment setzte sein Herz erneut einen Schlag aus.

Nichts.

Keine Abbuchung.

Die letzte Buchung waren über einen großen Online-Versandhändler bestellte Drogerieartikel, die Christian vorgestern noch selbst bestellt hatte. Seither gab es keine Bewegung auf dem Konto.

Er tippte in die Suchfunktion verschiedene Suchbegriffe ein. Vielleicht hatte sie die Flüge vor längerer Zeit gebucht.

Flug, Reise, Urlaub.

Keine Treffer.

Er ging alle Namen von Airlines durch, die ihm in den Sinn kamen. Und er ging in den Abbuchungen dabei bis auf sechs Monate zurück.

Nichts.

Auf ihrem Konto gab es absolut keine Abbuchung, die Katrins Aussage, sie würde heute mit ihrer Freundin in den Urlaub fahren, untermauerte.

Ihm wurde heiß und gleichzeitig fühlte er jeden Windstoß auf seiner schweißnassen Stirn mit Eiseskälte. Die Kanzlei würde sich im Hand umdrehen von ihm trennen, wenn er die Sache nicht aus der Welt schaffen konnte. Und dazu mussten sich diese Gerüchte noch nicht einmal als wahr herausstellen. Es reicht, dass sie in der Welt waren. Wenn es Tage, Wochen oder erst Monate später eine Auflösung gab, war das Interesse in der Öffentlichkeit an der Aufklärung oder an der Wahrheit bereits verstorben. Der erste Eindruck blieb jedoch.

Dann schoss ihm ein Gedanke durch den Kopf. Die beiden hatten sich zu Beginn des Jahres anlässlich ihres gemeinsamen Ausflugs nach Griechenland die App der Fluggesellschaft auf dem Handy installiert. Er öffnete die App.

Auch hier, kein Erfolg. Es war kein virtuelles Flugticket hinterlegt.

Minuten später war Christian in der Tiefgarage der Kanzlei. Er musste zu Hause nach Katrin schauen. Vielleicht fand er dort einen Hinweis. Vielleicht war ihr etwas zugestoßen?

Sorge, Wut, Verzweiflung und Panik mischten sich in ihm zu einem diffusen Gefühl. Einem derart besitzergreifenden Gefühl, dass Christian als er sich auf den Fahrersitz seines Audis fallen ließ, den Stich zunächst gar nicht spürte.

Nach nur einem Augenblick fühlten sich seine Knie seltsam

weich an.

Alles um ihn herum wurde schwarz.

Er fiel, obwohl er saß.

Metertief in ein bodenloses Loch.

48.

Als er die Augen öffnete, war es dunkel um ihn herum. In seinem Kopf hingegen entzündete sich ein Feuerwerk. Ähnlich dem Lichtspiel am Silvesterabend über dem Brandenburger Tor gab es zwischen seinen Schläfen eine Explosion nach der anderen, eine toppte die andere in ihrer Intensität.

Das Atmen fiel ihm schwer. Sein Mund war geknebelt. Nur langsam konnte er sich orientieren.

Es roch seltsam.

Modrig.

Er kannte den Geruch, konnte ihn aber nicht zuordnen.

Feucht.

Wie in einem Keller.

Es dauerte einige Minuten, bis sein Verstand sich orientierte.

Ein Mann stand vor ihm, er hatte Christian den Rücken zugewandt. Eine spärliche Glühbirne, die lediglich in der Fassung steckte, hing von der Decke. Es war ein kleiner Raum. Zumindest nahm Christian an, dass der Raum klein war, denn er konnte ihn nicht komplett erfassen. Seine Hände waren mit Kabelbindern gefesselt. Diese waren in einen Haken, der aus einer etwas zu niedrigen Decke ragte, eingelegt. Damit hielt er seine Hände über Kopf, ob er wollte oder nicht.

»Hmmmmm!« versuchte er auf sich aufmerksam zu machen und bereute den Versuch in der nächsten Sekunde. Nicht nur, dass er mehr nicht hervor brachte. Es brachte auch das bereits abflachenden Feuerwerk in seinem Kopf zu einem erneuten Aufflackern. Der Schmerz war so stark, dass ihm der kalte Schweiß begann den Rücken herunter zu laufen.

Doch er hatte die Aufmerksamkeit des Mannes geweckt, der

sich nun zu ihm herumdrehte.

Die Haare hatte er streng nach hinten gekämmt. Die Brille seines Entführers war so klein, dass sie kaum einen Blick dahinter zuließ.

»Sie sind wach. Das spart uns Zeit.«, sagte dieser trocken. Er sprach mit einer derartigen Selbstverständlichkeit als hätte er gerade einen eintreffenden Gast während eines Geschäftstreffens begrüßt.

Christian hatte den Mann noch nie vorher gesehen. Seinem vagen Gefühl nach war es bereits einige Stunden her. Lediglich Einzelbilder blitzten vor seinem inneren Auge auf.

Die Tiefgarage seiner Kanzlei.

Der Stich.

Die Dunkelheit... seine Erinnerung wurde faserig.

Katrin, schoss es ihm als Nächstes durch den Kopf.

»Menschen zu verletzen ist etwas Böses, Herr von Eigen. Fügt man jedoch einem Bösen Menschen etwas zu, egalisiert sich die aufgeladene Schuld. Es hebt sich auf, verstehen Sie? Man kann es spüren. Hier drin.«

Er zeigte auf seine Brust und wartete auf eine Reaktion von Christian.

»Wammmmm?«, versuchte es Christian erneut mit der offensichtlichen Frage.

Er selbst hatte zwar nicht das Gefühl, dass es gut zu verstehen war, dennoch ging sein Gegenüber darauf ein.

»*Warum* fragen Sie? Nun, im Grunde ist die Antwort auf die Frage doch offensichtlich, oder? Sie sind böse. Und ich werde dieses Böse auslöschen. Auch wenn ich dazu selbst etwas Böses tun muss.«

Er kam auf Christian zu und begann dessen Hemd aus der Hose zu ziehen und die Knöpfe der Reihe nach von unten nach oben zu öffnen. Als er alle bis auf den obersten Knopf geöffnet hatte steckte er die Enden Christian hinten in den Hosenbund. Damit war das Hemd oben zwar noch geschlossen, Christians Oberkörper war jedoch weitgehend entblößt.

Auch wenn es zuvor nur sein Hemd war, Baumwolle also, erzeugte die plötzliche Nacktheit ein seltsames Gefühl der Schutzlosigkeit in Christian.

»Wam ham ih gewamm?!«, wollte er seine Ohnmacht hinaus schreien, seine Lautstärke wurde jedoch bereits nach den ersten beiden Worten vom einschießenden Schmerz in seinen Schläfen gedrosselt. Bei jedem einzelnen Wort trieb es ihm einen heißen Pflock in seinen Hirnstamm. So fühlte es sich zumindest an.

»Was sie getan haben, wissen Sie am besten. Ich bin kein Richter. Ich bin nur der verlängerte Arm, derer, die für die Gerechtigkeit zu schwach oder zu weich sind.«

Er machte eine kurze Pause, fast so als würde er nachdenken.

»Aber für den Fall, dass in Ihnen noch viel mehr Böses lauert, als ich gedacht habe. Für den Fall, dass Sie viel mehr Menschen solches Leid zugefügt haben, kann ich Ihnen folgendes sagen..«

Wieder eine Pause. Sie kam Christian wie eine Ewigkeit vor.

Was sein augenscheinlicher Entführer überraschte ihn zwar nicht, schmerzte ihn jedoch auf eine Art die Christian nicht sofort richtig einordnen konnte.

»Ich habe mit ihrer Frau gesprochen. Sie hat mir einiges über sie drei erzählt.«

49.

Laute orientalische Musik drang aus dem Handy der drei Jungs, die ihm schräg gegenüber saßen. Er konnte nicht verstehen, was die Stimme sagte, die offenbar zu den Klängen der Musik sang.

Die Berliner Ring-Bahn war ein Phänomen. Weniger wegen ihrer infrastrukturellen Nützlichkeit, als mehr ob des Publikums, dass sich am Wochenende des Nachts in ihr herumtrieb. Von Anzugträgern, die gerade erst in den Feierabend entlassen wurden, über bereits oder immer noch Feiernde saß hier zumeist ein komplettes Abbild der Berliner Bevölkerung auf engstem Raum und teilte sich ein Schicksal.

Und darum auch der Teil der Gesellschaft, um den man sonst privat eher einen Bogen macht.

Die drei Jugendlichen waren vielleicht südländisch oder persisch. Vielleicht aber auch nicht. Jedenfalls unterhielten sie sich angeregt und lautstark und lieferten sich damit zugleich eine Duell gegen den Lautsprecher ihres Handy, welches sie als Musikanlage zweckentfremdeten.

Ihr offensichtliches Objekt der Begierde war ein junges Mädchen, welches im gegenüberliegenden Abteil saß. Sie durfte ungefähr so alt wie die drei Jungs sein. Immer wieder starrten die Drei in ihre Richtung. Es lag etwas in der Luft, etwas, das Nichts Gutes verhieß.

Der stoische Blick eines jenen Anzugträgers ruhte auf den Dreien. Bedächtig saß er da, mit Aktentasche auf den Knien; in Anzug und Krawatte. Die Hände ruhten auf der Aktentasche. Er beobachtete das Treiben.

»Ey Süße, willst du mitkommen!« sprach einer der Dreien das Mädchen schließlich an, gefolgt von einem Schnalzen mit der Zunge. Er trug eine rote Basecap und ein den sommerlichen

Temperaturen angepasste offenes Hemd, das eine Nummer zu groß wirkte. Darunter blitze ein blütenreines und weißes Unterhemd hervor.

Das Mädchen reagierte überhaupt nicht.

Sie trug offenbar noch ihre Arbeitsuniform eines bekannten Schnellrestaurants und hatte vermutlich gerade ihre Spätschicht beendet. Sie trug sogar noch ihr Namensschild. Es war 0:20 Uhr. Sie hatte ihre braunen Haare zu einem Dutt zusammengebunden, der ihr jedoch durch die Anstrengung der Arbeit langsam aber sicher auseinander fiel.

»Bist wohl ne schüchterne..«

Einer der Jungs stand auf.

»Ey, Ömer, die hört dich nicht.« wies ihn sein Kumpel auf den an sich offensichtlichen Umstand hin, dass das Mädchen Kopfhörer in den Ohren trug und vermutlich Musik hörte.

Sie nahm sich einen der Kopfhörer aus dem Ohr und schaut Ömer, der zwischen den beiden Abteilen stand fragend an. Ihr Blick war stark und wirkte selbstbewusst.

Sie sagte nichts und lies ihren Blick vielsagend von Ömer zu seinen Kumpels schweifen.

Keine Antwort, stattdessen ging Ömer zu ihrem Vierer, wie Berliner die kleinen Abteile in S-Bahn nannten in denen sich jeweils zwei Sitzplätze gegenüber lagen, herüber und setzte sich.

Mit gehobenen Brauen und fragendem Blick folgte das Mädchen ihm, sagte jedoch immer noch kein Wort.

»Hey Süße, wo gehst du noch hin heute Abend? Lust mit uns mitzukommen? Wir gehen ins Sisyphos.«, gab der Junge in einer Art von sich, die er vermutlich für charmant hielt. Oder für flirtend.

»Danke. Nein.« gab ihm das Mädchen zu verstehen und steckte sich den Kopfhörer wieder ins Ohr, als sie erkannte in

welche Richtung das weitere Gespräch wohl gehen würde. Sie wendete ihren Blick von ihm ab und schaute wieder aus dem Fenster.

Gelächter brach aus.

Ömer wurde offenbar eiskalt abserviert.

Das wollte dieser nicht auf sich sitzen lassen. Er lehnte sich nach vorne zu ihr, um sich ihrer Aufmerksamkeit ganz sicher zu sein.

»Ist das dein Ernst? Was los mit dir, du Schlampe?« zischte er. Keine Reaktion.

Das junge Mädchen drehte noch nicht mal den Kopf zu ihm, obwohl unübersehbar war, dass Ömer nun mit ihr sprach. Sie blickte weiterhin still aus dem Fenster. So als wäre ihr Gegenüber Luft. Als würde er nicht existieren.

Seine beiden Kumpel hielten inne.

Sie spürten, dass sich die Stimmung ihres Kumpels veränderte. Fast wirkte es, als würden sie in Deckung gehen, weil wussten, dass sich ein Sturm zusammenbraute.

»ICH REDE MIT DIR!«, schrie Ömer das Mädchen plötzlich an.

Erneut keine Reaktion. Lediglich ein verächtlicher Blick, der Ömer für eine Sekunde traf, bevor das Mädchen wieder aus dem Fenster schaute.

Dann plötzlich schoss Ömers Hand nach vorne. Er bekam ihren Hals zu fassen.

Zum Erstaunen des Anzugträgers, der das Treiben beobachtete, brachen die beiden Kumpels von Ömer wieder in schallendes Gelächter aus. Sie hielten das offensichtlich für einen Scherz, oder für eine lustige Situation. Das Mädchen hingegen riss die Augen auf, sichtlich überrascht von der rapiden Eskalation.

Ömer musterte sie nun lüstern von Kopf bis Fuß. Seine Hand lag immer noch um ihrem Hals. An seinen Fingerknöcheln konnte man sehen, dass seine Hand fest zupackte. Er machte keine Anstalten seinen Griff zu lösen.

Der Anzugträger war im Begriff sich zu erheben, um die Situation zu beenden. Eigentlich musst du keine Angst vor ihnen haben, *dachte er im Stillen. Er war sicher alt genug, um ihr Vater zu sein. Doch gerade als er sich entschied dazwischen zu gehen, sah er etwas am Hosenbund einer der beiden noch sitzenden Kumpels aufblitzen. In dem weißen und schon sehr ramponierten Gürtel einer teuren Modemarke steckte an der rechten Seite versteckt, aber durch ihr Gejohle für einen Moment gut sichtbar, eine Klinge. Ein Springmesser. Sein Mut verebbte abrupt und er sank zurück in seinen Sitz.*

Ömers Mut hingegen wuchs von Sekunde zu Sekunde. Das Mädchen hatte die Augen immer noch aufgerissenen und war starr vor Schreck. Wie ein Hase vor der Schlange starrte sie ihr Gegenüber mit offenen Augen an, unfähig sich zu bewegen. Sie wusste nicht, was als Nächstes passieren wurde und entwickelte offenbar ein Gefühl dafür, dass die Situation zusehend lebensgefährlich wurde.

Der Anzugträger blickte sich um.

Es war niemand sonst in diesem Abteil, außer den Jungs, dem Mädchen und ihm.

Verdammt, *fluchte er in sich hinein.*

Einen weiteren Augenblick geschah nichts. Ömer genoss den Triumph der anfänglichen Ohnmacht seines Opfers. Doch diese war nun verschwunden. Das Mädchen schlug nach Ömer. Vergeblich.

Es war mehr ein Wischen in der Luft als ein zielgerichtetes Schlagen. Doch dann, als Ömer sich gerade zu seinem Kumpels umdrehen wollte, traf die Hand ihr Ziel.

Überrascht von der Wucht, die die eigentlich zierliche Frau

entwickelte, lies er einen Moment locker. Die Frau sprang auf.
Sie warf ihren Körper Richtung ihres Angreifers, was diesen
in seinen Sitz zurückwarf.
Sie schoss davon.
Blitzschnell. Fluchtartig.
Direkt in Richtung der sich gerade wieder schließenden Tür.
Die S-Bahn war gerade in den Bahnhof Schönhauser Allee
eingefahren.
Ömer schaute ihr, unter den feixenden Rufen seiner Kumpels,
sichtlich verwirrt hinterher. Er warf ihr noch ein paar
Beschimpfungen nach, um seine vermeintliche Ehre noch zu
retten.
Nur ungefähr fünfzehn Minuten später stand der Anzugträger
über der Leiche von Ömer. In einem dichten Gebüsch nahe
eines S-Bahnhofs. Er hatte ihn gewürgt, mit der bloßen Hand.
Sie hatte Ömers Hals solange gedrückt, bis dieser aufgehört
hatte, sich zu wehren. Ömers Gesicht war blass geworden.
Jegliches Leben war aus ihm entwichen.
Er würde keine Gefahr mehr darstellen.
Nachdem, was er dem Mädchen hinterher gerufen hatte, als
diese um ihr Leben bangend aus der S-Bahn geflüchtet war,
hatte Ömer sein Todesurteil unterzeichnet. Unwissentlich.
Es hatte einen Schalter in dem Anzugträger umgelegt.
Es hatte einen Filter vor dessen Augen geschoben und
erzeugte so eine Welt, in der es lediglich einfache Kategorien
gab.
Schwarz oder weiß. Gerecht oder ungerecht. Tot oder
lebendig.
»Jetzt mach hier kein Theater, Klara!«, hatte Ömer geschrien.

50.

Katrin ist schwanger, dachte Christian.

Wer auch immer sein Peiniger war, er hatte mit Katrin gesprochen. Und offenbar war Katrin schwanger. Unter dem Eindruck der Schmerzen und den Anstrengungen die es ihn kostete, die Hände permanent über Kopf zu halten, versuchte Christian die Lage zu analysieren.

Woher kannte der Mann Katrin?

Was hatte er mit ihm vor?

War es ein Mandant?

Wollte er Geld?

Hatte er Katrin in seiner Gewalt?

Hatte er sie umgebracht und ihm das angehängt?

Christian dachte an die Schlagzeile, die er in seinem Büro gelesen hatte.

Das Gespräch mit den beiden Namenspartnern der Kanzlei.

Als wäre der bereits vorhandene Schmerz unter seiner Schädeldecke nicht bereits genug, traf ihn in diesem Moment ein kräftiger Haken in seinen Bauch.

Sein Körper zuckte unwillkürlich und Christian hatte das Gefühl sein Mageninhalt würde vollständig nach oben drücken. Was noch mehr Panik erzeugte, da er durch das Klebeband, welches sich über seinem Mund befand, instinktiv befürchtete, dass er dann ersticken würde.

»Leider war nicht viel Zeit, ich musste improvisieren. Und offenbar bin ich bereits zu spät gekommen.«

Ein weitere wütend Faust traf seinen Magen.

»Wenn ich den Zeitungen Glauben schenken kann. Ich konnte sie nicht mehr retten. Ist das korrekt?«, fragte ihn sein Peiniger.

Es half nicht viel, aber Christian versuchte dennoch einen für die Umstände kühlen Kopf zu bewahren.

Er war wehrlos.

Konnte seinen Körper nicht bewegen und den Schlägen nicht ausweichen.

Seine Bauchmuskeln anzuspannen half vermutlich die Wucht der Schläge abzufedern, doch auch das würde er nicht ewig durchhalten können.

Krachend traf ein weiterer Schlag seinen Bauch.

»Du hast sie schon umgebracht, stimmt's?« fragte sein Gegenüber als Christian immer noch nicht geantwortet hatte. »Aber du wirst deine Strafe dennoch bekommen.«

Je länger Christian sich in dieser Situation befand, desto schwerer fiel es ihm auf den Beinen zu bleiben. Die harten und zielgerichteten Schläge halfen dabei nicht. Sie trafen fast ausnahmslos immer auf die gleiche Stelle kurz unterhalb des Sternums. Die Präzision intensivierte die Situation und intensivierte die Schmerzen. Christian wusste nicht, wie lange er das noch durchstehen konnte. Oder *sollte*.

Wenn er durch die Erschöpfung etwa in die Knie ging, schnitten ihm seine Fesseln an den Händen zügig das Blut in den Händen ab.

Da blitzte etwas in ihm auf. Etwas, was verschiedene Gedankenfetzen und Erinnerungen zusammensetzte.

Strafe.

Schlagartig hatte Christian das Gefühl, jemand hatte ihn an einem Haken aus dem Sumpf trüber Gedanken und Verwirrung gezogen. Er sah plötzlich glasklar. Doch auch dieses Wissen verbesserte seine Situation nicht.

Er hatte über den Mann gelesen. Er war eine Art Rächer, zumindest hatten das die Zeitungen geschrieben. Er kam nicht mehr darauf, wie die Zeitungen ihn nannten. Ihm wurden bereits mehrere Opfer in und um Berlin herum zugeordnet.

Über zahlreiche Weitere wurde gemunkelt.

Er wählte seine Opfer danach aus, ob sie – seiner Ansicht nach – ihrerseits selbst zu Tätern geworden waren. Und bestrafte sie auf die Weise, wie selbst ihre Taten begangen hatten.

Ihr Frau ist schwanger, fiel ihm die Aussage seines Gegenübers wieder ein.

Der Zeitungsartikel, sie ist tot.

Zwei Puzzleteile hakten ineinander.

Die Erkenntnis traf Christian zentnerschwer.

Er war sich nicht sicher, ob das Sinn machte, was der Rest seines Verstandes in seinem Kopf zusammensetzte: Jemand hatte eine falsche Fährte gelegt, die offenbar funktionierte. Der Irre, über den die Zeitungen schrieben, stand hier vor ihm und wollte ihn bestrafen.

Das Baby.

Deshalb die Schläge in den Bauch.

Katrin hatte dem Entführer etwas über das Baby erzählt.

Eine weitere schmerzhafte Gerade traf ihn. Die Wucht zwang ihn in die Knie.

Er hörte eine leises, aber beständiges Keuchen seines Gegenüber. Für einen Moment gaben jedoch seine Hände ein kleines aber spürbares Stück nach.

Eine weitere Idee.

Christian blickte nach oben. Sein Peiniger machte sich an einem in der Ecke stehenden Rucksack zu schaffen. Wenn er seine Hände in den Fesseln hin und her bewegte, sah er, dass der Haken in den er verschnürt war, sich bewegte. Wenige Millimeter nur. Aber vielleicht reichte das aus.

Es war nicht viel, aber es war eine Idee und eine Chance. *Der Mut der Verzweiflung*, dachte Christian.

Der Mann stand immer noch mit dem Rücken zu ihm. Er hatte sich die Brille abgenommen und das Gesicht mit einem

Handtuch abgetupft. Er war ins Schwitzen gekommen.

Als er gerade auf Christian zukam und zu einem weiteren Schlag ausholte, sah Christian seine Chance.

Er setzte alles auf eine Karte.

Der Mut der Verzweiflung.

Christian machte einen kleinen Satz nach oben und ging beim Aufkommen auf dem weichen Keller-Boden in die Knie, soweit es nur möglich war. Er bereitete sich auf einen höllischen Schmerz in seinen Handgelenken vor.

Doch der blieb aus.

Stattdessen war der Zug an dem Haken so groß, dass Christians Fesseln den Haken aus der Decke rissen.

Von der Aktion sichtlich konsterniert hatte seine Peiniger seinen Schlag in media res unterbrochen. Christian reagierte schnell. Und schneller als sein Entführer.

Er ging zum Angriff über und griff den praktischerweise zwischen seinen Handflächen befindlichen Haken, der eben noch in der Decke gesteckt hatte, mit beiden Händen. Sein Peiniger sah den Schlag kommen, aber war nicht mehr in der Lage auszuweichen.

Nur drei Sekunden später fiel er mit einem dumpfen Knall zu Boden.

51.

Christian hatte sich nicht mehr umgeblickt. Er hatte auch kein
Geräusch mehr hinter sich gehört, als er aus der Tür gestürmt
war und die wenigen Treppen hinaus ins Freie gestolpert war.
Seine Hände waren immer noch gefesselt. Dennoch schnappt
er jetzt zuerst gierig nach frischer Luft. Es war bereits tiefe
Nacht und es war stockfinster um ihn herum.

Nachdem er einige Minuten einfach immer geradeaus gerannt
war und sich umgeblickt hatte und erleichtert feststellte, dass
ihn niemand verfolgte, konnte sein Körper aber auch sein
Verstand durchatmen.

Er spürte wie er sich nach und nach beruhigte, wenngleich sein
Herz immer noch pumpte, wie das eines Kolibris. Zunächst
entledigte er sich der Kabelbinder. Ihm fiel Video ein, welches
er online gesehen hatte. Er nahm seine gefesselten Hände vor
sich, soweit weg vom Körper wie er konnte und zog sie mit
einem Ruck zur Brust, die er im gleichen Moment den
Kabelbindern entgegen drückte. Das Resultat war eine
Hebelwirkung, gegen die die Kabelbinder nichts
entgegenzusetzen hatten. Sie platzten auseinander wie
Spielzeug. Das Blut begann langsam wieder vollständig
zurück in seine Hände zu laufen.

Seine Finger kribbelten immer noch etwas, als Christian
wenig später auf der nächsten Polizeiwache durch die Tür trat.
Er spürte schnell mehrere Augenpaare auf sich ruhen. Und er
empfand es als angenehm, hatte er doch gerade ein
schätzungsweise mehrstündiges Martyrium durchlitten,
nachdem er aus der Tiefgarage seiner Kanzlei gekidnappt
wurde. Er blickte auf die Uhr, die im Innern des Vorraums der
Wache hing. Es war 21:25 Uhr.

Auf einen Schlag fiel ihm dann jedoch der wahre Grund ein,

warum alle Anwesenden ihn anstarrten, als wäre er von einer todbringenden Krankheit befallen. Er konnte über den Schreibtisch hinweg den Monitor eines der Polizeibeamten sehen und sah dabei sein eigenes Gesicht zurückblicken.

Sein Gesicht schien nun nicht mehr nur auf einer sondern auf beinahe allen Yellow-Press Titelseiten zu prangen. Offenbar waren gerade die wirklich gesellschaftsbewegenden Themen Mangelware, sodass sich die Redakteure auf ein Thema stürzten, dass einigermaßen zuverlässig einen Besucherstrom auf die Online-Formaten der Zeitungsausgaben brachte. Scheinbar hatte er sogar die Berichterstattung der letzten Wochen über den Lyncher abgelöst.

Der Blick des Polizeimeisters, der an dem empfangsähnlichen Tresen in den Monitor seines Computers schaute traf ihn zuerst mit Distanz, dann mit Verachtung. Er hatte ihn wohl erkannt.

»Ich muss ein Verbrechen melden.«, sagte Christian kurz angebunden.

Der Polizeimeister, der ein gut sichtbares Namensschild trug und ihn anhand seiner Schulterstücke als PM Wild auswies, zögerte einen Moment.

»Das glaube ich gerne. Worum geht's?«, fragte PM Wild mit einem Gesichtsausdruck, der verriet, dass er Christian nicht ernst nehmen würde, ganz gleich was dieser ihm erzählen würde.

Dennoch fasste Christian das Erlebte zusammen.

Dass er der Auffassung war, von dem Serientäter aus den Nachrichten verfolgt zu werden. Dass er diesem gerade entkommen sei. Dass seine Frau verschwunden ist und dass sie eigentlich im Urlaub sein sollte. Und dass er nun Schutz benötigte, weil es wohl ausgesprochen wahrscheinlich sein würde, dass der Verrückte der ihn bereits einmal entführt hatte, um ihn zu bestrafen, nach seinem Scheitern versuchen würde, seinen Fehler zu korrigieren.

Die Skepsis des Polizisten wuchs weiter, je mehr Christian erzählte. Als er fertig war, sagte der Polizist: »Einen Moment.« und wandte sich ab und ging nach hinten in ein mit Glaswänden umzogenes Büro, in dem ein Kollege, ein Polizeioberkommissar soweit Christian das auf die Entfernung erkennen konnte, am Schreibtisch saß und eifrig in die Tasten tippte.

Die beiden beratschlagten sich. Blicke wurde ausgetauscht. Immer wieder blickten die beiden während des kurzen Gesprächs durch die Glaswände zu Christian und ihr Blick verfinsterte sich stets. Sie unterhielten sich gedämpft, denn die Tür stand offen. Dennoch meinte Christian einmal einen der beiden das Wort 'Frauenmörder' sagen zu hören.

Unruhig wechselte Christian von einem Fuß auf den anderen. Als nach kurzer Zeit PM Wild wieder an den Tresen trat, bat dieser Christian ins Büro des Kollegen, der sich ihm als Polizeioberkommissar Jamolowitz vorstellte. Dieser bat Christian die eben erzählte Geschichte erneut zu erzählen.

Auch dessen Skepsis wuchs je mehr Christian erzählte.

»Haben Sie einen Beweis für Ihre Geschichte? Oder ich formuliere es anders, ist Ihnen bewusst, dass sie im Moment landesweit in den Nachrichten sind?«, fragte er, den Blickkontakt keine Sekunde unterbrechend, als Christian zu Ende erzählt hatte.

»Einen Beweis? Darum geht es doch gerade nicht! Bitte-«

»Denken Sie nicht?« sagte der POK mit leicht erhobener Augenbraue. »Wenn ich offen sprechen darf, ich denke ihnen geht gerade der Arsch auf Grundeis, Herr Anwalt.« Er wies mit dem Kinn auf seinen Monitor auf dem die Online-Ausgabe eines dieser Schundblättchen geöffnet war. »Das alles klingt nach einer ganz billigen Ausrede um den Spieß herumzudrehen und aus ihnen ein Opfer statt des Täters zu machen. Angriff ist die beste Verteidigung, hm? Lernen Sie das im Studium?«

»Ich bitte Sie«, setzte Christian wieder an. »Wenn das so wäre, wie Sie denken, meinen Sie nicht, ich hätte mir dann eine plausiblere Geschichte überlegt, als das?«

Da hat er einen Punkt, dachte der POK.

»Vielleicht ist aber auch genau das Teil ihrer Strategie. Umgekehrte Psychologie oder wie ihr Anwälte das nennt.« gab er daraufhin zurück.

Christian seufzte.

Ein Kampf gegen Windmühlen.

»Ich wünsche Ihnen, dass Sie nie in eine solche Situation kommen. Von einem Verrückten gekidnappt zu werden, gefesselt und bedroht zu werden. Ich hatte Glück, dass ich mich befreien konnte. Aber wer weiß, was er noch alles mit mir angestellt hatte.« Christian geriet in einen richtigen Redeschwall. Er musste seinen Frust und seine Ohnmacht einfach loswerden. Auch wenn es nichts helfen würde, würde er doch kathartische Erleichterung finden. »Er hatte ein ganzes Sammelsurium an Werkzeugen dabei. Einen Hammer, Spritzen. Dieser verrückte hatte sogar so ein selbstgeschmiedetes Messer mit einer gezackten Klinge. Wissen, was er alles-«

»Was haben Sie da gerade gesagt?«, überbrach ihn der POK. Christian wiederholte seine Aussage und im nächsten Moment hatte der Beamte bereits zum Telefon gegriffen.

20 Minuten später verließen POK Jamolowitz und PM Wild den Raum als zwei Kollegen von der Berliner Kriminalpolizei den Raum betraten.

Sie stellten sich ihm als Kriminalkommissarin Ackermann und

Kriminaloberkommissar Marquardt vor.

52.

»Sie wissen von der Klinge?«, fragte die Frau mit den kurzen nach hinten gegelten Haaren. Sie stand, während ihr Kollege sich Christian gegenüber gesetzt hatte.

»Wie sollte ich nicht davon wissen? Ich habe sie ja gesehen. Sie lag da. Direkt vor mir.«

»Von der Klinge wusste die Öffentlichkeit bisher nichts.« sagte der Kriminaloberkommissar mehr zu seiner Partnerin, erklärte damit jedoch sogleich Christian warum dieses Detail den Beamten dazu angehalten hatte, direkte die Kollegin von der Kripo herbeizurufen. Ab hier bestand zumindest die Chance, dass die Geschichte die Christian erzählte, wahr sein könnte. »Gut, dass wir informiert wurden. Wenn wir auch nicht mehr.. wie konnten Sie fliehen?« Seine Stimme lies Skepsis erkennen. Auch er hatte wohl die Nachrichten über Christian gehört.

»Er hatte was davon gesagt, er habe improvisieren müssen. Dass es alles zu schnell ging und er wohl schon zu spät komme. Er hatte mich mit Kabelbindern an der Decke festgemacht. Sehen Sie?« Er hielt den beiden wie zum Beweis die Handgelenke hin, an denen immer noch deutlich erkennbar zwei quer verlaufende ein bis zwei Zentimeter breite Quetschungen, die an beiden Handgelenken auf gleicher Höhe waren. »Vielleicht hat er deshalb einen Fehler gemacht und mich nicht richtig an der Decke festgemacht.«

»Nun hören Sie mal,« sagte der Kommissar »Wir haben Kollegen an die Adresse geschickt, die Sie uns genannt haben. Sie haben dort nichts gefunden. Rein gar nichts. Keine Kabelbinder, keinen Entführer, nichts was ihre Geschichte bestätigt. Können Sie mir das erklären?«

»Na, der Täter wird ja nicht dort geblieben sein, bis ihn die

Polizei brav aufliest. Zudem war es nur eine Vermutung, dass es dort war. Ich hatte als ich geflohen war, natürlich anderes im Sinn als mir exakt zu merken, wo ich gerade gefesselt und gefoltert wurde«, gab Christian kampfeslustiger zurück als geplant.

»Das ist uns schon klar. Aber verstehen Sie uns, Sie sind gerade ein medial recht gefragte Mann in dieser Stadt und ausgerechnet sie tauchen auf und erzählen uns eine mehr als fragwürdige Geschichte, die sich mit nichts stützen lässt, außer vielleicht ihren körperlichen Blessuren.« Er wies mit dem Kopf auf Christians Handgelenke. »Aber auch das lässt sich leicht anders erklären.«

»Wie meinen Sie das?«

»Sie stehen im Verdacht ihre Frau getötet zu haben Herr von Eigen. Einzig der noch unklaren und dürftigen Spurenlage ist es zu verdanken, dass wir Sie nicht auf der Stelle festnehmen. Wir haben bereits bei den Zeitungen angefragt, die zuerst über die Sache berichtet haben, aber natürlich halten die sich bedeckt. Quellenschutz.«

Er machte eine Pause und sah Christian eindringlich an.

»Soweit wir im Moment wissen, ist Ihre Frau verschwunden. Ihnen zufolge ist sie mit einer Freundin übers Wochenende weggefahren. Diese Freundin ist nicht greifbar, ihr Handy ist aus. Zuhause ist Sie nicht. Das gleiche gilt für ihre Frau. Ich sage Ihnen sicherlich nichts Neues, wenn ich Ihnen sage, dass Ihre derzeitige Lage mehr als aussichtslos ist.«

Christian musste ihm recht geben. Er war zwar kein Strafverteidiger, aber selbstverständlich beherrschte er strafrechtliche Grundzüge. Zumal bei einer vermeintlich derartig eindeutigen Beweislage keine besonders tiefgehenden Kenntnisse nötig waren.

Er hatte ein Motiv, zumindest nach dem Narrativ dieser

erfundenen Geschichte. Er konnte das Gegenteil schwer beweisen, insbesondere da er weder Katrin noch Maggy erreichen konnte. Zudem konnte er den tatsächlichen Ablauf der Geschehnisse nicht beweisen. Natürlich hatte der Täter das Weite gesucht, als er wieder zu Bewusstsein gekommen ist.

Es sah in der Tat schlecht für ihn aus resümierte der Anwalt in ihm.

»Und wie machen wir jetzt weiter? Ich bin mir sicher, der Täter wird mich beobachten. Er hat einmal versucht mich zu töten, er wird es wieder versuchen. Er wird mir auflauern.«

»Ihre Frau hat geerbt.«

Eine Frage aus dem Off. Keine Frage, eine Feststellung.

»Ja, und..«, setzte Christian an, um die nicht gestellte Frage der Kommissarin zu ergründen. Doch bereits einen Augenblick erkannte er ihre Absicht. Ein weiteres Motiv.

Christian geriet ins Grübeln.

»Ein Motiv.«, sagte Charlotte.

Eine weitere Feststellung.

Christian sah die Richtung, die dieses Gespräch einschlug und es gefiel ihm ganz und gar nicht. Er musste hier weg. Er musste Katrin finden.

»Ich werde jetzt gehen.«, sagte er.

Wenn ich Katrin finden würde, wären alle Probleme gelöst, dachte er kurz.

Die Nachrichten würden sich als Falschmeldung herausstellen. Seinen Ruf würde er hoffentlich mit einer presserechtlichen Richtigstellung wiederherstellen können. Sogar den Täter würde er loswerden, wenn klar würde, dass er Katrin nichts angetan hatte und das auch nicht vor hatte. Auch dürften die Ermittlungen gegen ihn, die die beiden Kriminalbeamten angestrengt hatten oder noch würden, zum Erliegen kommen.

Doch.. dann fiel ihm auf, dass er nicht den Hauch einer Ahnung hatte, wo er Katrin suchen sollte.

Er blickte in zwei konsternierte Gesichter der Beamten.

»Soweit ich Sie verstanden habe, haben Sie nicht genug in der Hand um mich festzuhalten.« setzte Christian mit neu gewonnenem Mut nach. Er wusste nicht woher er diesen nahm, aber er war dankbar, dass er ihn hatte. »Helfen wollen Sie mir offenbar auch nicht. Dann würde ich zumindest gerne nach Hause gehen und duschen.« Christian blickte an sich herunter, als wäre das Erklärung genug, warum er nun schleunigst die Wache wieder verlassen wollte.

»Machen Sie das. Ach, aber Herr von Eigen?« sagte Marquardt als Christian bereits an der Tür zum Vorraum war.

»Halten Sie sich bitte zu unserer Verfügung.«

Christian schaute Marquardt lange an.

»Man kann ja nie wissen, wie sich die Dinge noch entwickeln.«, fügte Marquardt mehrdeutig hinzu.

Man kann nie wissen, dachte Christian.

Da hatte er wohl Recht.

53.

»Das war nicht richtig«, sagte Charlotte in zerknirschtem Ton.
»Wir hatten Glück, dass der Kollege nicht Bescheid wusste.«
Da hatte sie Recht, dachte ihr Partner.

Der Fall war ihnen entzogen worden. Das Bundeskriminalamt war nun zuständig, um der Sache ein schnelles und für alle Beteiligten ein zufriedenstellendes Ende zu machen. Damit war mitnichten gemeint, dass die Opfer der Taten Genugtuung erfahren sollten. Die Beteiligten waren hohe politische Würdenträger, die ihr Ansehen im Licht der Fernsehscheinwerfer aufpolieren wollten. Die Belange der tatsächliche Betroffenen hatten dort keinen Platz. Niemand machte daraus einen Hehl und das war es was Marquardt am meisten zusetzte. Die geheuchelte Empathie, die in die Fernsehkameras gelogen wurde sowie das Zerren um das größte Stück des Kuchens der vermeintlichen Ermittlungserfolgs. In die Kamera blickten traurig und Anteil nehmende Gesichter. Hinter der Kamera wurden die Karriere-Messer gewetzt.

»Das stimmt. Es tut mir leid, wenn ich dich hier in eine blöde Situation gebracht habe. Als ich angerufen wurde, konnte ich es dem Kollegen einfach nicht sagen. Nicht an Bachmann und Zinn, diese wichtigtuerischen Hirnis.«

Die beiden Kollegen Bachmann und Zinn waren vom BKA. Und das ließen sie ungefragt jeden wissen. Hätten Sie bei dem Übergabegespräch noch ein etwas größeres Platzhirsch-Gehabe an den Tag gelegt, hätte es Marquardt nicht gewundert, wenn sie nach ihrer Ankunft in alle vier Ecken des großen Besprechungszimmers gepinkelt hätten um auch wirklich jeden wissen zu lassen, wer jetzt hier das sagen hatte.

»Hat wohl nicht so geklappt, hm?« hatte ihn Bachmann mit

einem großväterlichen Klaps auf die Schulter gefragt, als die große Runde gerade eine Pause machte. »Nicht so schlimm, jetzt sind ja die richtigen Polizisten da.«

Es hatte Marquardt fiel Überwindung gekostet, ihn dafür nicht direkt die Faust ans Kinn zu donnern. Aber er war durch den bloßen Umstand, dass ihnen der Fall weggenommen wurde, bereits genug gedemütigt. Er vertrug zwar keine weitere Demütigung durch die *Kollegen*, hatte aber auch keine Kraft sich noch weiter zu verteidigen. Also ließ er sie gewähren.

Die Zusammenarbeit mit dem BKA war in der Vergangenheit im Bereich der White-Collar-Crimes eigentlich nie ein Problem gewesen. Sicherlich gab es immer ein Paar stark ambitionierte Kollegen, die auch mal einen Konkurrenten über die sprichwörtliche Klinge springen ließen. Aber das war zum Einen eher die Ausnahme, zum Anderen waren selbst diese ja noch harmlos im Vergleich zu Bachmann und Zinn. Die beiden führten sich auf wie zwei Schulhof-Rowdys mit Schusswaffen und Dienstmarken.

»Die Anweisung ist klar.« holte Charlotte ihren Partner wieder zurück in die Realität.

»Du hast Recht, Charlotte. Aber wir können das nicht«, insistierte Marquardt.

»Wir müssen.«

»Wenn wir Zinn und Bachmann informieren, war es das. Ich will nicht wieder den Triumph in ihren Gesichtern sehen. Wenn er die Wahrheit sagt und wir Zehrfeld eine richtige Spur liefern, vielleicht können wir den Fall dann wieder zurückbekommen..«

»Das wird nicht passieren. Das weißt du.«

»Aber vielleicht können wir der Sache auf eigene Faust nachgehen? Was, wenn dieser von Eigen die Wahrheit sagt? Was, wenn der Killer hinter ihm her war. Stell dir nur vor, wir könnten die letzten beiden großen Themen, die durch die Medien gegeistert sind auf einen Schlag erledigen. Zwei Fliegen mit einer Klappe. Das würde nicht nur unseren Ruf wiederher-«

Marquardt geriet in einen wahren Rederausch.

»Wir müssen.« bremste ihn Charlotte abrupt.

54.

Christian rannte die Treppen in den vierten Stock des Wohnhauses in der Chausseestraße in Berlin-Mitte. Das Haus hatte zwar einen Fahrstuhl, doch einem Bauchgefühl folgend, entschied er sich dagegen. Er wusste nicht, ob der sogenannte Lyncher wieder zuschlagen würde und wann. Es erschien ihm ratsam, jeder fluchtbereit zu sein.

Er überlegte, ob er mit seinem Plan zunächst zu Hause nach einer Spur von Katrin zu suchen, nicht in eine Falle laufen könnte. Er wog jedoch die Wahrscheinlichkeit gegen die Notwendigkeit ab seine Suche nach Katrin schleunigst zu beginnen ab und entschied sich dafür.

Wie schlimm kann es noch werden, dachte er zynisch.

Er sah es zuerst, registrierte es jedoch nicht gleich. Sein Herz pumpte das Blut durch seinen rasenden Organismus. Sein Verstand brauchte einige Sekunden zu realisieren. Wie ein blinder Fleck, obwohl direkt auf Augenhöhe angebracht, nahm Christian den Post-It erst wahr, als er die Tür aufschloss und in die Wohnung treten wollte.

Ohne weiter darüber nachzudenken löste er den Zettel von der Tür. Noch auf der Türschwelle stehend, las er:

Du hattest Glück.

Es ist nicht vorbei

Geschrieben in einer feinen Schrift, die aussah wie eine Handschrift, sich jedoch bei näherer Betrachtung schnell als eine Computerschrift entpuppte.

Das muss dieser Verrückte gewesen sein.

Er war hier gewesen.

Plötzlich wurde Christian unruhig. Beinahe panisch.

War er noch hier?

War es doch eine Falle gewesen?

Er versuchte sich zu beruhigen.

Dann hätte er wohl kaum eine Ankündigung geschrieben, um ihn zu warnen.

»Hallo?«, rief er dennoch in die Wohnung hinein; und als von dort keine Antwort zurückkam schob er hinterher: »Katrin?«

Immer noch keine Antwort.

Langsam betrat Christian die Wohnung.

Er schloss die Tür hinter sich. Vorsichtig durch die Wohnung tigernd, darauf bedacht kein Geräusch zu verursachen, suchte er jeden der vier Räume ab.

Fehlanzeige.

In einem aufkommenden Gefühl der Sicherheit, zog er sich den teuren Designerstuhl vom Küchentisch und setzte sich. Er resümierte seine Situation.

Die Stadt hielt ihn gerade für den Mörder seiner Frau. Seine Frau hatte ihm gesagt, sie sei mit ihrer Freundin nach London gefahren. Bevor sie sich in Luft aufgelöst hat. Und er erfahren hat, dass sie schwanger ist. Das hatte er von einem Verrückten erfahren. Der ebenfalls stadtbekannt ist. Und hinter ihm her ist, weil der scheinbar der Auffassung ist, er müsse ihn für das Unrecht an Katrin bestrafen. Und weil das noch nicht reicht, konnte er von der Polizei keine Hilfe zu erwarten und war fast dankbar, dass diese ihn nicht verhaftete statt ihm zu helfen.

Ich hatte schon leichtere Tage, dachte Christian mit plötzlich aufkommendem Galgenhumor.

Er versuchte die Situation so analytisch und rational wie möglich anzugehen. So als wäre es ein Mandat. Ein unglaublich kompliziertes und verstricktes Mandat. Bei dem der Mandant drohte alles zu verlieren, wofür er sein Leben lang gearbeitet hatte.

Katrin. Sie war der Schlüssel.

Wenn Christian sie findet, wäre seine Situation um 180 Grad gewendet.

Sie hatte ihm gesagt, sie sei über das Wochenende mit Maggy in London. Entweder eine Lüge oder ihr ist vor dem Flug etwas zugestoßen.

Aber dann, dachte Christian, *würde zumindest eine Buchung existieren.*

Eine Lüge. Zumindest ist das wahrscheinlicher. Aber warum sollte sie ihn belügen? Nach heute Morgen.. oder gerade wegen heute Morgen?

Christian entsperrte sein Handy und rief einen Kollegen aus der Kanzlei an. Dr. Hellmer war auf Strafrecht spezialisiert. Eigentlich White-Collar-Crime, aber bei dem was auf dem Spiel stand, wollte sich Christian keinem fremden Anwalt anvertrauen, dessen Kompetenz er nicht einschätzen könnte.

»Christian?« Sascha Hellmer ging bereits beim ersten Klingeln dran.

»Sascha, hallo. Du sag mal, ich bräuchte deine Hilfe-«, setzte Christian an.

»Du Christian, hör mal.« unterbrach er ihn nicht unhöflich, doch aber sehr bestimmt und keine Widerworte duldend. »Wir haben in der Kanzlei gerade eine Krisensitzung abgehalten. Das ist schlimm was in den Nachrichten steht. Wie du dir denken kannst, müssen wir den Ruf der Kanzlei schützen. Das ist unserer Top-Priorität.« Auch Sascha war ein sogenannter Equity-Partner der Kanzlei, profitierte also am Umsatz der Kanzlei. Aber nicht nur am Umsatz, sondern auch an deren Reputation, die nicht unwesentlich mit dem Umsatz korrelierte. »Du kannst es sicher verstehen, dass wir da vorerst auf Distanz gehen müssen. Wir können unseren Mandanten nur schwer erklären, warum einer unserer Kollegen unter Mordverdacht steht.«

Christian hatte verstanden. Er verabschiedete sich knapp und akzeptierte, was gerade nicht zu verändern war.

Versuche zu akzeptieren, was du nicht ändern kannst und sei mutig die Dinge zu ändern, die du ändern kannst, rezitierte er ein Zitat, welches er gerade keinem Autor zuordnen konnte.

Katrin.

In ihrem Arbeitszimmer fand er ihren Laptop. Passwortgeschützt. Er versuchte ein paar ihrer gängigen Passwörter, die er im Laufe der Zeit mitbekommen hatte oder die sie ihm gesagt hatte. Und tatsächlich, nach dem vierten Versuch hatte er Glück. Der Laptop war entsperrt.

Er ging ihren Browserverlauf durch. Kein Hinweis auf London. Weder hatte sie nach London recherchiert, noch gab ihr Suchverlauf überhaupt einen Anhaltspunkt dazu, dass sie vorhatte, in Urlaub zu fliegen. Auf der über dem Schreibtisch angebrachten Pinnwand gab es ebenso wenig eine Verbindung zu London, einem Urlaub oder etwas damit zusammenhängendem.

Der Brief, schoss es Christian in den Kopf. Er durchsuchte ihren Laptop nach Dokumenten im Zusammenhang mit Frankreich. Oder der Erbschaft.

Ebenfalls Fehlanzeige.

»Verdammte Axt«, fluchte er laut.

Er wollte den Laptop gerade zuklappen, da sah er im Browser ein Plugin für einen Messengerdienst. Damit konnte man sein Handy mit dem Laptop verbinden und die Nachrichten die über die Apps kamen gleich bequem per Computertastatur beantworten.

Ein kleiner roter Punkt signalisierte eine ungelesene Nachricht.

»Unmöglich«, entfuhr es Christian.

Er klickte auf den Button des Plugins.

Der Messengerdienst öffnete sich. Er sah die Katrins Kontaktliste. Der Dienst war seit der letzten Inbetriebnahme noch nicht aktualisiert worden und so zeigte er noch den letzten verfügbaren Zustand. Als Katrin die App zuletzt benutzt hatte.

„Telefon nicht verbunden", prangte wie zum Beweis seiner Vermutung in der Kopfzeile des Plugins.

Die letzte kontaktierte Person war Maggy.

Er klickte auf den Nachrichtenverlauf.

In diesem Moment aktualisierte sich der Messengerdienst und der Versuch sich mit dem verbundenen Handy zu synchronisieren schlug fehl. Anstelle der Kontaktliste wurde nun ganzseitig eine Fehlermeldung angezeigt.

Die Kontaktlisten und der Nachrichtenverlauf – weg.

Doch bevor er darauf geklickt hatte, sah er in der Vorschau den Text der letzten Nachricht, den Katrin von Maggy erhalten hatte.

Nur die ersten fünf oder sechs Worte. Wie in der Vorschau einer Email.

Eine Adresse.

Zuerst hatte er vor Aufregung den Inhalt nicht richtig erfasst. Aber einen Augenblick später sickerte das Gelesen in sein Bewusstsein ein.

Eine Adresse.

Er kannte die Adresse.

Sehr genau.

55.

»Wie hast du denn Einsicht in die Konten von diesem von Eigen bekommen?«, fragte Marquardt seine Partnerin als diese in ihr gemeinsames Büro trat und einen dicken Packen Papier auf ihren Schreibtisch fallen ließ.

Der Job als Kriminalbeamter brachte es mit sich, dass auch das Wochenende häufig zu einem normalen Arbeitstag wurde. So trafen sich Marquardt und Charlotte auch am Samstag beinahe zur gleichen Unzeit im gemeinsamen Büro.

»Mord ist ein schwerwiegendes Delikt.«, gab sie vielsagend zurück.

»Streng genommen, ist er im Moment, wenn überhaupt nur ein Mordverdächtiger«, korrigierte Marquardt. »Für den wir noch strenger genommen nicht einmal mehr zuständig sind.«

Charlottes Antwort war ein Schweigen.

Es hatte zwar etwas Überzeugungsarbeit gekostet, aber er hatte sie ins Boot holen können. Es war ja nicht so, als hätte sie gerade etwas Besseres vor. Oder einen wichtigeren Fall. Sie hatten überhaupt keinen Fall. Sie wurden von ihrem Chef Roland Zehrfeld für zwei Wochen freigestellt. Sie sollen erst mal von der Bildfläche verschwinden, damit Gras über die Sache wachsen konnte. Die beiden Ermittler hatten mit etwas Wehmut zur Kenntnis genommen, dass ihr Chef sich nicht länger vor seine Mitarbeiter stellen konnten. Zudem war ausgesprochen frustrierend, die bereits angefallene Arbeit so fruchtlos vor die Hunde gehen zu lassen.

Er hatte Sven Tinker per Handy informiert. Dieser wusste zwar um den Umstand ihrer vorübergehenden Freistellung, aber bei ihm hatte Marquardt noch einen Gefallen einzufordern. Also hatte auch der Einwand, *es sei doch Samstag* kein Gewicht. Und so hatte Marquardt wenig später eine komplette Übersicht über die Kontobewegungen von Christian von Eigens Kontos geöffnet, als Marquardt und Charlotte wenig später in seinem Büro eintraten.

»Also Sven, was haben wir? Wir haben hier jede Menge Papier vor uns liegen und auf dem PC ebenfalls jede Menge Zahlen. Gib uns eine Zusammenfassung.«

»Kein Auffälligkeiten.«, sagte Sven. »Bis auf eines. Er hat knapp 50.000 Euro auf einem Tagesgeldkonto. Jederzeit verfügbar und er hat erst in den letzten acht Monaten begonnen Einzahlungen zu leisten. Der Verwendungszweck seiner monatlich einlaufenden Überweisungen lautet „Frankreich". Meint ihr das ist was?«

Die beiden Ermittler sahen sich an.

»Das ist etwas, Sven. Aber hallo ist das etwas.« sagte Marquardt.

»Die Frau hat geerbt. In Frankreich.« ergänzte Charlotte, die mithören konnte, da Marquardt das Telefon auf laut gestellt hatte.

»Genau. Vielleicht hat der feine Herr Anwalt davon Wind bekommen und wollte ihr das Erbe abspenstig machen und sich ins Ausland absetzen« sinnierte Sven.

Charlotte nickte nachdenklich. Sie versuchte die vorhandenen Puzzle-Teile zusammenzusetzen.

»Er hat sie getötet, um an das Erbe zu kommen. Auch einen Anwalt kann man ab einer gewissen Summe korrumpieren.« Marquardt lief in seinem Büro auf und ab, darauf bedacht sich nicht zu weit vom Handy, das auf seinem Schreibtisch lag, zu entfernen, damit Sven ihn immer noch hören konnte.

»Und er nutzt den Lyncher, um sich als Opfer darzustellen und den Verdacht von sich abzulenken.«, dachte Charlotte laut nach.

Allgemeine Zustimmung.

Marquardt beendete das Telefonat mit Sven.

»Nur, dass das nicht geklappt hat. Und nun ist er aufgeschmissen.«, sagte er wenig später.

»Er wird fliehen.«

»Ruf du den Ermittlungsrichter an. Das müssen wir verhindern.«

»Wir sind suspendiert.« warf Charlotte ein.

»Erfinde was, ich fahre zur Adresse der von Eigens.«

»Nicht alleine.«

»Ich gehe nicht davon aus, dass er Widerstand leisten wird. Und wenn«, Marquardt blickte an seinem stämmigen Körper herab. »Und wenn doch, dann schaffe ich den schon noch.«

Marquardt grinste Charlotte spitzbübisch an, als er kurz darauf das Büro verließ, die sich schon ans Telefon gehängt hatte, um den Richter anzurufen.

Fünf Minuten später machte sie sich auf den Weg zu ihrem Partner in die Wohnung der von Eigens.

56.

Christian saß wieder hinter dem Steuer seines Wagen in der Tiefgarage seiner Kanzlei. Er hatte sich mit einer Notreserve an Bargeld von zu Hause mit dem Taxi zurück in die Kanzlei fahren lassen.

Es war Samstag früh, noch nicht einmal 7 Uhr, die Kanzlei war bis auf ein paar überambitionierte Referendare wenig bis überhaupt nicht besetzt. Das war gut, so musste er keine unangenehmen Gespräche führen oder irgendwem Rede und Antwort stehen. Zum Glück hatte er immer einen Ersatzschlüssel zu seinem Auto in seinem Schreibtisch aufbewahrt.

Er hatte gerade das Navigationsgerät programmiert, es zeigte knapp über eine Stunde Fahrzeit an. Christian brauchte etwas Zerstreuung, aber da ihm gerade nicht nach Musik war, entschied er sich für den Radio - und bereute noch im nächsten Moment seine Entscheidung.

»Damit dürfte er im Moment das meistdiskutierte Thema der Haupstadt sein.«, tönte die Stimme des quirlig klingenden Radiomoderators.

»Ja, Tom, das stimmt absolut, wenn nicht sogar bundesweit. Es kommt ja auch nicht alle Tage vor, dass einem so bekannten Vertreter des Rechts der Mord an seiner eigenen Frau vorgeworfen wird.« gab seine Kollegin mit fiepsiger Stimme zurück.

Christian grummelte vor sich hin ob dieser medialen Vorverurteilung. Er wusste, es war sinnlos den Kampf aufzunehmen und das Bild versuchen wieder gerade zu rücken, zumindest nicht ohne der Öffentlichkeit zu beweisen, dass Katrin noch am Leben war.

Hoffentlich war sie das auch, dachte er.

Er stand mit seinem Auto immer noch auf seinem Parkplatz und blickte sich schlagartig paranoid zu allen Seiten um. Hier wurde er noch gestern Abend von einem Irren überfallen und entführt. Der Kerl hätte Gott-weiß-was mit ihm getan, wenn er die Chance dazu gehabt hätte.

Und nun war Katrin offenbar verschwunden und *er* wurde deswegen gesucht. Er war bisher kein Unbekannter, was auch mit dem über die Grenzen Berlins hinaus bekannten Ruf der Kanzlei zu tun hatte. Aber im Moment wähnte er sich auf einer Ebene mit der deutschen A-Prominenz. Nur nicht ganz freiwillig und nicht wegen etwas, weswegen er gerne berühmt wäre.

Undank ist der Welten Lohn, dachte Christian an das alte Märchen, dem dieser Spruch entlehnt war.

Er musste von hier weg. Schnell.

Es würde nicht lange dauern, bis Reporter auftauchen würden.

Oder die Polizei, hörte Christian eine weitere panische Stimme in seinem Kopf.

Er musste Katrin finden, allem voran.

Knapp 80 Minuten Fahrt bis Wendisch Rietz, einem kleinen Ort im Berliner Umland, der insbesondere für seine Therme bekannt war.

Sollte ich in einer Stunde schaffen, dachte Christian und ließ den Motor an.

In dem Moment sah er es.

Die Art wie er ging, wie er oben am Ein- und Ausgang der Tiefgaragenauffahrt herumlungerte. Das Handy in der Hand. Auffällig unauffällig wartete er dort. Es hätte ihm nur noch eine Bank und eine Zeitung mit zwei Löchern auf Augenhöhe gefehlt, dann wäre er vollständig als die Karikatur seiner selbst durchgegangen.

Reporter, dachte Christian.

Wenn sie nicht weit sind, wird die Polizei ebenfalls nicht lange auf sich warten lassen.

Zügiger als nötig fuhr er mit seinem schwarzen Audi A4 an dem Reporter vorbei. Der ihn zwar in diesem Moment, aber damit schon zu spät, erkannte.

Die Straßen waren zum Glück weitgehend frei. Berlin schlief noch. Ein paar Jugendliche, die offenbar durch Alkohol oder Drogen oder beides einen guten Abend hinter sich gebracht hatten, waren jedoch immer noch auf den Straßen, als Christian sein Auto stadtauswärts durch Schöneberg steuerte.

Bereits nach 65 Minuten passierte er das Ortsschild zu Wendisch Rietz.

Weitere fünf Minuten später fuhr er seinen Wagen auf einen Parkplatz, der zu einem kleinen Hotel gehörte.

Ab hier würde er laufen.

Er wusste ganz genau wo er hin musste.

Katrin ist hier.

Er spürte es.

Er war elektrisiert.

Er stand so dermaßen unter Strom, dass er nicht mal bemerkte, wie in kurzer Entfernung hinter ihm ein beigefarbener Mazda parkte.

57

Schicke Gegend, dachte Marquardt.

Gerade kam ihm aus dem Haus ein Paketbote eines großen Versandhändlers entgegen. Marquardt schob beim Zufallen der Tür unauffällig einen Fuß in den Rahmen.

»Ich muss ihm ja nicht mehr Zeit als nötig zur Vorbereitung geben«, murmelte er zu sich selbst und war, während er den Fahrstuhl rief, froh nicht klingeln zu müssen. Das verschaffte ihm einen Vorteil.

Oben angekommen schaut er sich im Treppenhaus um und sah die Klingel mit dem Namensschild „von Eigen".

Aber was er außerdem sah, verwirrte ihn im ersten Moment.

Die Wohnungstür.

Sie war angelehnt.

Was hat das zu bedeuten? wunderte sich der Ermittler, während er sich vorsichtig der Tür näherte. Sie war nur einen Spalt breit geöffnet, aber durch das von innen schwach durch den Schlitz scheinende Licht war es nicht zu übersehen.

Er schob vorsichtig die Tür nach innen. Die rechte Hand hatte er instinktiv bereits an seine am Gürtel befindliche Dienstwaffe gelegt.

»Herr von Eigen?«, rief Marquardt in die Wohnung hinein.

Keine Reaktion.

»Sind Sie zu Hause? Marquardt von der Kripo Berlin. Wir hatten gestern gesprochen.«

Wiederum keine Reaktion.

»Ich würde gerne mit Ihnen sprechen. Über ihre Frau.«

Langsam und mit wachsamem Blick tastete er sich in die Wohnung vor, die sich bei weiterem Betreten als deutlich geräumiger erwies, als er zunächst vermutet hatte. Sicher wohnten die beiden von Eigens hier zu zweit auf über einhundert Quadratmetern.

Seine Sinne waren zum Zerreißen gespannt. Er konnte es sich nicht erlauben, überrumpelt zu werden. Sein Plan war simpel: Er wollte Christian von Eigen mit den neuesten Erkenntnissen konfrontieren. Diese waren hoffentlich so überwältigend, dass er dem wenig entgegenzusetzen hatte. Sobald er gestanden hatte, würden Charlotte und Marquardt die Kollegen vom BKA anrufen und pflichtgemäß den Fall an sie übergeben. Die Hierarchie wäre gewahrt und zugleich wüsste dennoch jeder, wer den Fall gelöst hatte, was als netter Nebeneffekt die Rehabilitation ihres Rufs, ihrer Abteilung und ihres Chefs zur Folge hatte.

Er konnte sich zwar keinen hundertprozentigen Reim darauf machen, was nun stimmte oder was nicht. Aber der Vorhalt mit Ermittlungserkenntnissen wirkte manchmal Wunder. Die Indizien sprachen ganz klar gegen von Eigen. Die Geschichte mit dem Lyncher war mehr als abenteuerlich gewesen. Außerdem war es eine kriminial-literarische Mär, dass jeder Mörder abgebrüht und vorbereitet auf seine Vernehmung wartete und jedem polizeilichen Verdacht mit schlagkräftigen Argumenten zu entgegnen wusste. Die Realität sah eher so aus, dass bei Konfrontation mit den Fakten oder den Indizien, die meisten Täter unvorbereitet waren, sich in Widersprüche verstrickten und am Ende, wenn ihr Lügengebilde einstürzte, einfach gestanden, um zumindest noch eine Strafminderung herauszuschlagen.

Marquardt spürte dieses komische Bauchgefühl, bei dem er noch nicht wusste, was es ihm versuchte zu sagen, nur dass es ihn vor etwas warnte.

»Herr von Eigen, sind Sie Zuhause?«, versuchte er es noch einmal.

Stille.

Es wirkte unordentlicher als er es erwartet hätte, bei zwei derart arrivierten Persönlichkeiten. Sicher konnten sie sich eine Putzfrau leisten und würden auch genug arbeiten, sodass niemand groß die Gelegenheit hatte, die Wohnung dermaßen unordentlich zu hinterlassen. Kinder hatten die beiden auch keine. Es musste also eine andere Erklärung dafür geben, dass die Wohnung aussah, als wäre jemand in aller Eile durch die Räume geflitzt, auf der Suche nach etwas, bei dem er sich allerdings nicht ganz sicher war, wo er es finden würde. Er hatte schon gesehen, wie Wohnungen nach Wohnungsdurchsuchungen aussahen. Das traf hier zwar nicht zu, dennoch wirkte es auch nicht aufgeräumt. Man konnte beim Anblick der noch offen stehenden Schubladen und auf dem Boden liegenden Schriftstücke einen Rest von Energie spüren, der hier vor nicht allzu langer Zeit gewütet hatte.

Marquardt verharrte kurz mitten in der Küche, weil er dachte ein Geräusch aus einem der angrenzenden Räume gehört zu haben.

Bewegungslos stand er mehrere Sekunden mitten im Raum mit dem Gesicht zur Tür. Die Hand am Holster seiner Waffe.

Nichts.

Kein weiteres Geräusch.

Dennoch ging er nachsehen.

Es war eingerichtet wie ein Arbeitszimmer. Schreibtisch, Bücherregal, schicke Kommode. Wenn er hätte raten müssen, hätte er getippt, dass es Frau von Eigen gehörte. Es fehlte die für Juristen übliche Literatur oder die Selbstbeweihräucherung. Auszeichnungen, Urkunden, Fotos mit honorigen Persönlichkeiten.

Außerdem war es auch ein wenig zu stilvoll eingerichtet. So als hätte jemand einen Tick zu lange gebraucht um alle Einrichtungsgegenstände in eine Linie zu bringen. Die

Gardinen passten perfekt zum Überwurf auf der Zweisitzer-Couch; das weidefarbene Holz der Kommode fand sich farblich auch im Bücherregal wieder.

Plötzlich sah er etwas was seine Aufmerksamkeit anzog.

Ein Laptop.

Um den Schreibtisch herum, auf dem der Laptop stand, wirkte es aus irgendeinem Grund weniger unordentlich. Marquardt klappte den Laptop auf.

Passwort.

Natürlich hatte er kein Passwort. Er blickte sich auf dem Schreibtisch um. Nirgends stand etwas, was einem Passwort von Länge oder Abstraktheit ähnelte. Keine abgerissenen Zettel, auf die schnell ein Passwort gekritzelt wurde, nachdem man es geändert hatte und nicht vergessen wollte.

Er zog eine große Schublade, die mittig unter dem Schreibtisch angebracht war. Er selbst hatte zu Hause dort einen Zettel auf dem er seine gängigsten Passwörter aufgeschrieben hatte. Das war nicht besonders sicher, aber doch besonders nützlich.

Nichts.

Er fand einige Schreiben einer Lebensversicherung die an Frau von Eigen adressiert waren. Ein paar handschriftliche Notizen auf etwas, was aussah wie ein paar Grundrisse.

Marquardt schob frustriert die Schublade wieder zu. Es würde zu lange dauern, bis Sven den Laptop entsperrt hatte. Er ließ sich in den Schreibtischstuhl fallen und rollte dabei einige Zentimeter über den Bodenschoner.

Dann sah er es.

Unter einigen Postkarten, die offenbar von der über dem Schreibtisch hängenden Wand lieblos abgenommen und auf den Schreibtisch geworfen wurden.

Einen Post-It.

Etwas störte ihn, noch bevor er den Inhalt des Post-It überhaupt erfasst hatte.

Eine Männerhandschrift. Eilig und unsauber.

Er zog die Schublade wieder auf und hielt die Grundrisse neben den Post-It.

Kein Zweifel.

Marquardt konnte noch nicht genau erkennen, was er da vor sich hatte. Er wusste, dass das was auch immer da vor ihm geschrieben stand von einem Mann gekritzelt wurde. Katrin von Eigens Handschrift sah offenbar gänzlich anders aus.

Christian von Eigen hatte in so großer Eile etwas notiert, dass nun deshalb kaum zu entziffern war. Was auch immer es bedeutete, es hatte vermutlich in ihm derartige Fluchtgedanken ausgelöst, dass es auch die offen stehende Haustüre erklären würde.

Zwei Zeilen.

Oben mehrere Worte. Nicht zu entziffern.

In der unteren Zeile etwas, das aussah wie Zahlen.

Und ein Wort.

Der Groschen fiel.

Mit einem Mal schoss Marquardt das Blut und Euphorie in den Kopf. So, als hätte er gerade einen schweren Kampf gewonnen.

Eine Adresse! Natürlich!

Er gab sie schnell in sein Handy ein um zu prüfen, ob er die Schrift richtig entziffert hatte. Die Autokorrektur des Anbieters der Navigationsapp korrigierte seine Eingabe noch geringfügig. Doch es schien zu passen.

Knapp über eine Stunde Fahrweg, zeigte das Display.

Seine Gedanken rasten. Plötzlich hatte er eine Idee. Er war

sich jedoch nicht sicher, ob er damit richtig lag.

»Voraussichtliche Fahrtzeit: 75 Minuten.«, tönte die Stimme des Navis wenige Minuten später nachdem er seine Partnerin auf das Laufende gebracht hatte.

Marquardt trat das Gaspedal durch.

58.

Die letzten Meter war er mehr gejoggt als gelaufen. Es entsprach alles Katrins Beschreibung. Sie hatte so oft davon erzählt und sie hatte ihn so oft versucht zu überreden am Wochenende Zeit zu verbringen. Damals hatte Christian sich immer gewehrt. Jetzt stand er hier, vor dem kleinen Ferienhaus im Grünen, welches Maggys Eltern gehörte.

Ein kleiner Bungalow, nicht groß aber ausreichend. Für zwei Rentner. Er hatte die Vorstellung meist recht grauenhaft gefunden dort draußen, fernab von jeglichem Leben, sogenannte entspannte Tage zu verbringen.

Und doch stimmte, das was er sah, mit dem überein womit ihm Katrin in den Ohren gelegen hatte. Es hätte einem Bild des Fernsehmalers Bob Ross entsprungen sein können, wie sich hinter dem Haus die Bäume in die Luft räkelten. Es sah aus, wie auf einer perfekten Naturmalerei.

Die Terrasse, die nach vorne hin zum Grundstück führte und der mit Steinplatten versehene Weg zur Grundstücksgrenze wirkten tatsächlich ganz einladend.

Christian sondierte die Lage. Es brannte kein Licht im Haus, was angesichts der Tageszeit auch nicht nötig war, ihm jedoch einen deutlichen Hinweis auf Katrins Anwesenheit gegeben hätte.

Er näherte sich seitlich dem Grundstück und achtete darauf, dass die als Umzäunung dienenden Sträucher ihm Sichtschutz boten. Diesen ging jedoch langsam, aufgrund der anhaltend niedrigeren Temperaturen, das Grün aus.

Plötzlich bemerkte er, dass er gar nicht so recht wusste, vor wem er sich überhaupt versteckte.

Vor Katrin?

Dem Lyncher?

Wäre es eine weitere Falle?

Aber woher sollte der Verrückte von der Existenz dieses Häuschens wissen?

Von der Ahnungslosigkeit und einem aufkeimenden Mut der Verzweiflung gepackt überdachte Christian seine Strategie. Er tauchte aus dem Schutz der Sträucher auf und lief geradewegs auf die kleine Hütte zu.

Die Terrassentür war verschlossen. Die Vorhänge waren zugezogen, er konnte also nicht sehen, ob oder was drinnen vor sich ging.

Bei der Hausabschlusstür auf der Rückseite hatte er jedoch Glück. Diese war nur ins Schloss gefallen, welches aber offenbar von Witterung oder zunehmendem Alter nicht mehr ganz schloss. Es erschien zwar verschlossen, aber schon mit sanftem Druck konnte Christian die Tür nach innen öffnen.

Nach nur zwei Schritten in die Wohnung hinein, war Christian bereits eines klar.

Katrin lebte.

Sie hatte nie Parfüm oder Deodorant benutzt. Aber er erkannte den ihr eigenen Duft. Ihren Körpergeruch. Der Geruch, der ihn von Anfang an betört hatte. Seine Magie und seinen Zauber hatte er über all die Zeit nie verloren.

Kurz übermannte ihn ein Glücksgefühl, wie er es damals als die beiden sich kennenlernten und sich zum ersten Mal näher kamen, erlebte. Er hatte den Geruch noch für Tage in der Nase, auch wenn das vermutlich gar nicht möglich war. So war er sich dennoch sicher, diesen Geruch sein Leben lang nicht vergessen zu können.

Der Geruch war hier – Katrin jedoch nicht.

»Katrin?«, rief er halblaut, immer noch darauf bedacht nicht mehr Lärm als nötig zu machen. Auch wenn er immer noch nicht recht wusste, warum. »Bist du da?«

Er lief über den kurzen länglichen Flur in den großen und offenen Wohn- und Essbereich.

Ein Koffer.

Sein Herz sprang, es war Katrins Koffer.

Ganz sicher.

Für den Moment unfähig sich zu bewegen, verharrte er mitten im Wohnzimmer des sehr skandinavisch eingerichteten Hauses.

Ihm kam ein Einfall, er sah im angrenzenden Schlafzimmer und Badezimmer nach.

Keine Spur von ihr.

Aber sie war hier gewesen.

Dann wird sie auch wieder kommen, dachte Christian, und setzte sich auf die Couch um seine Gedanken zu ordnen.

In diesem Moment öffnete sich bereits hörbar die Tür, durch die Christian gerade selbst in das Häuschen getreten war.

»Katrin, bist du's?«

Er stand auf und lief zur Tür.

59.

Er hätte ihren Gesichtsausdruck nicht beschreiben können, als sie ihn sah.

Es sah aus, wie vom Donner gerührt oder als hätte sie ein Gespenst gesehen. Vermutlich beides gleichzeitig.

»Christian.. Christian.. du?«, zögerte Katrin.

» Das gleiche könnte ich dich fragen«, sagte Christian. »Ich habe ungefähr eine Million Fragen an dich.«

Katrin war unfähig sich zu rühren. Sie stand nach wie vor quasi im Türrahmen und starrte Christian an.

»Warum denken die Zeitungen, du seist tot?«, begann Christian seine Gedanken wahllos über ihr auszuschütten. »Warum sagt mir ein Verrückter du seist schwanger? Warum hat er mich versucht zu entführen und hätte vermutlich getötet? Warum bist du nicht in London? Warum bist du hier? Wo ist Maggy?«

Er warf alles wahllos in Waagschale.

Klirr.

In diesem Moment verstand er.

Als er all die Gedanken laut ausgesprochen hatte, verließ ihn schlagartig auch der Mut. Und der Wille weiterzumachen. Oder weiterzuleben.

Mit einem Mal fuhr ein Gedankenzug mit Höchstgeschwindigkeit durch seinen Kopf und ordnete ad hoc sämtliche der losen Enden zu einem fortlaufenden roten Faden.

Es war als hätte es ihre Anwesenheit bedurft, um seine Gedanken in eine Reihenfolge zu bringen, sodass sie Sinn ergaben.

Katrin hatte es geschafft sich aus dem Türrahmen zu bewegen. Die Tür hinter ihr stand indes immer noch offen.

»Du warst das.«

Eine Feststellung, keine Frage.

Und eine treffende Zusammenfassung von Christians Gedanken.

»Der Lyncher war wegen dir hinter mir her. Du hast ihn auf mich gehetzt, hast ihm gesagt, du seist schwanger. Du hast die Medienkampagne gegen mich lanciert um ihm, wenn das noch nötig war, die letzten Zweifel zu nehmen. Du hast deine alte Freundin bei diesem Schmutzblatt dafür ins Boot geholt. Sie konnte mich noch nie leiden. Deshalb hat der Irre mir immer wieder in den Bauch geschlagen.«

Zum Beweis zog er sein Hemd aus der Hose und entblößte seinen mit Blutergüssen übersäten Oberkörper. An seinem Bauch konnte man mit etwas Fantasie beinahe die Abdrücke der Knöchel seines Peinigers erkennen.

»Er wollte mir das Gleiche antun. Das, was er dachte, das ich dir angetan hab. Das ist es doch was er tut, oder? Du scheinst ihn zu kennen, oder? Stehst du mit ihm in Kontakt? Er bestraft doch die Leute. Auge um Auge, richtig? Und du hast ihn dazu gebracht. Hast du ihm auch gesagt, wann er mich in der Tiefgarage abpassen kann?«

Eine Pause entstand.

Katrin wandte den Blick nach unten. Unfähig den Blickkontakt den Christian seit Minuten versuchte aufzubauen, zu erwidern. Sie hatte seit ihrer 'Begrüßung' kein Wort gesagt.

»Warum? Warum das alles?«

Eine erneut Pause.

»Ich weiß, es lief in letzter Zeit nicht immer gut. Aber mich umbringen? Bist du des Wahnsinns? Was ist los mit dir?« fragte Christian.

Unter dem Stakkato seiner Fragen weiter in die Ecke

getrieben, brach es aus ihr heraus.

Zwei Worte.

Aber mehr brauchte es nicht, um alles zu erklären.

»Der Ehevertrag.«

60.

Und Christian verstand.

Es hatte wahrlich nicht mehr als diese zwei Worte bedurft.

Aber vielleicht zum ersten Mal in seinem Leben verstand er wirklich.

Alles im Leben kam zurück, jeder Betrug, jede Lüge, jede Arroganz. Er hatte immer gespürt, dass es verrückt war zu glauben, es gäbe keine Quittung. Es war nie die Frage ob. Immer nur, die Frage wann, in welcher Form und in welcher Intensität.

Es war damals, Katrin und er waren gerade zwei Jahre zusammen. Sie waren jung und euphorisch, eine Zeit in der alles, was Christian anfasste zu Gold wurde. Er hatte ein ausstehend gutes Examen geschrieben, in seiner Beziehung lief es super. Seine Partnerin war genauso ambitioniert wie er. Über ein paar glückliche Umstände hatte er seinen ersten Job in einer gut-dotierten Position in einer sehr renommierten Kanzlei angetragen bekommen. Er hatte natürlich sofort zugeschlagen.

Auch für Katrin lief es gut, das Schicksal war ihr gewogen. Zuerst konnte sie einen begehrten Praktikumsplatz bei einem renommierten Kunstsammler ergatterten. Da sie diesen durch ihre Leidenschaft und Hingabe so nachhaltig überzeugte, bot er ihr nach ihrem Abschluss eine Stelle an. Die Katrin mit ein wenig Tränen in den Augen auch annahm.

Sie hatten geplant zu heiraten. Auch hier lief besser als es könnte. Die beiden waren überglücklich. So kam das Gespräch bei einer Feier in der Kanzlei mit einigen von Christians Kollegen auf das Thema Ehevertrag. Sie beide schienen zwar Stand jetzt noch nicht besonders viel zu verwaltendes Vermögen zu besitzen, blickten jedoch in eine derart gesegnete Zukunft, dass nicht adäquat vorzusorgen für sie mehr als nachlässig erschien.

Ein paar Tage später trafen sie sich dann spät abends mit zwei befreundeten Kollegen von Christian. Einer Jörg Barth, arbeitete in der gleiche Kanzlei. Daneben hatte Christian einen Freund aus Studientagen, Elmar Weißbrodt, zur Vertretung von Katrin mit an Bord geholt.

Als sich jedoch Elmar und Katrin dann kurz in einer Besprechungspause in die angrenzende Kaffeeküche der Kanzlei zurückzogen, sprach Jörg ihn an.

»Sag mal Christian, wollen wir eigentlich eine Heidelberger mit aufnehmen?«, fragte er lapidar.

Christian war kein Familien- oder Erbrechtler, hatte jedoch selbst als Fachfremder von diesen Klauseln gehört, die man lapidar *Heidelberger* nannte.

»Brauche ich doch ohnehin nicht. Wir haben beide nicht wirklich viel Startkapital. Wir werden uns das beide erarbeiten. Das hier irgendwer an dem anderen so derart vorbeizieht, dass sich das lohnt, halte ich nicht für wahrscheinlich. Zudem würde Elmar dem ja gar nicht zustimmen.«

»Du brauchst es nicht, stimmt. Aber haben ist besser als brauchen, oder?«, Jörgs wache Augen ruhten auf ihm und studierten jede seiner Reaktionen.

»Möglich..« dachte Christian laut nach.

»Und Elmar würde zustimmen. Er macht gerade erst seinen Fachanwalt, jede Wette, dass wir ihm das unterjubeln können.«

Auch Elmar und Jörg kannten sich noch aus dem Studium. Und tatsächlich war Elmar nicht gerade für seine überbordende Sorgfalt bekannt. Er war ein begabter Jurist, aber hatte seine Schwächen.

Jörg hatte einen Punkt. Auch wenn viele Juristen diesen Umstand nach sieben bis acht hart erkämpften Jahren im Studium nicht wahrhaben wollen, beginnt mit dem Erwerb der Fachanwaltsschaft quasi eine zweite Ausbildung. Bis dahin, sieht man sich an der ein oder anderen Stelle einer fachlichen Ohnmacht preisgegeben, die das Gelernte an der Uni in Frage stellt.

»Ich weiß es ehrlich gesagt nicht«, äußerte Christian ganz offen seine Gedanken und Zweifel. »Klar, brauche ich es nicht und natürlich schadet es nichts. Aber es ist nicht gerade ein Vertrauensbeweis, wenn das wir uns aufbauen wollen, Hand und Fuß haben soll. Es fühlt sich an, als würde ich Sie hintergehen.«

»Stimmt. Ich denke aber, wenn, wie du selbst sagst, ohnehin kein riesiger Vermögenszuwachs zu erwarten ist, dann wird die Klausel nie relevant. Wie ein Reserveschirm beim Fallschirm, der nie geöffnet werden muss. So schläft es sich doch viel ruhiger.«

»Du hast ja Recht..«

»Und sieh's mal so: Ich wünsche euch beiden alles nur erdenklich Positive. Ihr scheint echt ein super Paar abzugeben. Aber als deine Interessenvertretung muss ich dich auch darauf hinweisen, dass diese Zeiten endlich sein können. Die Stimmung kann sich ändern. Es kann umschlagen. Wir hatten alle irgendwann mal diese Beziehung, die ich dir und euch nicht gönne. Sie beginnen wie ein schöner Strandtag. Und enden mit einer Flucht vor der herannahenden Springflut.«

Christian musste lachen ob der absurden Bildsprache von Jörg.

»Sehr schön beschrieben.«, grinste er.

Und doch hatte er einen Punkt.

Man konnte nie wissen.

Hätte er gewusst, worauf er sich einlässt, hätte er sich vermutlich seine nächsten Worte noch ein drittes oder viertes Mal durch den Kopf gehen lassen, bevor Christian lapidar sagte: »Ja, dann feuer frei.«

61.

Katrin hatte sich aus ihrer Paralyse befreit. Sie Christian nun direkt in die Augen. Sie konnte nach wie vor nicht glauben ihm hier gegenüber zu stehen.

»Du weißt ganz genau, was du getan hast.«, fauchte sie ihn mit plötzlich gewonnenem Pathos an.

»Katrin, bitte-«

»Halt die Klappe! Du hast mich über den Tisch gezogen. Und du wusstest, dass ich keine andere Wahl hatte, als schön brav still zu sein und der Dinge zu harren.«

Sie begann sich in Rage zu reden.

Doch Christian wollte das ganze Bild sehen, das sich ihm hier bot. Also ließ er sie weitersprechen.

»Du wusstest von damals an der Uni. Du wusstest, ich würde kein Aufsehens darum machen. Du wusstest, meine Scham wäre größer, als mein Bedürfnis, die Dinge in Ordnung zu bringen. Ab dem Moment als ich erfahren hatte, was du getan hattest, als du mich den Ehevertrag unterschreiben ließest, ab diesem Moment habe ich dich gehasst. Abgrundtief. Ich habe dich so sehr gehasst, Christian, der Tod war gerade gut genug.«, und nach einer kurzen Pause fügte sie bedeutungsschwer hinzu: »Und der einzige Ausweg.«

»Der einzige Ausweg?«, fragte Christian.

»Was, frage ich dich, was hätte ich sonst tun sollen? Du wolltest weg. Frankreich, du erinnerst dich? Wenn du mich nicht gezwungen hättest, die Erbschaft mit dir zu teilen, hättest du sie mir mit einem deiner juristischen Tricks abspenstig gemacht.«

»Aber warum hast du die Beziehung dann so lange mit mir weitergeführt? Du hättest dich einfach trennen können und uns das alles ersparen können.«

»Ich wusste nicht weiter. Es gab keinen Ausweg an dessen Ende ich nicht düpiert dagestanden hätte. Unsere Beziehung war längst vor die Hunde gegangen, Christian. Wir hatten und haben nichts mehr, was uns aneinander bindet.«

Christian erinnert sich an gestern früh.

Im Schlafzimmer.

Im Badezimmer.

Beinahe noch ein drittes Mal in der Küche beim Frühstück.

»Aber was war gestern? Ich meine, es hat sich so angefühlt wie früher. Ganz früher. Es geht wieder bergauf, dachte-«

»Iwo. Es war so etwas wie ein Abschiedsgeschenk. Du weißt es doch selbst: Emotional passen wir nicht zusammen. So einfach. Im Bett hingegen, warum auch immer und ich weiß es wirklich nicht warum, da haben wir es getrieben als gäbe es keinen Morgen. Jedes Mal. Seit über zehn Jahren. Das ist schön und erfüllend und alles, aber es reicht eben nicht.«

Christian fiel auf, wie sehr sie bereits in Rage sein musste, wenn sie sich auch verbal so gehen ließ.

»Aber alles musste irgendwann enden. Und so kam eins zum anderen. Die Nachrichten sprachen davon, ein Serientäter, der Rache übt, stellvertretend für die Opfer. Ein Geschenk des Himmels, dachte ich.«

»Ist das dein-«, setzte Christian an.

»Du glaubst gar nicht wie leicht es gewesen ist.« In ihrer Stimme lag eine nicht unbeträchtliche Menge an Stolz. »Ich habe ihn ausfindig gemacht. Habe mir eine Geschichte ausgedacht, wie schlimm du zu mir bist. Er hat jeden Bissen meines Köders artig geschluckt. Über Regina war es auch ein Leichtes den *Medien* anonym einen Tipp zu geben. Ich hatte noch etwas gut bei ihr. 'Gut unterrichtete Justiz-Kreise' dazu ein vermeintlich großer Name, wie du ihn anschickst vor dir herzutragen. Ich war mir sicher, dich nicht wieder sehen zu müssen, mein Lieber.«

Die anfängliche Angst und Überraschung aus ihrem Blick und ihrer Mimik und Gestik war vollkommen gewichen.

Von Katrin ging eine Aura der Unberührbarkeit und Unbesiegbarkeit aus. So als ob auch dieses Aufeinandertreffen Teil ihres Plans gewesen wäre.

»Sag mir, was ist passiert? Wem oder was verdanke ich es, dass du hier stehst?« fuhr sie fort.

»Er hat es nicht geschafft. Sein Plan ist schiefgegangen. Ich konnte mich befreien. Die Polizei hat mir jedoch nicht geholfen. Weil sie denken ich hätte meine schwangere Frau umgebracht.«

Seine Stimme klang bitter.

Ihr Gesicht hingegen hatte etwas Verspieltes. Genugtuung sprach aus ihren Augen.

»Wie hattest du gedacht, geht es weiter, Katrin? Dachtest du, der Verrückte nimmt mich mit, tötet mich und du wohnst glücklich und zufrieden bis an dein Lebensende in der gemeinsamen Wohnung?«, fauchte Christian nun zurück.

»Fast.« gab sie sarkastisch zurück. »Wenn du nicht so viel arbeiten würdest, wüsstest du wie leicht man gefälschte Papiere im Internet bestellen kann. Mit denen ist es wirklich ein Kinderspiel unerkannt ins Ausland zu kommen und dort zu bleiben. Und wenn dort vielleicht noch ein großzügiges Anwesen auf einen wartet, ist das Ganze recht einladend.« Sie machte eine Kunstpause und funkelte Christian dabei an.

Noch immer standen sich die beiden wie zwei Duellanten mit maximal zwei Metern Entfernung gegenüber. Keiner wagte sich auch nur zu bewegen.

»Das war dein Plan, Katrin? Vergiss es, wir müssen zur Polizei, damit das alles ein Ende hat. Das ist do-«

Weiter kam Christian jedoch nicht. Katrin stand noch mit dem

Rücken zur Eingangstür. Deshalb konnte sie nicht sehen, was Christian ad hoc verstummen ließ.

Der schallgedämpften Lauf einer Pistole.

Und das Gesicht von Michael Bormann.

62.

»Hinsetzen. Beide. Auf die Couch.« fauchte Bormann die beiden direkt an.

Er deutete mit dem Lauf der Pistole auf die an sich einladende Couch. Katrin und Christian waren jedoch starr vor Schreck.

»Hinsetzen.«, wiederholte Bormann seinen Befehl erneut.

Die beiden setzten sich. Er warf ihnen vier Kabelbinder zu, welche er aus der Hosentasche gezogen hatte.

»Macht sie um Hand- und Fußgelenke.«

In Katrins Innern gor ein seltsamer Emotionsprozess. Der Schock Christian zu sehen, die Wut, die das Gespräch mit ihm in ihr hervorgebracht hatte, all das wurde so unsanft von dem Schock abgelöst Michael Bormann zu sehen. Ihn *wieder*zusehen. Und von ihm bedroht zu werden.

Als Katrin Christian die Kabelbinder um die Handgelenke machte, zog sie den Verschluss absichtlich und unnötig straff. Der Resultat war nicht zu übersehen. Die Kabelbinder gruben sich fest in Christians Handgelenke. Bereits nach wenigen Sekunden spürte Christian spürte die kribbelnden Folgen des verminderten Blutflusses. Er hatte Katrin ihre Fesseln zuvor bereits angelegt und ärgerte sich nun, dass er sich nicht mehr revanchieren konnte. Zusätzlicher Ärger stieg in ihm auf. Er funkelte Katrin böse an.

»Gut gemacht, vielen Dank-«, setzte er an.

»Klappe halten!«, herrschte sie Bormann an. »Mir scheint es gibt einiges zu besprechen. Doch Sie beide werden dabei lediglich zuhören.«

Noch während er sprach, zog Bormann ringsum im Haus die Vorhänge zu und stellte das Deckenlicht in dem dadurch düster gewordenen Wohnzimmer an.

»Zunächst muss ich Ihnen meinen Respekt aussprechen. Um

ein Haar hätten sie mich hinters Licht geführt.«, begann er seine Ausführungen mit Blick auf Katrin.

»Bitte, Sie verstehen nicht-«, begann Katrin.

Ein Schuss löste sich unvermittelt aus Bormanns Waffe. Trotz des Schalldämpfers krachte der Schuss zwischen Christian und Katrin in die Kissen. Der Einschlag in den Kissen wie auch der Rückenlehne der Couch war trotz der Polsterung zu spüren. Plötzlich hatte Christian ein sehr plastisches Verständnis dafür, warum Menschen in großen Schrecksituationen die Kontrolle über ihre Blase verloren. Um ein Haar wäre es ihm ähnlich ergangen. Er hatte die Schnelligkeit in der Eskalation nicht kommen sehen.

»Wenn Sie mich noch einmal unterbrechen, treffe ich.«, sagte Bormann ohne, dass in seiner Stimme ein Hinweis auf die beinahe tödliche Eskalation vor zwei Sekunden zu finden gewesen wäre. »Ich verstehe Sie sehr genau, Frau von Eigen. Sie haben mich benutzt. Benutzt, damit ich ihre schmutzige Arbeit erledige. Sie haben mich belogen, mir erzählt ihr Mann sei einer dieser Schweine, die den Tod verdienen.«

Katrin traute sich nicht zu widersprechen. Sie wimmerte stattdessen leise.

»Langsam glaube ich, ich hätte wohl doch einen anderen Namen als Lyncher wählen sollen. Die Leute bekommen einen völlig falschen Eindruck von dem was ich tue.«

Christian blickte ihn fragend an. Bormann sah den Blick.

»Dachten Sie, die Medien seien selbst darauf gekommen? Ich bitte Sie, wenn Sie wollen, dass etwas richtig erledigt wird und selbst, wenn es etwas derart Profanes ist, erledigen Sie es selbst. In Zeiten des Internets eine Leichtigkeit. Sie errichten einen Online-Blog, teilen dort einige dieser virulenten Falschnachrichten um sich ein paar regelmäßige Leser zu generieren. Und in ein paar Wochen haben Sie bereits genug

Reichweite.«

Auch wenn den Gesichtern seiner Geiseln der Schock anzusehen war, schien die Fraglosigkeit daraus gewichen zu sein. Also fuhr er weiter fort.

»Sie wissen, dass ich Sie damit nicht durchkommen lassen kann. Sie werden diese Hütte hier nicht wieder lebendig verlassen, Frau von Eigen.«

Das Schmatzen von Christians Lippen, als dieser zum Widerspruch ansetzen wollte, sich aber im letzten Moment eines besseren besah, zog die Aufmerksamkeit ihres Geiselnehmers auf sich.

»Für Sie gilt das gleich Herr von Eigen.«

Christians Augen weiteten sich.

Innerhalb der Logik dieses Verrückten hatte zumindest Christian sich in Sicherheit gewogen. Die Anschuldigungen von Katrin sollten doch bereits durch ihre bloße Existenz vom Tisch sein. Er blickte von Katrin zu Bormann, wie um ihm damit zu bedeuten, hier stehe der Beweis für seine Unschuld.

Was Michael Bormann dann jedoch sagte, verwirrte Christian so sehr, dass er sich nicht sicher, war ob er sich nicht einfach verhört hatte: »Oder sollte ich sagen: Für Sie gilt das gleiche Herr *Renke*?«

63.

»Was..? Renke? Was hat das denn damit zu tun?« Christian vergaß ob seiner Verwirrung die klare Aufforderung ihres Geiselnehmers nicht zu sprechen.

Doch dieser ließ ihn gewähren. Mit einem selbstzufriedenen Lächeln auf den Lippen, wodurch seine sich nach oben schiebenden Wangen seine zu kleine Brille noch weiter betonten.

»Ihr Vater. Er war ein schlechter Mensch.«, sagte Bormann, so als würde das alles erklären. »Er war Journalist und ein lausiger noch dazu. Er hat meine Mutter getötet. Er blieb untätig, obwohl ich ihn angefleht habe. Und deshalb ist sie gestorben. Er hat es vorgezogen nichts zu tun. Diesen Fehler habe ich Jahre später korrigiert.«

Er grinste wie Bösewicht aus einem Comic. Mit der gleichen überlegenen und grimmigen Gewissheit, dass er damit davon kommen würde.

»Was soll das heißen?«, fragte Christian so naiv wie er sich gerade auch fühlte.

»Was das heißen soll? Dass mein Vater der Verrückte meine Mutter misshandelt hat und ihr Vater hätte die Möglichkeit gehabt dem ein Ende zu bereiten. Er hätte es zumindest aufdecken können, verhindern können. Die Leute in der Stadt haben darüber gesprochen. Jeder wusste es. Keiner hat was getan, ihr Vater hat nichts getan. Und ich habe ihn angefleht. Er wusste, was passiert ist. Und er wusste, was passieren würde. Ich habe es in seinem Blick gesehen. Er konnte das Unheil sehen. Glauben Sie mir. *Ich* habe es gesehen. Ein paar Jahre später, als ihr Vater, sagen wir, einen Unfall hatte.«

Es dauerte einen Moment, bis das Gesagte an Christians Verstand drang. Das Pochen, welches er in seinen Händen spürte half nicht gerade dabei sich auf die Verarbeitung der Informationen zu konzentrieren. Die Farbe seiner Hände verändert sich bereits in ein leichtes aber zunehmendes Lila.

»Er hatte einen Unfall«, insistierte Christian trotzig.

»Ja, das hat die Polizei damals angenommen. Eine Kurve, leicht überhöhte Geschwindigkeit. Das kommt vor. Ebenso kaputte Bremskabel und eine Manipulation am Motor, die das Ganze naja, beschleunigen.«

Die Gewissheit dessen, was dieser Verrückte ihm sagen wollte, fuhr in Christians Schädel wie eine Dampflok. Es war kein Unfall, der seine Eltern vor Jahren viel zu früh von ihm genommen hatte. Er war das! *Konnte das wahr sein?* Irgendetwas was sein Vater offenbar getan hatte oder eben nicht getan hatte, gab dem Verrückten Anlass zu denken, er wäre dazu berechtigt gewesen, das zu tun. So als hätte er sogar etwas Gutes getan.

»Aber woher wissen-«

»Woher ich weiß, dass Sie sein Sohn sind?«, schnitt ihm Bormann das Wort ab. »Ja, das war in der Tat nur ein lustiger Zufall. Nach dem Gespräch mit Ihrer Frau habe ich ein paar Nachforschungen angestellt. In einem Archiv für alte Zeitungsausgaben bin ich dann darüber gestolpert. Das Internet ist wahrlich ein Segen für meine Arbeit.«

Katrin hielt sich die gefesselten Hände vor den Mund um den Schrecken zu verarbeiten, traute sich jedoch nach wie vor nichts zu sagen. Die Erinnerung an den reflexartig abgefeuerten Schuss hielt ihren Impuls im Zaum.

Christian ging es da anders. Er konnte seinen Impuls nicht unterdrücken.

»Sie glauben also, dass mein Vater Schuld am Tod ihrer Mutter ist und deshalb wollten sie mich töten?«

»Wer spricht hier von „wollten"? Aber der Reihe nach. Zuerst dachte ich, Sie wären einer dieser furchtbaren und bösartigen Menschen, ja. Dann aber stellte ich fest, dass es vielleicht eher umgekehrt ist.« Sein Blick wanderte zu Katrin. »Aber bei meiner Recherche entdeckte ich eher zufällig, dass es mit Ihnen dennoch nicht den Falschen trifft. Nur, dass es hierbei um die Begleichung einer viel persönlicheren Rechnung geht. Ich musste zwar etwas rechnen, aber mittlerweile bin ich ziemlich sicher. Als ihr Vater damals auf der Schwelle unserer Wohnung stand, das war am 30. Juni 1980. Wann haben Sie noch gleich Geburtstag?«

»Sie sind doch geisteskrank!«, fauchte Christian ohne die Frage zu beachten, die Bormann ihm gestellt hatte. Katrins Augen weiteten sich, als der Verrückte das Datum von Christians Geburtstag nannte.

»Das glaube ich nicht. Verrückt war es eher ihre Eltern so unpassend über den Äther zu schicken. Wissen Sie, als ich mich mit ihrem Vater beschäftigte, wusste ich noch nicht, wie ich der Gerechtigkeit die maximale Geltung verschaffe-«

»Sie krankes-«, setze Christian an.

»-kann.« Bormann sprach unbeirrt weiter. »Gerechtigkeit liegt im biblischen Prinzip des Auge um Auge. Was du nicht willst, verstehen Sie? Und wenn es jemand doch tut, erfährt er das Gleiche. Ich hatte für Sie vorgesehen, dass sie ebenso etwas verlieren sollten, dass für sie lebenswichtig ist. Wussten Sie, dass man durch einen einzigen gezielten Schlag auf das Sternum einen Schmerz erzeugen kann, der von Betroffenen wohl als Vernichtungsschmerz beschrieben wird? Naja, in jedem Fall, bitte entschuldigen Sie, wenn sie fälschlicherweise dachten, es ging dabei um Ihre Frau.«

Bormann machte einige Schritte auf die beiden zu. Christian war konsterniert. Nicht, dass er in der Lage gewesen, sich dem Verrückten in irgendeiner Weise zur Wehr zu setzen. Erst jetzt bemerkte Christian die schwarzen Riemen eines Rucksacks auf dem ebenfalls schwarzen Pullover. Er setze ihn vor den beiden ab.

»Und nun genug der Worte.« sagte Bormann auf eine Art mit der ein Moderator ein Gespräch zur Werbung beendete.

Er öffnete den Rucksack.

Was Christian dort sah, bedurfte keiner Interpretation.

64.

Ein Messer und eine Pistole.

Christians Augen weiteten sich. Katrin wurde kreidebleich.

»Warum hier? Warum haben Sie erst gewartet, bis ich hier angekommen bin? Sie waren doch in meiner Wohnung, oder nicht?«, fragte Christian einem Gedanken, der ihm in den Kopf schoss folgend. Die Antwort auf die Frage war ihm eigentlich egal, merkte er selbst schnell. Doch versuchte er Zeit zu gewinnen, um das offenbar Unausweichliche zu verhindern.

»Sie haben Recht. Das war nur eine kleine Warnung. Ich dachte eigentlich, Sie würden flüchten und nicht, dass Sie mich zu Ihrer Frau führen würden. In jedem Fall aber, war ich mir sicher, sie würden einen Ort aufsuchen, an dem Sie und damit auch wir ungestört wären. Zudem scheint es in der Stadt gerade etwas.. sagen wir, unübersichtlich zu werden. Ich denke, ich werde mich die nächsten Wochen erst einmal zurückziehen.«

Er schob sich die kleine Brille wieder zurück auf die Nasenwurzel. Schweiß lief seine Stirn herab. *Möglicherweise die Aufregung*, dachte Christian kurz.

»Was haben Sie mit uns vor? Bitte-«

»Seien sie still. Wir haben uns bereits schon viel zu lange unterhalten. Für gewöhnlich gestatte ich Menschen wie ihnen nicht derart viel Neugierde.« Er spuckte das *Menschen wie ihnen* mit aller Abscheu in den Raum. Er deutete mit der Pistole von Katrin auf den freien Stuhl am Esstisch. »Bewegen Sie sich!«

Es war ein demütigender Anblick wie Katrin im Gänsemarsch in Richtung Stuhl wankte. Die Kabelbinder an ihren Füßen ließen jedoch nicht mehr Spielraum. Dort angekommen setzte sie sich auf den Stuhl.

Bormann löste zunächst ihre Fesseln. Für einen Moment war sie damit vollständig frei, in der Lage sich zu bewegen.

Zu rennen.

Zu fliehen.

»Kommen Sie nicht auf blöde Gedanken«, funkelte Bormann Katrin sofort an, als spürte er, dass ihr die Lage, in der sie sich gerade befand, klar wurde.

Er fesselte sie mit wieder mit weiteren Kabelbindern an den Stuhl. Katrin hatte nicht vorgehabt zu fliehen. Sie war fiel zu panisch. Sie spürte, etwas lag in der Luft. Etwas existentiell bedrohliches.

Bormann wühlte in seinem Rucksack. Er kam mit einem unförmigen Metallstück und einer kleinen durchsichtigen Fläschchen zu Katrin zurück. Christian schaute dem Treiben ohnmächtig und fassungslos zu.

»Bitte nicht!«, entwich es Katrin, als ihr Entführer ihr mit der Tube, die wie Sekundenkleber roch, die rechte Hand beträufelte. Er drückte sie ungeachtet ihrer Bitte an Katrins Oberschenkel.

Katrin spürte sofort ein seltsames Kribbeln an der Stelle an der er ihr das Mittel aufgetragen hatte. Ihr schossen Gedanken aus ihrer Kindheit in den Kopf, als ihr ihre Mutter sagte, dass sie vorsichtig mit dem Sekundenkleber sein solle, diese würde ihr übel die Haut verletzen, wenn sie nicht gut aufpasste. Genauso fühlte es sich gerade an.

Sie spürte wie sich ihre Hand und der Stoff ihrer Jeans verbanden. Ihre bloße Haut wurde wie von einem Magneten immer stärker an ihre Jeans gezogen. Sie spürte eine leichte Wärme dazwischen. Nur Augenblicke später konnte sie ihre Hand nicht mehr von ihrem Oberschenkel lösen.

Bormann wirkte unbeeindruckt und schlang das Metallstück

unter Katrins noch freien Oberarm. Dadurch wurde dieser leicht angehoben, so als würde sie ihren Arm nach vorne anwinkeln. Erneut träufelte er ihr den Kleber in die Handfläche. Katrin war nicht in der Lage sich zu wehren und für ihr eigenes Empfinden ergab sie sich erstaunlich schnell ihrem Schicksal und resignierte.

Auch wenn Christian keinen Anlass hatte, Katrin in irgendeiner Weise zu beschützen, so hatte doch das Gefühl es wäre zu seinem eigenen Vorteil, wenn er zumindest versuchte zu intervenieren. »Bitte, Ihnen muss doch klar sein, dass das nicht geht. Ich kann doch nicht für meinen Va-«

Der Lauf von Bormanns Waffe zielte augenblicklich in sein Gesicht und ließ ihn verstummen. Bormann kam Christian bis auf wenige Zentimeter nahe. Den Lauf der Waffe dabei unablässig auf seine Stirn gerichtet.

»Ist Ihnen noch etwas unklar?«, fragte er. »Gut. Dann seien sie jetzt leise! Sie haben in ihrem Leben bereits genug Unheil angerichtet.«

Er legte Katrin seine Pistole in die Hand und drückte sie fest in ihre Handfläche. Er nahm erneut den Kleber und ließ einen Tropfen auf ihren Zeigefinger perlen. Dann bog er ihren Finger um den Abzug der Waffe.

Katrin, die in ihrer Resignation gefangen war und sich dem Schicksal ergeben hatte, schloss die Augen, weil sie Angst vor einem ähnlich lauten Knall hatte, wie gerade eben.

Doch der blieb aus.

Christian besah sich schweigend, was Bormann tat. Es sah aus, als würde Katrin auf jemanden zielen. Das Metallstück unter Katrins Arm verhinderte, dass sie die Position ihres Arms noch verändern konnte. Christian konnte sehen, wie der Garn, den Bormann zur Befestigung an ihrem Arm angebracht hatte, in Katrins Haut schnitt.

Diese zarte und weiche Haut, dachte er.

Dann wurde ihm das ganze Ausmaß dessen bewusst, was er dort eigentlich sah.

Sie zielte.

Ins Leere.

Noch.

Bormanns Aufmerksamkeit wandte sich Christian zu.

»Hinlegen. Auf den Boden. Vor Ihre Frau.«, befahl er Christian wie zur Bestätigung von dessen Gedanken.

Auch wenn sich innerlicher Widerstand breit machte, leistete er der Aufforderung seines Geiselnehmers folgte. Er wusste einfach keinen anderen Ausweg.

Er wartete vergeblich auf eine Chance, aber letztlich blieb ihm nur noch die Hoffnung.

Christian legte sich auf den Bauch, mitten in den großzügigen Essbereich. Bormann sah sich die beiden an, die nun wie eine künstliches Arrangement in einem Theaterstück aussahen, prüfend an. Dann ging er zu Christian und schob diesen unsanft einige Zentimeter weiter von Katrin weg. In diesem Moment verstand Christian ein weiteres Puzzleteil der perversen Logik.

Und es lief ihm dabei eiskalt den Rücken herunter.

Bei der Szene, wie sich einem unbedarften Beobachter darstellen musste, zielte Katrin auf ihren am Boden liegenden Freund. Der Ehemann, der laut Medienberichte seine Frau regelmäßig misshandelte und in der Folge für ihr Verschwinden verantwortlich war.

Also unbescholtener Zuschauer, gäbe es nur eine Deutungsmöglichkeit. Dass Katrin seit einigen Minuten still weinte, verstärke den Eindruck sogar noch.

Sie würde ihn hinrichten wollen.

Demütigen und hinrichten.

Als Christian dann sah, was Bormann als letztes aus seinem Rucksack holte, hatte er nur noch einen Wunsch.

Dass es einfach nur schnell vorbei sein möge.

65.

»Es soll so aussehen, als ob sie mich bedroht. Und wenn die Polizei dazu kommt, wird sie Katrin in vermeintlicher Nothilfe erschießen. Ist es das was sie planen?«, fragte Christian mit dem Gesicht zum Boden gewandt.

»Rechtsanwälte können so klug sein«, sagte Bormann während er mit einer einem langem und schwarzen Metallstift zu Christian zurückkam. Der Stift hatte ungefähr den Durchmesser eines Kugelschreibers, war aber keiner. Er war jedoch auch zu dick um der Fuß eines Grills zu sein. Und doch dünn genug um.. Christian wollte nicht darüber nachdenken.

»Aber woher wollen Sie wissen, dass die Polizei gleich auf Katrin schießen wird und sie nicht erst auffordern wird, ihre Waffe fallen zu lassen?«, stellte Christian die offensichtliche Frage.

»Bei all dem Blut hier, wie kann sie nicht?«, gab Bormann lakonisch zurück.

Christians Bild vervollständigte sich.

Der Killer warf ihm, beziehungsweise seinem Vater vor, beim Tod von dessen Mutter untätig gewesen zu sein. Also würde er Christian, so seine Unterstellung, verletzen und Katrin würde dabei ebenso untätig zuschauen müssen, wie er einst dabei zugesehen hatte. Die Hilfe würde zu spät kommen.

»Und außerdem, können Sie sich vorstellen, was ein besorgter Anruf eines aufrechten und rechtschaffenen Bürgers beim Notruf der Polizei so alles in die Wege leiten kann?«

Eine rhetorische Frage. Bormann ließ seine Opfer gar nicht erst antworten.

Katrin sollte aufgrund einer falschen Geschichte sterben. Das war ihre Strafe, für das was sie Christian versucht hatte anzutun. Zudem hatte sie versucht Bormann als Werkzeug hierfür zu benutzen und wurde nun ironischerweise dessen Werkzeug zur Ermordung von Christian.

»Wenn die Milz punktiert wird, hat ein Mensch ihrer Größe und Konstitution im Durchschnitt noch etwa 15 Minuten zu leben. Die Polizei braucht vermutlich nicht länger als 10 Minuten, auch bis in den hinterletzten Winkel dieses Kaffs. Es könnte also knapp werden, denken Sie nicht auch Herr Renke?«

Panik machte sich in Christian breit.

Vor Bormann.

Vor dem Schmerz.

Vor Seinem Tod.

»Es tut mir leid, Katrin!« übermannten ihn in diesem Moment seine Gefühle.

Auf dem Bauch liegend konnte er nur durch eine ruckartige Überstreckung seines Nackens kurz zu ihr aufblicken und sah sie. Zusammengefallen, innerlich wie äußerlich. Wie sie unwillkürlich mit der Waffe auf ihn zielte. Tränen liefen ihr stumm über die Wange.

Sie war unfähig zu antworten oder zu sprechen.

Auch Christian liefen Tränen die Wange hinab.

Bormann drehte Christian auf den Rücken, um seinen Plan zu vollenden.

In diesem Moment löste sich laut krachend ein Schuss.

66.

Der Schuss aus Marquardts Dienstwaffe hatte Bormann um Haaresbreite verfehlt.

Wie geplant.

»Die Hände nach oben. Ich bin von der Polizei. Bleiben Sie jetzt ganz ruhig und dann kommen Sie vielleicht lebend hier raus. Ich würde nicht darauf wetten, aber es ist ihre beste Chance.« befahl Marquardt dem immer noch neben Christian kauernden Bormann.

Dieser verharrte eine unendlich lange andauernde Sekunde wie paralysiert in seiner Position. Die Nadel lag noch in seiner Hand. Unweit von Christians Rippen entfernt.

»Noch einmal möchte ich mich nicht wiederholen-«, setzte Marquardt an.

Dann ging alles ganz schnell.

Für einen Mann von Bormanns Alter und seinen Körperproportionen bewegte er sich im Winde der Verzweiflung blitzartig. Er sprang mit einer aus seiner Position beinahe unmöglichen Flugrolle nach vorne in Richtung von Katrin. Die saß, unfähig sich zu bewegen, und richtete die Waffe immer noch auf Christian. Mit einem Ruck entriss er ihr die Waffe und zielte nun hinter ihr kniend auf Marquardt.

Ein jaulendes Heulen von Katrin erfüllt die kleine Hütte. Das ruckartige Reißen an der Waffe hatte ihre Haut an der Handinnenfläche großflächig abgerissen. Die Haut hing in mehreren Streifen grob herunter. Noch in den Sekunden in den Marquardt das Geschehen versuchte zu verstehen und zu realisieren, begann die Hand von Katrin bereits zu bluten. Es lief durch ihre Handhaltung an ihrem kleinen Finger herab und sammelte sich nur wenige Zentimeter vor Christians Kopf.

»Lassen Sie uns die Situation noch einmal besprechen.«, sagte Bormann, der ob seiner kleinen Showeinlage keineswegs außer Atem erschien. Der Schweiß auf seiner Stirn sprach jedoch Bände. »Soweit ich das sehe, haben Sie hier drei Personen, die Sie retten wollen. Ich hingegen lediglich eine. Wir sind beide bewaffnet. Es wird Ihnen nicht gelingen, alle Personen lebend zu retten. Ich schlage Ihnen daher einen Deal vor, mit dem sie doch noch zum Ziel kommen könnten.«

»Als ob ich mich auf einen Deal mit einem Verrückten einlassen würde«, entgegnete Marquardt gelassen.

»Hören Sie mich zuerst an.«, sprach Bormann ruhig weiter, nach wie vor hinter Katrin kniend. »Wo ist ihre Partnerin?«

»Partnerin?«, fragte Marquardt zurück.

»Versuchen Sie mich nicht für blöd zu verkaufen.« mit dem Absinken seines Tonfalls, sank auch Bormanns Hand und zielte nun nicht mehr auf Marquardt, sondern der Lauf der Pistole lag auf Katrins Schläfe. »Wo ist sie?«

»Unterwegs«, gab Marquardt zurück, der erst in diesem Moment die Qualität seiner Verhandlungsposition erkannte.

»Bitte tun Sie das nicht-«, wandte Christian immer noch am Boden liegend ein. Er konnte die Szenerie nur über Kopf verfolgen. Nachdem Bormann ihn gepackt hatte, war es ihm gelungen, sich auf den Rücken zu drehen. So lag er zwar auf seinen Händen, aber immerhin konnte er einigermaßen sehen was vor sich ging.

»Ich werde von hier verschwinden und sie retten diesen Abschaum.« Dabei nickte er mit dem Kopf in Richtung der in den Wald führenden Terassentür.

»Und was hätte ich davon?« fragte der Ermittler zurück.

»Ihr Leben?« gab der Entführer belustigt zurück, so als hätte Marquardt gerade eine selten dämliche Frage gestellt.

Der Kommissar sah ihn fragend an.

»Es ist nicht so wie in einem dieser Hollywood-Filme.« Bei diesen Worten hob er die Waffe und zielte nun wieder Marquardt direkt ins Gesicht. »Wenn ich den Abzug drücke und ihren Hirnstamm treffe, sind sie ungefähr eine Zehntelsekunde später tot. Vermutlich noch bevor das Projektil aus der Rückseite ihres Schädels austritt. Ihr Herz schlägt zwar noch ein paar verzweifelte Schläge. Aber das sind Urinstinkte, kein Leben mehr, das eine Reaktion erlaubt. Glauben Sie daher bitte nicht, dass sie mir den Gefallen einer abgefeuerten Kugel erwidern könnten.«

Marquardt dachte nach.

In dem Moment löste sich in Christian etwas. Etwas was dort festgesteckt hatte und ihn die ganze Zeit irritiert hatte. Er konnte es nicht greifen. Die Aufregung, die Panik und die Todesangst hatten seine Nervenbahnen blockiert. Aber der gordische Knoten in seinem Hirn war geplatzt.

»Er blufft, seine Waffe ist nicht geladen!«, brüllte er.

Marquardt sah ihn an und sah Bormann wieder an.

Da sah er es.

In Bormanns Augen.

Es stimmte.

Die Waffe war ungeladen.

Der Triumph des bevorstehenden Sieges nahm in Marquardts Lächeln Gestalt an.

Dann schleuderte der Geiselnehmer Marquardt seine Attrappe entgegen.

Marquardt ging in Deckung. Das verschaffte Bormann genügend Zeit. Er griff noch im Knien an seinen rechten Knöchel.

Einen Augenblick später krachte in dem kleinen Blockhaus erneut ein Schuss.

67.

Der Schuss schlug in Marquardts Schulter ein und riss ihn unsanft zu Boden. Er griff sich an seine Schulter, um in vorauseilenden Gehorsam den Schmerz abzudämpfen. Doch dieser blieb aus.

Adrenalin, dachte er kurz.

Er nahm die Hand von der Wunde, und sah Blut. Jede Menge Blut. Er versuchte die Hand zu bewegen, kam zu dem Schluss, dass die Funktion seines Arms nicht weiter eingeschränkt war. Als er nach oben blickte, sah er die Tür.

Der Scheißkerl flüchtet, dachte er.

Er stand in der Tür in Richtung der Fluchtroute, als Katrin sich wimmernd an ihn wandte.

»Bitte, machen Sie mich erst los. Meine Hand..« flehte sie.

Marquardt besah die blutende Hand von der zunehmend Blut in eine größer werdende Pfütze vor ihr tropfte. Er wog die verschiedenen Optionen ab. Je mehr Zeit er dem Geisteskranken gab, sich einen Vorsprung zu erarbeiten, desto geringer wurden die Chancen, ihn noch zu schnappen. Das durfte er nicht zulassen. Allerdings durfte er die beiden Geiseln auch nicht verletzt zurücklassen. Sie waren beide gefesselt und konnten sich nicht alleine helfen. Marquardt hatte kein Messer bei sich und hätte erst nach geeignetem Werkzeug suchen müssen, um die beiden aus ihrer Zwangslage zu befreien.

Zögernd stand er da, blickte in Katrins schmerzverzerrtes Gesicht.

Sie hatte in den letzten Stunden offenbar viel durchstehen müssen.

Ein weiterer Schuss zerriss die eingetretene Stille. Und kurz danach ein zweiter Schuss.

Marquardt ging überflüssigerweise neben der Terrassentür in Deckung. Draußen war nichts zu sehen. Er scannte das Gebiet soweit es einsehen konnte. Allerdings ging es nach wenigen Metern eine kleine Anhöhe nach oben, sodass das dahinterliegende Areal verdeckt war.

Den Lauf seiner Pistole darauf gerichtet, verharrte Marquardt neben der Tür.

Nach wenigen Sekunden erschien eine Gestalt in seinem Sichtfeld. Er erkannte die rötlichen nach hinten frisierten Haare in der Sekunde als er sie erblickte.

Charlotte.

»Bei euch alles in Ordnung?«, fragte sie als sie die Hütte erreicht hatte. »Er hat dich getroffen.«

Eine Feststellung, keine Frage.

Marquardt nickte stumm zur Bestätigung.

»Ich hab ihn erwischt.«, sagte Charlotte.

Ebenfalls eine Feststellung.

»Du kamst gerade zur rechten Zeit.«, begann Marquardt langsam zu strahlen trotz der mittlerweile einsetzenden pochenden Schmerzen in seinem Oberarm.

Charlotte blickte an ihm vorbei in die Hütte. Ein Schock ging durch ihre ansonsten emotionslosen Gesichtszüge, als sie die beiden Personen innerhalb des Hauses sah. Während die beiden Ermittler Christian und Katrin von ihren Fesseln befreiten, erklärte Charlotte Marquardt was in den letzten Minuten geschehen war.

»Ich kam so schnell ich konnte. Ich sah ihn weglaufen. Er hatte die Waffe in seiner Hand. Als ich ihn aufforderte stehenzubleiben, feuerte er sofort auf mich. Er hat mich verfehlt. Ich ihn nicht. Er ist es, oder? Der Lyncher?«

»Höchstwahrscheinlich, das wird sich noch herausstellen. Unsere Forensik wird mit Hochdruck daran arbeiten. Aber lass ihn uns erst mal einsammeln.«, sagte Marquardt. »Und sie beide«, wandte er sich an Katrin und Christian gerichtet. »Warten bitte noch einen Moment hier.«

Als die beiden Ermittler wenig später an dem Ort eintrafen, an dem Charlotte noch vor wenigen Minuten Bormann mit ihrer Dienstpistole niedergestreckt hatte, zeugte davon jetzt lediglich ein mittelgroßer und verwaschener Blutfleck auf dem feuchten Waldboden.

»Es war genau hier.«, sagte sie. »Ich habe ihn getroffen.«

Marquardt nickte mit dem Kopf in Richtung eines Wanderwegs, von dem aus zuvor Charlotte in Richtung der Hütte kam.

»Ja, das hast du.«, gab er zurück und zeigte dabei auf weitere Blutflecken die sich in gerader Linie gut sichtbar zu dem nur einige Hundert Meter entfernten Parkplatz befanden.

Auf dem nunmehr lediglich Charlottes Auto stand. Sie

Die beiden tauschten einen kurzen Blick aus.

Dann griff Charlotte zum Handy.

3 Monate später

68.

Er drehte gedankenverloren die gerichtliche Ladung in der Handfläche. Zimmer 109 des Berliner Landgerichts in Moabit. Christian war heute als Zeuge in einem Strafprozess geladen worden. In all seiner rechtsanwaltlichen Praxis war er selten im Strafrecht tätig, noch viel seltener als Zeuge. Wenn er so darüber nachdachte, eigentlich nie.

Katrin wurden mehrere Straftaten vorgeworfen. Sie hatte nicht nur, über ihre Kontakte in die Chefredaktion einer großen Boulevard-Zeitung, für eine massiv falsche Berichterstattung zu seinen Lasten gesorgt. Die Scherben seiner Existenz konnte er zwar glücklicherweise einigermaßen wieder auffegen. Doch daneben standen für Katrin erhebliche strafrechtliche Vorwürfe im Raum.

Der geplante Angriff auf ihn, wenngleich durch Bormann ausgeführt, war initial und bestimmend von ihrer Idee getragen. Ihr wurde die Anstiftung zu Bormanns Tun vorgeworfen, da es sich dabei immerhin um einen Mord oder mindestens einen Totschlag handelte. Die Strafdrohung bewegte sich dort in einem *sehr empfindlichen Bereich*, wie ihr Team aus Strafverteidigern Katrin mitteilte.

Bormann war damals an der Hütte geflüchtet. Seine Spur konnte über sein Auto verfolgt werden. Er wurde von Charlotte umgehend zur EU-weiten Großfahndung ausgeschrieben. Interpol wurde mit einbezogen. Zu Recht, wie sich wenig später herausstellen sollte, denn drei Wochen später wurde Bormann bei einer routinemäßigen Kontrolle in der Lombardei beim Versuch durch eine Straßensperre zu brechen, von den dortigen Carabinieri erschossen. Diese wussten gar nicht, wen sie da vor sich hatten, bis sie im Anschluss die Ausweisdaten ihres Opfer routinemäßig in die

Datenbank eingaben um zu sehen, wer hier so abrupt versucht hatte zu fliehen.

Christian würde heute seine Zeugenaussage machen. Danach würde er Katrin nie wieder sehen wollen. Sie hatten sich nach den Geschehnissen auf der Hütte nur noch selten und nur dort, wo es absolut notwendig war, gesehen und gesprochen. Er wusste ihren plötzlichen Gefühlsausbruch kurz vor Christians vermeintlichem Tod zu deuten. Sie hatte Angst selbst zu sterben. Es ging ihr nicht um ihn. Da war nichts mehr zwischen ihnen.

Sie waren bereits getrennt, das Scheidungsverfahren lief zudem parallel.

Er wollte einen Schlussstrich unter alles ziehen und sich emotional aber auch faktisch von dem Geschehenen distanzieren. Dies würde auch seiner beruflichen Rehabilitation gut tun. Die Zeitungen berichteten, wenn auch erst nach anwaltlichem Zutun, in mehreren presserechtlichen Richtigstellungen, über die wahren Ereignisse. Auch wurden die Geschehnisse in der Waldhütte aufgegriffen.

Erst heute Morgen hatte er den Füllfederhalter in der Hand, den Katrin ihm vor Jahren einmal geschenkt hatte. Anlasslos und zufällig, einfach weil sie ihn so schön fand. Das tat er auch. Zumindest in der Vergangenheit. Jetzt aber war er sein Symbol, an eine Beziehung und an eine Zeit, von der er sich lösen wollte. Passender hätte es für ihn also nicht sein können, damit den Verzicht auf den ihm zustehenden Teil von Katrins Erbschaft zu unterzeichnen. Eine letzte Unterschrift. Damit war alles erledigt. Christian mochte diesen symbolischen Akt. Im Prozess wollte er ihn Katrin über seinen Anwalt geben lassen. Von persönlichem Kontakt, zumal in einem Strafprozess, wurde ihm abgeraten.

»Kommst du?« fragte eine Stimme neben ihm.

Christian riss sich aus seinen Gedanken und sah seinem Kollegen und seinem eigenem Anwalt Karl-Heinz Haubold in dessen freundliches Gesicht. Karl-Heinz war ebenfalls Partner der Kanzlei Friedermann, Vieten und Partner. Die Kanzlei hatte ihn wieder aufgenommen, unter der Voraussetzung ihn gerichtlich vertreten zu dürfen, um so die Hand auf dem weiteren Prozedere zu haben und weiteren Schaden von Christian und damit auch von der Kanzlei abwenden zu können. Christian hatte dankend zugestimmt.

»Hier.« Er überreichte seinem Anwalt das Schreiben. »Gibst du das später ihren Anwälten?«

Er brachte es kaum fertig ihren Namen auszusprechen.

Aber das würde er wohl auch nicht mehr müssen.

69.

»Das hat ja geklappt, ganz genau wie es soll.«, sagte Karl-Heinz circa zwei Stunden später als sie gerade das Gerichtsgebäude in der Turmstraße verließen.

»Danke dir für deine Hilfe.« gab Christian sichtlich gelöst zurück.

»Ich hab' doch nichts getan. Solche Arbeitstage hätte ich gerne öfter.«

Beide stimmten in ein kurzes Gelächter ein.

»Na dann wieder zurück an die Arbeit«, sagte sein Kollege wenig später, als er sich von Christian verabschiedete. »Ich fahre direkt noch weiter zu einem Mandanten. Wir sehen uns in der Kanzlei?«

»Genau. Bis später.«

Endlich frei, waren Christians ersten Gedanken als er in seinem Auto sitzend die Tür hinter sich schloss und wusste, dass er dieses Kapitel in seinem Leben endlich abgeschlossen hatte. Die Scheidung würde vollständig und ohne sein Zutun in gegenseitigem Einvernehmen ablaufen. Die Wohnung war gekündigt worden. Sein Umzug war kommendes Wochenende. Es verband sie nun nichts mehr.

Eine tiefe Zufriedenheit machte sich in ihm breit, als er sich nach hinten in den Fahrersitz seines Dienstwagens fallen ließ. Er genoss den Moment, es fühlte sich an wie ein später und doch verdienter und durchgreifender Sieg. Er freute sich darauf, heute Abend mit seinen zwei besten Freunden darauf anzustoßen. *Lieber ein Ende mit Schrecken als ein Schrecke ohne Ende*, hatte Jörg gesagt. Der Kontakt zu ihm war trotz der Ereignisse nie abgerissen.

Er betätigte den Startknopf seines Autos. Das Autoradio sprang an. Die freundliche Stimme eines Berliner

Radiomoderators ertönte im Innenraum.

Im nächsten Moment spürte er den Lappen auf seinem Mund.

Er blickte geschockt in den Rückspiegel nach hinten.

Ein dunkler Handschuh, der ihm etwas auf seinen Mund presste.

Nur wenige Sekunden später wurde es bereits schwarz.

Dann spürte Christian nichts mehr.

Nie mehr.

Danksagung

Ich hätte offen gestanden nicht gedacht, dass ich es schaffen würde, je an dieser Stelle zu stehen. Eigentlich habe ich immer gerne geschrieben und sogar auch immer gerne gelesen. Aber doch konnte ich mich nie dazu aufraffen – was eine schmeichelhafte Formulierung dafür ist, dass ich mich während des Schreibens ungefähr ein Jahr lang mit meinen eigenen Versagensängsten konfrontiert gesehen habe – selbst so etwas auf die Beine zu stellen. Jetzt bin ich umso glücklicher, dass ich es vermutlich geschafft habe. Zumindest hoffe ich, dass ich bald eines der Exemplare als gebundene Ausgabe in den Händen halten kann.

Außerdem hoffe ich, dass ich den Menschen, denen ich das zu verdanken habe, damit etwas zurückgeben kann. Allen voran natürlich meiner Mami und meinem Papi. Ich glaube der Inhalt entspricht eindeutig dem was mein Papa (und ich) gerne lesen würde. Doch es gäbe nichts zu lesen, hätte ich nicht jemanden seit frühsten Zeiten an meiner Seite gehabt, der mich immer dazu ermuntert hat zu lesen und zu schreiben. Und so hat sich das, was mir mitgegeben wurde, hoffentlich gut ergänzt und nicht nur ich hatte Spaß beim Schreiben. Vielen lieben Dank jedenfalls an euch beide! Ihr seid die Besten! Ihr habt jetzt einen Autor als Sohn…puh, wohl immer noch besser als einen Fußballer.

Danke auch an dich Katja, ich weiß, es hätte sicherlich leichtere Zeiten als einen Umzug und fortwährend Renovierungen gegeben, mich diesem kleinen Projekt ein Buch schreiben zu widmen. Sollte ich aus irgendwelchen, mir selbst nicht erklärlichen Gründen, eine Wiederholung anstreben, würde ich den Zeitpunkt etwas anders wählen. Versprochen! Hoch und heilig! Aber naja, ein bisschen war es doch auch schön.

Einen letzten Dank möchte ich mir selbst aussprechen. Oder nicht mir, sondern meinem zukünftigen Ich. Ich hatte lange Angst davor, mich diesem Projekt zu stellen. Sicherlich war ich auch lange einfach nicht in der Lage, so ein Projekt zu bewerkstelligen. Aber selbst dann, hatte ich noch Angst und habe es auf- und von mir weggeschoben. Mehr als einmal hatte ich noch während des Schreibens Phasen in denen ich am liebsten alles hingeworfen hätte. Habe ich dann auch, aber nur für den Tag. Vielleicht kann man das auch noch lesen, wann und wo das gewesen sein dürfte. Aber das macht (mir) nichts.

Ich bin sehr stolz und sehr dankbar dafür, dass mir das geglückt ist. Was auch immer daraus werden wird. Vielleicht nur ein Briefbeschwerer oder in 20 Jahren sitze ich in Talkshows und erkläre einer dann alten Sandra Maischberger meine Sicht auf den korrekten Umgang mit künstlicher Intelligenz.

Ich habe mich (leider/zum Glück) nicht getraut, jemandem vorab etwas hiervon zum Lesen zu geben, deshalb entfällt der beinahe obligatorische Teil, an dem ich einem Lektor danken kann oder muss oder darf. Aber ich bin mir sicher, dass ich auf die eine oder andere Art auch so Rückmeldung hierzu bekommen werde. Außerdem kann man den ein oder anderen Dank auch daraus ableiten, dass einem die verwendeten Namen und Personen vielleicht – rein zufällig – bekannt vorkommen werden.

Christopher Walther